LOS LANZALLAMAS

ROBERTO ARLT

LOS LANZALLAMAS

Editorial Losada, S. A.
Buenos Aires

BIBLIOTECA CLÁSICA Y CONTEMPORÁNEA

5ª edición: enero 1999

Tapa: Alberto Diez

ISBN: 950-03-0316-7
Queda hecho el depósito que marca la ley 11.723
Marca y características gráficas registradas en la
Oficina de Patentes y Marcas de la Nación
Impreso en Argentina
Printed in Argentina

PALABRAS DEL AUTOR

Con Los lanzallamas *finaliza la novela de* Los siete locos.

Estoy contento de haber tenido la voluntad de trabajar, en condiciones bastante desfavorables, para dar fin a una obra que exigía soledad y recogimiento. Escribí siempre en redacciones estrepitosas, acosado por la obligación de la columna cotidiana.

Digo esto para estimular a los principiantes en la vocación, a quienes siempre les interesa el procedimiento técnico del novelista. Cuando se tiene algo que decir, se escribe en cualquier parte. Sobre una bobina de papel o en un cuarto infernal. Dios o el Diablo están junto a uno dictándole inefables palabras.

Orgullosamente afirmo que escribir, para mí, constituye un lujo. No dispongo, como otros escritores, de rentas, tiempo o sedantes empleos nacionales. Ganarse la vida escribiendo es penoso y rudo. Máxime si cuando se trabaja se piensa que existe gente a quien la preocupación de buscarse distracciones les produce surmenage.

Pasando a otra cosa: Se dice de mí que escribo mal. Es posible. De cualquier manera, no tendría dificultad en citar a numerosa gente que escribe bien y a quienes únicamente leen correctos miembros de sus familias.

Para hacer estilo son necesarias comodidades, rentas, vida holgada. Pero, por lo general, la gente que disfruta de tales beneficios se evita siempre la molestia de la literatura. O la encara como un excelente procedimiento para singularizarse en los salones de sociedad.

Me atrae ardientemente la belleza. ¡Cuántas veces he deseado trabajar una novela, que como las de Flaubert, se compusiera de panorámicos lienzos...! Mas hoy, entre los ruidos de un edificio social que se desmorona inevita-

blemente, no es posible pensar en bordados. El estilo requiere tiempo, y si yo escuchara los consejos de mis camaradas, me ocurriría lo que les sucede a algunos de ellos: Escribiría un libro cada 10 años, para tomarme después unas vacaciones de diez años por haber tardado diez años en escribir cien razonables páginas discretas.

Variando, otras personas se escandalizan de la brutalidad con que expreso ciertas situaciones perfectamente naturales a las relaciones entre ambos sexos. Después, estas mismas columnas de la sociedad me han hablado de James Joyce, poniendo los ojos en blanco. Ello provenía del deleite espiritual que les ocasionaba cierto personaje de Ulises, *un señor que se desayuna más o menos aromáticamente aspirando con la nariz, en un inodoro, el hedor de los excrementos que ha defecado un minuto antes.*

Pero James Joyce es inglés. James Joyce no ha sido traducido al castellano, y es de buen gusto llenarse la boca hablando de él. El día que James Joyce esté al alcance de todos los bolsillos, las columnas de la sociedad se inventarán un nuevo ídolo a quien no leerán sino media docena de iniciados.

En realidad, uno no sabe qué pensar de la gente. Si son idiotas en serio, o si se toman a pecho la burda comedia que representan en todas las horas de sus días y sus noches.

De cualquier manera, como primera providencia he resuelto no enviar ninguna obra mía a la sección de crítica literaria de los periódicos. ¿Con qué objeto? Para que un señor enfático entre el estorbo de dos llamadas telefónicas escriba para satisfacción de las personas honorables:

"El señor Roberto Arlt persiste aferrado a un realismo de pésimo gusto, etc., etc."

No, no y no.

Han pasado esos tiempos. El futuro es nuestro, por prepotencia de trabajo. Crearemos nuestra literatura, no conversando continuamente de literatura, sino escribiendo en orgullosa soledad libros que encierran la violencia de un "cross" a la mandíbula. Sí, un libro tras otro, y "que los eunucos bufen".

El porvenir es triunfalmente nuestro.

Nos lo hemos ganado con sudor de tinta y rechinar de dientes, frente a la "Underwood", que golpeamos con manos fatigadas, hora tras hora, hora tras hora. A veces se le caía a uno la cabeza de fatiga, pero... mientras escribo estas líneas pienso en mi próxima novela. Se titulará El amor brujo *y aparecerá en agosto del año 1932.*

Y que el futuro diga.

ROBERTO ARLT

TARDE Y NOCHE DEL DÍA VIERNES

EL HOMBRE NEUTRO

El Astrólogo miró alejarse a Erdosain, esperó que éste doblara en la esquina, y entró a la quinta murmurando:

—Sí... pero Lenin sabía adónde iba.

Involuntariamente se detuvo frente a la mancha verde del limonero en flor. Blancas nubes triangulares recortaban la perpendicular azul del cielo. Un remolino de insectos negros se combaba junto a la enredadera de la glorieta.

Con la punta de su grosero botín el Astrólogo rayó pensativamente la tierra. Mantenía sumergidas las manos en su blusón gris de carpintero, y la frente se le abultaba sobre el ceño, en arduo trabajo de cavilación.

Inexpresivamente levantó la vista hasta las nubes. Remurmuró:

—El diablo sabe adónde vamos. Lenin sí que sabía...

Sonó el cencerro que, suspendido de un elástico, servía de llamador en la puerta. El Astrólogo se encaminó a la entrada. Recortada por las tablas de la portezuela, distinguió la silueta de una mujer pelirroja. Se envolvía en un tapado color viruta de madera. El Astrólogo recordó lo que Erdosain le contara referente a la Coja, en días anteriores, y avanzó adusto.

Cuando se detuvo en la portezuela, Hipólita lo examinó sonriendo. "Sin embargo sus ojos no sonríen" —pensó el Astrólogo y al tiempo que abría el candado, ella, por encima de las tablas de la portezuela, exclamó:

—Buenas tardes: ¿Usted es el Astrólogo?

"Erdosain ha hecho una imprudencia", pensó. Luego inclinó la cabeza para seguir escuchando a la mujer que, sin esperar respuesta, prosiguió:

—Podían poner números en estas calles endiabladas. Me he cansado de tanto preguntar y caminar. —Efectivamente, tenía los zapatos enfangados, aunque ya el barro secábase sobre el cuero—. Pero, qué linda quinta tiene usted. Aquí debe vivir muy bien.

El Astrólogo sin mostrarse sorprendido, la miró tranquilamente. Soliloquio: "Quiere hacerse la cínica y la desenvuelta para dominar."

Hipólita continuó:

—Muy bien... muy bien... A usted le sorprenderá mi visita, ¿no?

El Astrólogo, embutido en su blusón, no le contestó una palabra. Hipólita, desentendiéndose de él, examinó de una ojeada la casa chata, la rueda del molino, coja de una paleta, y los cristales de la mampara. Terminó por exclamar:

—¡Qué notable! ¿Quién le ha torcido la cola al gallo de la veleta? El viento no puede ser. —Bajó inmediatamente el tono de voz y preguntó—: ¿Erdosain?

"No me equivoqué" —pensó el Astrólogo—. "Es la Coja."

—¿Así que usted es amiga de Erdosain? ¿La esposa de Ergueta? Erdosain no está. Hará diez minutos que salió. Es realmente un milagro que no se hayan encontrado.

—También usted a qué barrios viene a mudarse. La quinta me gusta. No puedo decir que no me guste. ¿Tiene mujeres, aquí?

El Astrólogo no quitó las manos de los bolsillos de su blusón. Engallada la cabeza, escuchaba a Hipólita, escrutándola con un guiño que le entrecerraba los párpados, como si filtrara a través de sus ojos las posibles intenciones de su visitante.

—¿Así que usted es amiga de Erdosain?

—Va la tercera vez que me lo pregunta. Sí, soy amiga de Erdosain... pero, ¡Dios mío!, qué hombre desatento es usted. Hace tres horas que estoy parada, hablando, y todavía no me ha dicho: "Pase, está en su casa, tome asiento, sírvase una copita de coñac, quítese el sombrero."

El Astrólogo cerró un párpado. En su rostro romboidal quedó abierto un ojo burlón. No le irritaba la extraña volubilidad de Hipólita. Comprendía que ella pretendía dominarlo. Además, hubiera jurado que en el bolsillo del tapado de la mujer ese relieve cilíndrico, como el de un carretel de hilo, era el tambor de un revólver. Replicó agriamente:

—¿Y por qué diablos yo la voy a hacer pasar a mi casa? ¿Quién es usted? Además, mi coñac lo reservo para los amigos, no para los desconocidos.

Hipólita se llevó la mano al bolsillo de su tapado. "Allí tiene el revólver" —pensó el Astrólogo—. E insistió:

—Si usted fuera amiga mía... o una persona que me interesara...

—Por ejemplo, como Barsut, ¿no?

—Exactamente; si usted fuera una persona conocida como Barsut, la hacía pasar, y no sólo le ofrecía coñac, sino también algo más... Además, es ridículo que usted me esté hablando con la mano sobre el cabo de un revólver. Aquí no hay operadores cinematográficos, y ni usted ni yo representamos ningún drama...

—¿Sabe que es un cínico usted?

—Y usted una charlatana. ¿Se puede saber lo que quiere?

Bajo la visera del sombrero verde, el rostro de Hipólita, bañado por el resplandor solar, apareció más fino y enérgico que una mascarilla de cobre. Sus ojos examinaban irónicamente el rostro romboidal del Astrólogo, aunque se sentía dominada por él.

Aquel hombre no "era tan fácil" como supusiera en un principio. Y la mirada de él fija, burlona, duramente inmóvil sobre sus ojos, le revisaba las intenciones "pero con indiferencia". El Astrólogo, sentándose a la orilla de un cantero, dijo:

—Si quiere acompañarme...

Apartando de las hierbas una rama seca, Hipólita se sentó. El Astrólogo continuó:

—Iba a decir que posiblemente, lo cual es un error... usted viene a extorsionarme, ¿no es así? Usted es la esposa de Ergueta. Necesita dinero y pensó en mí, como antes pensó en Erdosain y después pensará en el diablo. Muy bien.

Hipólita se sintió sobrecogida por una pequeña vergüenza. La sorprendían con las manos en la masa. El Astrólogo cortó una margarita silvestre y, despaciosamente, comenzó a desprender los pétalos, al tiempo que decía:

—Sí, no, sí, no, sí, no, sí, no, sí, no, sí, no... ya ve, hasta la margarita dice que no... —y sin apartar los ojos del pistilo amarillo, continuó—: Pensó en mí porque necesitaba dinero. ¡Eh! ¿no es así? —La miró a hurtadillas, y arrancando otra margarita, continuó—: Todo en la vida es así.

Hipólita miraba encuriosada aquel rostro romboidal y cetrino, pensando al mismo tiempo: "Sin duda alguna mis piernas están bien formadas". En efecto, era curioso el contraste que ofrecían sus pantorrillas modeladas por medias grises, con la tierra negra y el verde borde del pasto. Una súbita simpatía la aproximó a Hipólita al alma, a la vida de ese hombre. Se dijo: "Este no es un 'gil', a pesar de sus ideas", y con las uñas arrancó una escama negruzca del tronco de un árbol, cuya corteza parecía un blindaje de corcho agrietado.

—En realidad —continuó el Astrólogo—, nosotros somos camaradas. ¿No se ha fijado qué notable? Antes hablaba usted sola, ahora yo. Nos turnamos como en un coro de tragedia griega: pero como le iba diciendo... somos camaradas. Si no me equivoco usted antes de casarse ejerció voluntariamente la prostitución, y yo creo que voluntariamente soy un hombre antisocial. A mí me agradan mucho estas realidades... y el contacto con ladrones, macrós, asesinos, locos y prostitutas. No quiero decirle que toda esa gente tenga un sentido verdadero de la vida... no... están muy lejos de la verdad, pero me encanta de ellos el salvaje impulso inicial que los lanza a la aventura.

Hipólita, con las cejas enarcadas, lo escuchaba sin contestar. Atraía su atención el desacostumbrado espectáculo del tumulto vegetal de la quinta. Innumerables troncos bajos aparecían envueltos en una lluvia verde, que el sol chapaba de oro, en sus flancos vueltos al poniente.

Vastas nubes inmovilizaban ensenadas de mármol. Un macizo de pinos curvados, con puntas dentadas como puñales javaneses, perforaba el quieto mar cerúleo. Más allá, algunos troncos sobrellevaban en su masa de pizarra gris, un oscuro planeta de ramajes emboscados. El Astrólc continuó:

—Nosotros estamos sentados aquí entre los pastos, y en estos mismos momentos en todas las usinas del mundo se funden cañones y corazas, se arman "dreadnaughts", millones de locomotoras maniobran en los rieles que rodean al planeta, no hay una cárcel en la que no se trabaje, existen millones de mujeres que en este mismo minuto preparan un guiso en la cocina, millones de hombres que jadean en la cama de un hospital, millones de criaturas que escriben sobre un cuaderno su lección. ¿Y no le parece curioso este fenómeno? Esos trabajos: fundir cañones, guiar ferrocarriles, purgar penas carcelarias, preparar alimentos, gemir en un hospital, trazar letras con dificultad, todos estos trabajos se hacen sin ninguna esperanza, ninguna ilusión, ningún fin superior. ¿Qué le parece, amiga Hipólita? Piense que hay cientos de hombres que se mueven en este mismo minuto que le hablo, en derredor de las cadenas, que soportan un cañón candente... lo hacen con tanta indiferencia como si en vez de ser un cañón fuera un trozo de coraza para una fortaleza subterránea. —Arrancó otra margarita, y desparramando los pétalos blancos continuó—: Ponga en fila a esos hombres con su martillo, a las mujeres con su cazuela, a los presidiarios con sus herramientas, a los enfermos con sus camas, a los niños con sus cuadernos, haga una fila que puede dar varias veces vuelta al planeta, imagínese usted recorriéndola, inspeccionándola, y llega al final de la fila preguntándose: ¿Se puede saber qué sentido tiene la vida?

—¿Por qué dice usted esto? ¿Qué tiene que ver con mi visita? —Y los ojos de Hipólita chispearon maliciosamente.

El Astrólogo arrancó un puñado de hierba del lugar donde apoyaba la mano, se lo mostró a Hipólita, y dijo:

—Lo que estoy diciendo tiene un símil con este pasto. Lo otro son los hierbajos del alma. Los llevamos adentro... hay que arrancarlos para dárselos de comer a las bestias que se nos acercan y envenenarles la vida. La gente indirectamente busca verdades. ¿Por qué no dárselas? Dígame, Hipólita, ¿usted ha viajado?

—He vivido en el campo un tiempo... con un amante...

—No... yo me refiero a si ha estado en Europa.

—No...

—Pues yo sí. He viajado, y de lujo. En vagones construidos con chapas de acero esmaltadas de azul. En transatlánticos como palacios. —Miró rápidamente de reojo a la mujer—. Y los construirán más lujosos aún. Barcos más fantásticos aún. Aviones más veloces. Vea, apretarán con un dedo un botón, y escucharán simultáneamente las músicas de las tierras distantes y verán bajo el agua, y adentro de la tierra, y no por eso serán un ápice más felices de lo que son hoy... ¿Se da cuenta usted?

Hipólita asintió, presa de malestar. Todo aquello era innegable, pero, ¿con qué objeto le comunicaban tales verdades? No se entra con placer a un arenal ardiente. El Astrólogo se encogió de hombros:

—¡Hum!... ya sé que esto no es agradable. Da frío en las espaldas, ¿no?... ¡Oh! hace años que me lo digo. Cierro los ojos y dejo caer mi alma desde cualquier ángulo. A veces como los periódicos. Mire el diario de hoy. —Sacó una página de telegramas del bolsillo y leyó: "En el Támesis se hundieron dos barcos. En Bello Horizonte se produjo un tiroteo entre dos facciones políticas. Se ejecutó en masa a los partidarios de Sacha Bakao. La ejecución se llevó a cabo atando a los reos a la boca de los cañones de una fortaleza en Kabul. Cerca de Mons, Bélgica, hubo una explosión de grisú en una mina. Frente a las costas de Lebú, Chile, se hundió un ballenero. En Franckfort, Kentucky, se entablarán demandas contra los perros que dañen al ganado. En Dakota se desplomó un puente. Hubo treinta víctimas. Al Capone y George Moran, bandidos de Chicago, han efectuado una alianza". ¿Qué me dice usted?... todos los días así. Nuestro corazón no se emociona ya ante nada. Cuando un periódico aparece sin catástrofes sensacionales, nos encogemos de hombros, y lo tiramos a un rincón. ¿Qué me dice usted? Estamos en el año 1929.

Hipólita cerró los ojos pensando: "En verdad ¿qué puedo decirle a este hombre? Tiene razón, ¿pero acaso yo tengo la culpa?" —además, sentía frío en los pies.

—¿Qué le pasa que se ha quedado tan callada? tiende lo que le digo?

—Sí, lo entiendo y pienso que cada uno tiene que conocer en la vida muchas tristezas. Lo notable es que cada tristeza es distinta de la otra, porque cada una de ellas se refiere a una alegría que no podemos tener. Usted me habla de catástrofes presentes, y yo me acuerdo de sufrimientos pasados; tengo la sensación de que me arrancaron el alma con una tenaza, la pusieron sobre un yunque y descargaron tantos martillazos, hasta dejármela aplastada por completo.

El Astrólogo sonrió imperceptiblemente y repuso:

—Y el alma se queda a ras de tierra como si tratara de escapar de un bombardeo invisible.

Hipólita apretó los párpados. Sin poder explicarse el porqué, recuerda la época vivida con su amante en un pueblo de campo. El pueblo consistía en una calle recta. No tiene que hacer el más mínimo esfuerzo para distinguir la fachada del almacén, el hotel y la fonda; el almacén era de ramos generales. La tienda del turco, la carpintería, más allá un taller mecánico, cercos de corrales, vista al campo obstaculizada por unas tapias de ladrillos, galpones inmensos, gallinas picoteando restos de caseína frente a un tambo, un automóvil se detenía junto a la usina de gas pobre, una mujer con la cabeza cubierta con una toalla desaparecía tras un cerco. Ese era el campo. Las mujeres se valoraban allí por la hijuela heredada. Los hombres apeándose del Ford entraban al hotel. Hablaban de trigo y jugaban un partido al billar. Los criollos hambrientos no iban al hotel; ataban los caballos escuálidos en los postes torcidos que había frente a la fonda, como a la orilla del mar.

El Astrólogo la examinaba en silencio. Comprende que Hipólita se ha desplomado en el pasado, atrapada por antiguas ligaduras de sufrimiento. Hipólita corre velozmente hacia una visión renovada: en el interior de ella se desenvuelve vertiginosamente la estación del ferrocarril, el desvío con un paragolpes en un terromontero verde; líneas de galpones de cinc resucitan ante sus ojos, se abandona a esta evocación y una voz dulcísima murmura en ella, como si estuviera narrando su recuerdo: "El viento movía el letrero de una peluquería, y el sol reverberaba en los techos inclinados y reventaba las tablas de todas las puertas. Cada rojiza puerta cerrada cubría un zaguán pintado imitación piedra, con mosaicos de tres colores. En cada una de esas casas, pintadas también imitación papel, había una sala con un piano y muebles cuidadosamente enfundados".

—¿Piensa todavía usted?

Hipólita lo envolvió en una de sus miradas rápidas, luego:

—No sé por qué. Cuando usted habló de aquellas ciudades distantes, me acordé del campo donde había vivido un tiempo, triste y sola. ¿Por qué motivo no puede uno sustraerse a ciertos recuerdos? Reveía todo como en una fotografía...

—¿Sufrió mucho usted allí?...

—Sí... la vida de los demás me hacía sufrir.

—¿Por qué?

—Era una vida bestial la de esa gente. Vea... del campo me acuerdo el amanecer, las primeras horas después de almorzar y del anochecer. Son tres terribles momentos de ese campo nuestro, que tiene una línea de ferrocarril cruzándolo, hombres con bombachas parados frente a un almacén de ladrillos colorados y automóviles Ford haciendo línea a lo largo de la fachada de una Cooperativa.

El Astrólogo asiente con la cabeza, sonriendo de la precisión con que la muchacha roja evoca la llanura habitada por hombres codiciosos.

—Me acuerdo... en todas las partes y en todas las casas se hablaba de dinero. Ese campo era un pedazo de la provincia de Buenos Aires, pero... ¡qué importa!, allí esos hombres y esas mujeres, hijos de italianos, de alemanes, de españoles, de rusos o de turcos, hablaban de dinero. Parecía que desde criaturas estaban acostumbrados a oír hablar de dinero. A juzgar por sus pasiones, todos sus sentimientos los controlaba una sed de dinero. Jamás hablaban de la pasión sin asociarla al dinero. Juzgaban los casamientos y los noviazgos por el número de hectáreas que sumaban tales casamientos, por los quintales de trigo que duplicaban esos matrimonios, y yo, perdida entre ellos, sentía que mi vida agonizaba precozmente, peor que cuando vivía en el más incierto de los presentes de la ciudad. ¡Oh! y era inútil querer escaparse de la fatalidad del dinero.

Crepita el uik-uik de un pájaro invisible en lo verde. Una hormiga negra asciende por el zapato de Hipólita. El Astrólogo sonríe sin apartar los ojos del semblante de Hipólita y reflexiona.

—El dinero y la política es la única verdad para la gente de nuestro campo.

—Pero aquello ya era increíble. En la mesa, a la hora del té, cenando y después de cenar, hasta antes de acostarse, la palabra dinero venía a separar a las almas. Se hablaba del dinero a toda hora, en todo minuto; el dinero estaba ligado a los actos más insignificantes de la vida cotidiana; en el dinero pensaban las madres cuyos hijos deseaban que ellas se murieran de una vez para heredarlas, las muchachas antes de aceptar un novio pensaban en el dinero, los hombres, antes de escoger una mujer investigaban su hijuela, y en este pueblo horroroso, con su calle larga, yo me moví un tiempo como hipnotizada por la angustia.

—Siga... es interesante...

—Hombres y mujeres me miraban como forastera, hombres y mujeres pensaban con piedad en mi supuesto marido. ¿Por qué no se habría casado él con una muchacha de plata, o con la hija del habilitado de X y Cía., en vez de hacerlo con una mujer delgadita que no tenía dinero, sino pobreza?

El Astrólogo encendió un cigarrillo y observó encuriosado a Hipólita, mientras la llama del fósforo brillaba entre sus dedos.

—Es notable... nunca ¿nunca habló usted con otra persona de lo que me cuenta a mí?

—No, ¿por qué?

—He tenido la sensación de que usted estaba vaciando una angustia vieja frente a mí. —El Astrólogo se puso de pie—. Vea, es mejor que se levante... si no se va a "enfriar".

—Sí... tengo los pies escarchados.

Caminaban ahora entre tumultuosos macizos ennegrecidos por el crepúsculo. A veces entre un cruce de ramas se uchaba el rebullir de una nidada de pájaros. Hacia el rdeste, el cielo color de aceituna estaba rayado por inmensas sábanas de cobre.

Hipólita apoyó una mano en el brazo del Astrólogo y dijo:

—¿Quiere creerme? Hace mucho tiempo que no miro el cielo del crepúsculo.

El Astrólogo dirigió una despreocupada mirada al horizonte y repuso:

—Los hombres han perdido la costumbre de mirar las estrellas. Incluso, si se examinan sus vidas, se llega a la conclusión de que viven de dos maneras: Unos falseando el conocimiento de la verdad y otros aplastando la verdad. El primer grupo está compuesto por artistas, intelectuales. El grupo de los que aplastan la verdad lo forman los comerciantes, industriales, militares y políticos. ¿Qué es la verdad?, me dirá usted. La Verdad es el Hombre. El Hombre con su cuerpo. Los intelectuales, despreciando el cuerpo, han dicho: Busquemos la verdad, y verdad la llaman a especular sobre abstracciones. Se han escrito libros sobre todas las cosas. Incluso sobre la psicología del que mira volar un mosquito. No se ría, que es así.

Hipólita miraba con ansiedad los troncos de los eucaliptos moteados como la piel de un leopardo, y otros de los que se desprendían tiras cárdenas como pelambre de león. Pequeñas palmeras solitarias entreabrían palmípedos conos verdes. Ramajes color de tabaco ponían en el aire sus brazos, de una tersa soltura, semejantes a la boa erecta en salto de ataque. Proyectaban en el suelo encrucijadas de sombra, que ella pisaba cuidadosamente.

Cuando se movía el aire, las hojas voltejeaban oblicuamente en su caída. El Astrólogo continuó:

—A su vez, comerciantes, militares, industriales y políticos aplastan la Verdad, es decir, el Cuerpo. En complicidad con ingenieros y médicos, han dicho: El hombre duerme ocho horas. Para respirar necesita tantos metros cúbicos de aire. Para no pudrirse y pudrirnos a nosotros, que sería lo grave, son indispensables tantos metros cuadrados de sol, y con ese criterio fabricaron las ciudades. En tanto, el cuerpo sufre. No sé si usted se da cuenta de lo que es el cuerpo. Usted tiene un diente en la boca, pero ese diente no existe en realidad para usted. Usted sabe que tiene un diente, no por mirarlo; mirar no es comprender la existencia. Usted comprende que en su boca existe un diente porque el diente le proporciona dolor. Bueno, los intelectuales esquivan este dolor del nervio del cuerpo, que la civilización ha puesto al descubierto. Los artistas dicen: este nervio no es la vida; la vida es un hermoso rostro, un bello crepúsculo, una ingeniosa frase. Pero de ningún modo se acercan al dolor.

A su vez, los ingenieros y los políticos dicen: Para que el nervio no duela son necesarios tantos estrictos metros cuadrados de sol, y tantos gramos de mentiras poéticas, de mentiras sociales, de narcóticos psicológicos, de mentiras noveladas, de esperanzas para dentro de un siglo... y el Cuerpo, el Hombre, la Verdad, sufren... sufren, porque mediante el aburrimiento tienen la sensación de que existen como el diente podrido existe para nuestra sensibilidad cuando el aire toca el nervio.

Para no sufrir habría que olvidarse del cuerpo; y el hombre se olvida del cuerpo cuando su espíritu vive intensamente, cuando su sensibilidad, trabajando fuertemente, hace que vea en su cuerpo la verdad inferior que puede servir a la verdad superior.

Aparentemente estaría en contradicción con lo que decía antes, pero no es así.

Nuestra civilización se ha particularizado en hacer del cuerpo el fin, en vez del medio, y tanto lo han hecho fin, que el hombre siente su cuerpo y el dolor de su cuerpo, que es el aburrimiento.

El remedio que ofrecen los intelectuales, el Conocimiento, es estúpido. Si usted conociera ahora todos los secretos de la mecánica o de la ingeniería y de la química, no sería un adarme más feliz de lo que es ahora. Porque esas ciencias no son las verdades de nuestro cuerpo. Nuestro cuerpo tiene otras verdades. Es en sí una verdad. Y la verdad, la verdad es el río que corre, la piedra que cae... El postulado de Newton... es la mentira. Aunque fuera verdad; ponga que el postulado de Newton es verdad. El postulado no es la piedra. Esa diferencia entre el objeto y la definición es la que hace inútil para nuestra vida las verdades o las mentiras de la ciencia. ¿Me comprende usted?

—Sí... lo comprendo perfectamente. Usted lo que quiere es ir hacia la revolución. Usted indirectamente me está diciendo: ¿quiere ayudarme a hacer la revolución? Y para evitar de entrar de lleno en materia, subdivide su tema...

El Astrólogo se echó a reír.

—Tiene usted razón. Es una gran mujer.

Hipólita levantó la mano hasta la mejilla del hombre y dijo:

—Quisiera ser suya. Súbitamente lo deseo mucho.

El Astrólogo retrocedió.

—Sería muy feliz de serle infiel a mi esposo.

El la midió de una mirada y sonriendo fríamente le contestó:

—Es notable lo que le sugieren mis reflexiones.

—El deseo es mi verdad en este momento. Yo he comprendido perfectamente todo lo que ha dicho usted. Y mi entusiasmo por usted es deseo. Usted ha dicho la verdad. Mi cuerpo es mi verdad. ¿Por qué no regalárselo?

Una arruga terrible rayó la frente del Astrólogo. Durante un minuto Hipólita tuvo la sensación de que él la iba a estrangular; luego movió la cabeza, miró a lo lejos, a una distancia que en la abombada claridad de sus pupilas debía ser infinita, y dijo secamente:

—Sí... su cuerpo en este momento es su verdad. Pero yo no la deseo a usted. Además, que no puedo poseer a ninguna mujer. Estoy castrado.

Entonces las palabras que ella le dijo a Erdosain esa noche nuevamente estallaron en su boca:

—Cómo, ¿vos también?... un gran dolor... Entonces somos iguales... Yo tampoco he sentido nada, nunca, junto a ningún hombre... y sos... el único hombre. ¡Qué vida!

Calló contemplando pensativa los elevadísimos abanicos de los eucaliptos. Abrían conos diamantinos, chapados de sol, sobre la combada cresta de la vegetación menos alta, oscurecida por la sombra y más triste que una caverna marítima.

El Astrólogo inclinó la frente como toro que va a embestir una valla. Luego, mirando a la altura de los árboles, se rascó la cabeza, y dijo:

—En realidad yo, él, vos, todos nosotros, estamos al otro lado de la vida. Ladrones, locos, asesinos, prostitutas. Todos somos iguales. Yo, Erdosain, el Buscador de Oro, el Rufián Melancólico, Barsut, todos somos iguales. Conocemos las mismas verdades; es una ley; los hombres que sufren llegan a conocer idénticas verdades. Hasta pueden decirlas casi con las mismas palabras, como los que tienen una misma enfermedad física, pueden, sepan leer o escribir o no, describirla con las mismas palabras cuando ésta se manifiesta en determinado grado.

—Pero usted cree en algo... tiene algún dios.

—No sé... hace un momento sentí que la dulzura de Cristo estaba en mí. Cuando usted se ofreció a mí tuve deseos de decirle: Y vendrá Jesús. —Se echó a reír. Hipólita tuvo miedo, pero él la tranquilizó poniéndole la mano en el hombro, al tiempo que decía—: Erdosain tiene razón cuando dice que los hombres se martirizan entre sí hasta el cansancio, si Jesús no viene otra vez a nosotros.

—¡Cómo!... ¿y usted tan inteligente, cree en Erdosain?...

—Y además lo respeto mucho. Creo en la sensibilidad de Erdosain. Creo que Erdosain vive por muchos hombres simultáneamente. ¿Por qué no se dedica a quererlo usted?

Hipólita se echó a reír.

—No... me da la sensación de ser una pobre cosa a la que se puede manosear como se quiere...

El Astrólogo movió la cabeza.

—Está equivocada de medio a medio. Erdosain es un desdichado que goza con la humillación. No sé hasta qué punto todavía será capaz de descender, pero es capaz de todo...

—Usted sabe lo de la criatura en una plaza... —y se detuvo, temerosa de ser indiscreta.

Habían llegado casi al final de la quinta. Más allá de los alambrados se distinguían oquedades veladas por movedizas neblinas de aluminio. En un montículo, aislado, apareció un árbol cuya cúpula de tinta china estaba moteada de temblorosas hoces verdes, y el Astrólogo, girando sobre los talones y rascándose la oreja, murmuró:

—Sé todo. Posiblemente los santos cometieron pecados mucho más graves que aquellos que cometió Erdosain. Cuando un hombre que lleva el demonio en el cuerpo, busca a Dios mediante pecados terribles, así su remordimiento será más intenso y espantoso... pero hablando de otra cosa... ¿su esposo sigue en el Hospicio?

—Sí...

—¿Usted venía a extorsionarme, no?

—Sí...

—¿Y ahora qué piensa hacer?

—Nada, irme. —Dijo estas palabras con tristeza. Su voluntad estaba rota. Súbitamente la luz oscureció un grado, con más rápido descenso que el de un aeroplano que se desploma en un pozo de aire. El celeste del cielo degradó en grisáceo de vidrio. Nubes rojas ennegrecieron aún más el escueto perfil de los álamos en la torcida del camino. Una claridad submarina se volcaba sobre las cosas. Hipólita tenía los pies helados y, aunque cerca de aquel hombre su misteriosa castración interponía entre ella y él una distancia polar, era como si se hubieran encontrado caminando en dirección opuesta, en la curvada superficie del polo, y en el simple gesto de una mano hubiera consistido todo el saludo, en aquellas latitudes sin esperanza.

El Astrólogo, adivinando su pensamiento, dijo a modo de reflexión:

—Puse el pie sobre una claraboya, se rompieron los cristales, caí sobre el pasamano de una escalera...

Hipólita se tapó los oídos horrorizada.

—...y los testículos me estallaron como granadas...

Se rascó nerviosamente la garganta, chupó un cigarro, y dijo:

—Amiga mía, esto no tiene nada de grave. En Venezuela se cuelga a los comunistas de los testículos. Se les amarra por una soga y se les sube hasta el techo. Allá a ese tormento lo llaman tortol. Aquí a veces en nuestras cárceles, los interrogatorios se hacen a base de golpes en los testículos. Estuve moribundo... sé lo que es estar a la orilla misma de la muerte. De manera que usted no debe avergonzarse de haberme ofrecido la felicidad. Barsut me besó las manos cuando supo mi desgracia. Y lloraba de remordimiento. Bueno, él tiene mucho que llorar todavía en la vida. Por eso se salvó. ¿Quiere verlo usted?

—¡Cómo! ¿No lo mataron?

—No. ¿Quiere que lo llame para presentárselo?

—No le creo... le juro que le creo...

—Lo sé. También sé que el amor salvará a los hombres; pero no a estos hombres nuestros. Ahora hay que predicar el odio y el exterminio, la disolución y la violencia. El que habla de amor y respeto vendrá después. Nosotros conocemos el secreto, pero debemos proceder como si lo ignoráramos. Y El contemplará nuestra obra, y dirá: los que tal hicieron eran monstruos. Los que tal predicaron eran monstruos... pero El no sabrá que nosotros quisimos condenarnos como monstruos, para que El... pudiera hacer estallar sus verdades angélicas.

—¡Qué admirable es usted!... Dígame... ¿Usted cree en la Astrología?

—No, son mentiras. ¡Ah! Fíjese que mientras conversaba con usted se me ocurrió este proyecto: ofrecerle cinco mil pesos por su silencio, hacerle firmar un recibo en el cual usted, Hipólita, reconocía haber recibido esa suma para no denunciar mi crimen, presentarle luego a Barsut, con ese documento inofensivo para mí, pero peligrosísimo para usted, ya que con él yo podía hacerla a usted encarcelar, convertirla en mi esclava; mas usted me ha dado la sensación de que es mi amiga... dígame, ¿quiere ayudarme?

Ella, que caminaba mirando el pasto, levantó la cabeza:

—¿Y usted creerá en mí?

—En los únicos que creo es en los que no tienen nada que perder.

Habían llegado ahora frente a la gradinata guarnecida de palmeras. El Astrólogo dijo:

—¿Quiere entrar?

Hipólita subió la escalera. Cuando el Astrólogo en el cuarto oscuro encendió la luz, ella se quedó observando encurioseada el armario antiguo, el mapa de Estados Unidos con las banderas clavadas en los territorios donde dominaba el Ku-Klux-Klan, el sillón forrado de terciopelo verde, el escritorio cubierto de compases, las telarañas colgando del altísimo techo. El enmaderado del piso hacía mucho tiempo que no había sido encerado. El Astrólogo abrió el armario antiguo, extrajo de un estante una botella de ron y dos vasos, sirvió la bebida y dijo:

—Beba... es ron... ¿No le gusta el ron?... Yo lo bebo siempre. Me recuerda una canción que no sé de quién será, y que dice así:

Son trece los que quieren el cofre de aquel muerto.
Son trece, oh, viva el ron...
El diablo y la bebida hicieron todo el resto...
El diablo, oh, oh, viva el ron...

Hipólita lo observó recelosa. El rostro del Astrólogo se puso grave y:

—A usted le parecerá extemporánea esta canción, ¿no es cierto? —preguntó—. Yo la aprendí escuchándola de un chico que la cantaba todo el día. Vivía en el altillo de una casa cuya medianera daba frente a mi cuarto. El chico cantaba todas las tardes, yo estaba convaleciente de la terrible desgracia...; una tarde no la cantó más el chico...; supe por un hombre que me traía la comida que la criatura se había suicidado por salir mal en los exámenes. Era un hijo de alemanes, y su padre, un hombre severo. No he visto nunca el semblante de ese niño, pero no sé por qué me acuerdo casi todos los días de aquella pobre alma.

Impaciente, estalló Hipólita:

—Sí, nada más que recuerdos es la vida...

—Yo quiero que sea futuro. Futuro en campo verde, no en ciudad de ladrillo. Que todos los hombres tengan un rectángulo de campo verde, que adoren con alegría a un dios creador del cielo y de la tierra. —Cerró los ojos; Hipólita lo vio palidecer; luego se levantó, y llevando la mano al cinturón dijo con voz ronca—: Vea.

Se había desprendido bruscamente el pantalón. Hipólita, retrayendo el cuello entre los hombros, miró de soslayo el bajovientre de aquel hombre: era una tremenda cicatriz roja. El se cubrió con delicadeza y dijo:

—Pensé matarme; muchos monstruos trabajaron en mi

cerebro días y noches; luego las tinieblas pasaron y entré en el camino que no tiene fin.

—Es inhumano —murmuró Hipólita.

—Sí, ya sé. Usted tiene la sensación de que ha entrado en el infierno... piense en la calle durante un minuto. Mire, aquí es campo; piense en las ciudades, kilómetros de fachadas de casas; la desafío a que usted se vaya de aquí sin prometerme que me ayudará. Cuando un hombre o una mujer comprenden que deben destinar su vida al cumplimiento de una nueva verdad, es inútil que traten de resistirse a ellos mismos. Sólo hay que tener fuerzas para sacrificarse. ¿O usted cree que los santos pertenecen al pasado? No... no. Hay muchos santos ocultos hoy. Y quizá más grandes, más espirituales que los terribles santos antiguos. Aquéllos esperaban un premio divino... y éstos ni en el cielo de Dios pueden creer.

—¿Y usted?

—Yo creo en un único deber: Luchar para destruir esta sociedad implacable. El régimen capitalista en complicidad con los ateos han convertido al hombre en un monstruo escéptico, verdugo de sus semejantes por el placer de un cigarro, de una comida o de un vaso de vino. Cobarde, astuto, mezquino, lascivo, escéptico, avaro y glotón, del hombre actual nada debemos esperar. Hay que dirigirse a las mujeres; crear células de mujeres con espíritu revolucionario; introducirse en los hogares, en los normales, en los liceos, en las oficinas, en las academias y los talleres. Sólo las mujeres pueden impulsarlos a estos cobardes a rebelarse.

—¿Y usted cree en la mujer?

—Creo.

—¿Firmemente?

—Creo.

—¿Y por qué?

—Porque ella es principio y fin de la verdad. Los intelectuales la desprecian porque no se interesa por las divagaciones que ellos construyen para esquivar la verdad... y es lógico... la verdad es el Cuerpo, y lo que ellos tratan no tiene nada que ver con el cuerpo que su vientre fabrica.

—Sí, pero hasta ahora no han hecho nada más que tener hijos.

—¿Y le parece poco? Mañana harán la revolución. Deje que empiecen a despertar. A ser individualidades.

Hipólita se levantó.

—Usted es el hombre más interesante que he conocido. No sé si volveré a verlo...

—Creo que usted volverá a verme. Y será entonces para decirme "sí, quiero ayudarlo...".

—Puede ser... no sé... voy a pensar esta noche...

—¿Va a volver a la casa de Erdosain?

—No. Quiero estar sola y pensar. Necesito pensar.

De pronto, Hipólita se echó a reír.

—¿De qué se ríe usted?

-Me río porque he tocado el revólver que traje para defenderme de usted.

—Realmente, hace bien en reírse. Bueno, ahora váyase y piense... ¡Ah! ¿No necesita dinero?

—¿Puede darme cien pesos?

—Cómo no.

—Bueno, entonces vamos saliendo. Acompáñeme hasta la puerta de esta quinta endiablada.

—Sí.

Al salir, el Astrólogo apagó la luz. Hipólita iba ligeramente encorvada. Murmuró:

—Estoy cansada.

LOS AMORES DE ERDOSAIN

Erdosain se detuvo asombrado frente al nuevo edificio en el que se encontraba el departamento al cual se había mudado.

No terminaba de explicarse el suceso. ¿En qué circunstancias dejó su casa por la pensión en la cual hasta hacía algunos días vivía Barsut?

Preocupadísimo, miró en redor. Él vivía allí. ¡Había alquilado el mismo cuarto que ocupara Barsut! ¿Por qué? ¿Cuándo ejecutó este acto? Cerró los ojos para atraer a la superficie de su memoria los detalles que constituían la determinación para ejecutar aquel hecho absurdo, pero aquella franja de vida estaba demasiado cubierta de sucesos recientes y confusos. En realidad, está allí con la misma extrañeza con que podía encontrarse en un calabozo del Departamento de Policía. O en cualquier parte. Además, ¿de dónde ha sacado el dinero? ¡Ah, sí! El Rufián Melancólico... ¿Cuándo preparó sus maletas? Se pasa la mano por la frente, para disipar la neblina que cubre la franja mental, y lo único que sabe es que ocupa el mismo cuarto del hombre que lo ofendió cruelmente, y a quien hizo secuestrar, robar y matar. ¿Pero Hipólita cómo averiguó su dirección? Inútilmente Erdosain cavila estos enigmas, del mismo modo que el hombre que despierta después de un acceso de sonambulismo se encuentra, perplejo, en parajes desconocidos a aquellos en los que se había dormido.[1]

—¡Oh! ¡Todo eso!... ¡Todo eso!...

¿Qué penuria mental almacena para olvidarse del mundo?

Asqueado, avanza por el corredor del edificio, un túnel abovedado, a cuyos costados se abren rectángulos enrejados de ascensores y puertas que vomitan hedores de aguas servidas y polvos de arroz.

En el umbral de un departamento, una prostituta negruzca, con los brazos desnudos y un batón a rayas rojas y blancas, adormece a una criatura. Otra morena, excepcionalmente gorda, con chancletas de madera, rechupa una naranja, y Erdosain se detiene frente a la puerta del ascensor, sucio como una cocina, del que salen un albañil, con un balde cargado de portland y un jorobadito con una cesta cargada de sifones y botellas vacías.

Los departamentos están separados por tabiques de chapas de hierro. En los ventanillos de las cocinas fronteras, tendidas hacia los patios, se ven cuerdas arqueadas bajo el peso de ropas húmedas. Delante de todas las puertas, regueros de cenizas y cáscaras de bananas. De los interiores escapan injurias, risas ahogadas, canciones mujeriles y broncas de hombres.

[1] *Nota del comentador:* Erdosain se mudó a la pensión en la cual vivía Barsut más o menos dos días después del secuestro de éste. Investigaciones posteriores permitieron comprobar a la policía que Erdosain ni por un momento se cuidó de ocultar su dirección, pues escribió una carta a la dueña de la casa que ocupaba anteriormente, suplicándole diera su cambio de domicilio a cualquier persona que preguntara por él.

Erdosain cavila un instante antes de llamar. ¿Cómo diablos se le ha ocurrido irse a vivir a esa letrina, a la misma pieza que antes ocupaba Barsut?

Detenido junto al vano de la escalera y mirando un patizuelo en la profundidad, se preguntó qué era lo que buscaba en aquella casa terrible, sin sol, sin luz, sin aire, silenciosa al amanecer y retumbante de ruidos de hembras en la noche. Al atardecer, hombres de jetas empolvadas y brazos blancos tomaban mate, sentados en sillitas bajas, en el centro de los patios.

La escalera en caracol descendía más sucia que un muladar. Entonces abrió la puerta cancel del departamento y entró. No bien se encontró en el patio tuvo el presentimiento de que Hipólita no estaba allí; se dirigió a su cuarto y nadie salió a su encuentro. Sin necesidad de que le dijeran nada comprendió que la Coja no volvería más. Se tapó la cara con la palma de las manos, permaneció así un breve espacio de tiempo y luego se tiró encima de la cama.

Cerró los ojos. Tinieblas blancuzcas se inmovilizaban frente a sus párpados y el reposo que recibía de la cama en su cuerpo horizontal circulaba como una inyección de morfina por sus venas. Trató de recibir dolor pensando en su esposa. Fue inútil. Una imagen desteñida tocó, con tres puntos de relieve, su sensibilidad relajada. Ojos, nariz y mentón.

Era lo único que sobrevivía de su esposa. Volcó entonces su recuerdo hacia el cuerpo de ella; cerró los ojos y apenas entrevió a un fantasma gris vistiéndose frente al espejo, pero repugnado abandonó la imagen. Era demasiado tarde. Ninguna fotografía de la existencia de ella podía erizar sus nervios agotados. En una especie de diario, en el que Erdosain anotaba sus sinsabores (y que el cronista de esta historia utiliza frecuentemente en lo que se refiere a la vida interior del personaje) encontró anotado:

"Es como si en el interior de uno el calco de una persona estuviera fijado en una materia semejante al yeso, que con el roce pierde el relieve. Yo había repasado muchas veces esa vida querida, para que pudiera mantenerse íntegra en mí, y ella, que al comienzo estaba en mi espíritu estampada con sus uñas y sus cabellos, sus miembros y sus senos, fue despacio mutilándose."

En realidad, Elsa era para Erdosain lo que aquellas fotografías amarilleadas por el tiempo y que nada, absolutamente nada, nos dicen del original del que son la exacta reproducción.

Entonces Erdosain trató de recordarlo a Barsut y un bostezo de fastidio le dilató las quijadas. No le interesaban los muertos. Sin embargo, entre destellos solares sobre una curva de riel, se desprendió por un instante de la superficie de su espíritu la ovalada carita pálida de la jovencita de ojos verdosos y rulos negros arrollados a la garganta por el viento y pensó:

"Estoy monstruosamente solo. ¿A qué grado de insensibilidad he llegado para tener el alma tan vacía de remordimientos?" Y dijo en voz tan baja que la habitación se llenó de un sordo cuchicheo de caracol marino:

—No me importa nada. Dios se aburre igual que el Diablo.

Le causó alegría el pensamiento: Dios se aburre igual que el Diablo. El uno arriba y el otro abajo bostezan lúgubremente de la misma manera. Erdosain estirado en la cama con las manos en asa bajo la nuca entreabrió ligeramente los ojos sin dejar de sonreír infantilmente. Estaba contento de su ocurrencia. Mirando un vértice del cielo raso, frunció el ceño. Luego vertiginosa, una chapa de amargura, perpendicular a su corazón, le partió la alegría, hizo fuerza tangencialmente a sus costillas, y, como la proa que desplaza océano, expulsó más allá de su nuca la pequeña felicidad, y entonces contempló tristemente el crepúsculo que entraba por los vidrios de la puerta.

Y sin darse cuenta que repetía las mismas palabras de Víctor Antía cuando recibió el balazo en el pecho frente al chalet de Emborg, Erdosain murmuró fieramente:

—Me han jodido. No seré nunca feliz. Y esa perra también se ha ido. ¡Qué ocurrencia la mía, hablarle a una prostituta, de la rosa de cobre!

Y apretó los dientes al recordar el semblante de la pecosa, cuyo cabello rojo, partido en dos bandós, le cubría la punta de las orejas.

Trató de engañarse a sí mismo y dijo:

—Bueno, me haré siete trajes.

Fue inútil que con esas palabras tratara de detener el desmoronamiento de su espíritu.

—Y me compraré cincuenta corbatas y diez pares de zapatos, aunque hubiera sido mejor que la matara esa noche. Sí, debí matarla esa noche.

Y como el paquete de dinero le molestaba se puso a contarlo. Luego se dio cuenta de que no había tomado ni la precaución de cerrar la puerta.

Por allí entraba una cenicienta claridad crepuscular, semejante a las luces del acuario en las que flotan con torpes buzoneos, peces cortos de vista. Erdosain, sentado a la orilla de la cama, apoyó la mejilla en la palma de la mano. Al levantar los párpados, detuvo los ojos en el cromo de un almanaque que lo seducía con su titánica policromía.

Una ciclópea viga de acero doble T, suspendida de una cadena negra entre cielo y tierra. Atrás, un crepúsculo morado, caído en una profundidad de fábricas, entre obeliscos de chimeneas y angulares brazos de guinches. La vida nuevamente gime en Erdosain. A momentos entorna con somnolencia los ojos, se siente tan sensible que, como si se hubiera desdoblado, percibe su cuerpo sentado, recortando la soledad del cuarto, cuyos rincones van oscureciendo grises tonos de agua.

Quiere pensar en la mañana del crimen y no puede. Cuando llegó lo sorprendió a medias la desaparición de Hipólita. Ahora también Hipólita está alejada de su conciencia. Su percepción le sirve únicamente para comprender que las energías de su cuerpo se agotaron hasta el punto de aplastarlo, con la mejilla tristemente apoyada en una mano, en la funeraria soledad del cuarto. Hasta le parece haber salido fuera de sí mismo, ser el espía invisible que escudriña la angustia de aquel hombre allí derrotado, con los ojos perdidos en una gráfica mancha escarlata, hendida oblicuamente por una viga de acero suspendida entre cielo y tierra.

A momentos un suspiro ensancha su pecho. Vive simultáneamente dos existencias: una, espectral, que se ha detenido a mirar con tristeza a un hombre aplastado por la desgracia, y después otra, la de sí mismo, en la que se siente explorador subterráneo, una especie de buzo que con las manos extendidas va palpando temblorosamente la horrible profundidad en la que se encuentra sumergido.

El tictac del reloj suena muy distante. Erdosain cierra los ojos. Lo van aislando del mundo sucesivas envolturas perpendiculares de silencio, que caen fuera de él, una tras otra, con tenue roce de suspiro. Silencio y soledad. Él permanece allí dentro, petrificado. Sabe que aún no ha muerto porque la osamenta de su pecho se levanta bajo la presión de la pena. Quiere pensar, ordenar sus ideas, recuperar su "yo", y ello es imposible. Si se hubiera quedado paralítico no le sería más difícil mover un brazo que poner ahora en movimiento su espíritu. Ni siquiera percibe el latido de su corazón. Cuanto más, en el núcleo de aquella oscuridad que pesa sobre su frente distingue un agujerito abierto hacia los mástiles de un puerto distantísimo. Es única vereda de sol de una ciudad negra y distante, con graneros cilíndricos de cemento armado, vitrinas de cristales gruesos, y, aunque quiere detenerse, no puede. Se desmorona vertiginosamente hacia una supercivilización espantosa: ciudades tremendas en cuyas terrazas cae el polvo de las estrellas, y en cuyos subsuelos, triples redes de ferrocarriles subterráneos superpuestos arrastran una humanidad pálida hacia un infinito progreso de mecanismos inútiles.

Erdosan gime y se retuerce las manos. De cada grado que se compone el círculo del horizonte (ahora él es el centro del mundo) le llega una certificación de su pequeñez infinita: molécula, átomo, electrón, y él hacia los trescientos sesenta grados de que se compone cada círculo del horizonte envía su llamado angustioso. ¿Qué alma le contestará? Se toma la frente quemante, y mira en redor. Luego cierra los ojos y en silencio repite su llamado, aguarda un instante esperando respuesta, y luego, desalentado, apoya la mejilla en la almohada. Está absolutamente solo, entre tres mil millones de hombres y en el corazón de una ciudad. Como si de pronto un declive creciente hubiera precipitado su alma hacia un abismo, piensa que no estaría más solo en la blanca llanura del polo. Como fuegos fatuos en la tempestad, tímidas voces con palabras iguales repiten el timbre de queja desde cada centímetro cúbico de su carne atormentada. ¿Qué hacer? ¿Qué debe hacerse?

Se levanta, y asomándose a la puerta del cuarto mira el patio entenebrecido, levanta la cabeza y más arriba, reptando los muros, descubre un paralelogramo de porcelana celeste engastado en el cemento sucio de los muros.

—Esta es la vida de la gente —se dice—. ¿Qué debe hacerse para terminar con semejante infierno?...

Cada pregunta que se hace resuena simultáneamente en sus meninges; cada pensamiento se transforma en un dolor físico, como si la sensibilidad de su espíritu se hubiera contagiado a sus tejidos más profundos.

Erdosain escucha el estrépito de estos dolores repercutir en las falanges de sus dedos, en los muñones de sus brazos, en los nudos de sus músculos, en los tibios recovecos de sus intestinos; en cada oscuridad de su entraña estalla una burbuja de fuego fatuo que temblequea la espectral pregunta:

—¿Qué debe hacerse?

Se aprieta las sienes, se las prensa con los puños; está ubicado en el negro centro del mundo; es el eje doliente carnal de un dolor que tiene trescientos sesenta grados, y piensa:

—¿Es mejor acabar?

Lentamente retira el revólver del cajón de la mesa. El arma empavonada pesa en la palma de su mano. Erdosain examina el tambor, lo hace girar observando las cápsulas amarillas de bronce con los cárdenos fulminantes de cobre. Endereza el revólver y mira el cañón con el negro vacío interior. Erdosain apoya el tubo sobre su corazón y siente en la piel la presión circular del tejido de su ropa.

Bloques de oscuridad se desmoronan ante sus ojos. Se acuerda de Elsa, la distingue en aquel terrible cuarto empapelado de azul. De la superficie de la oscuridad se desprende su boca entreabierta para recibir los besos de otro. Erdosain quiere aullar su desesperación, quiere tapar esa boca con la palma de su mano para que los otros labios invisibles no la besen, araña la mesa despacio y continúa apretando el revólver sobre su pecho.

Está gimiendo todo entero. No quiere morir, es necesario que sufra más, que se rompa más. Con la culata del revólver da un martillazo sobre la mesa, luego otro; una energía despiadada enarca sus brazos como si fueran los de un orangután que quiere apretar el tronco de un árbol. Y lentamente sobre el asiento se arquea, se acurruca, quiere achicarse, y, como las grandes fieras carniceras, da un gran salto en el vacío, cae sobre la alfombra y despierta en cuclillas sorprendido.

El suelo está cubierto de dinero; al golpear con la culata del revólver los paquetes de dinero, los billetes se han desparramado. Erdosain mira estúpidamente ese dinero, y su corazón permanece callado. Apretando los dientes se levanta, camina de un rincón a otro del cuarto. No le preocupa pisotear el dinero. Sus labios se tuercen en una mueca, camina despacio, de una pared a otra, como si estuviera encerrado en un jaulón. A instantes se detiene, respira despacio, mira con extrañeza la oscuridad que llena el cuarto, o se aprieta el corazón con las dos manos. Una fuerza se quiere escapar de él; en un momento apoya el antebrazo en la pared y sobre él la frente. En él respiran los pulmones de su angustia. Aguza el oído para recoger voces distantes, pero nada llega hasta él; está solo y perpendicular en la superficie de un infierno redondo. Nuevamente camina. Así como se forman las costras de óxido en las superficies de los hierros, así también lentamente se van formando imágenes en la superficie de su alma. Erdosain trata de interpretar esos relieves borrosos de ideas, deseos tristes, llantos abortados; luego gira bruscamente sobre sí mismo y piensa:

—¿Es necesario que me salve? ¿Que nos salvemos todos?

Esta palabra, como la tempestad de Dios, arroja contra sus ojos visiones de caseríos poblados al rojo cobre, ventanucos en los que se recuadran rostros de condenados, mujeres arrodilladas junto a una cuna, puños que amenazan el cielo de Dios, y Erdosain sacude la cabeza, semejante a un hombre que tuviera las sienes horadadas por una saeta. Es tan terrible todo lo que adivina que abre la boca para sorber un gran trago de aire. Se sienta otra vez junto a la mesa... Ya no está en él, ni es él. Dirige en redor miradas oblicuas, piensa que es necesario descubrir la verdad, que aquél es el problema más urgente porque si no enloquecerá, y cuando ya retorna su pensamiento al crimen, su crimen no es crimen. Trata de evocar el fantasma de Hipólita, pero una experiencia misteriosa parece decirle que Hipólita nunca estuvo allí, y siente tentaciones de gritar.

Luego su pensamiento se interrumpió. Tuvo la sensación de que alguien le estaba observando; levantó la cabeza con lentitud precavida, y en el umbral de la puerta observó detenida a doña Ignacia, la dueña de la pensión.

Más tarde, refiriéndose a dicha circunstancia, me decía Erdosain:

—Cuando vi aquella mujer allí, inmóvil, espiándome, experimente una alegría enorme. No sabía lo que podía esperar de ella, pero el instinto me decía que ambos deseábamos recíprocamente utilizarnos.

Silenciosamente, entró doña Ignacia. Era una mujer alta, gruesa, de cara redonda y paperas. Su negro cabello anillado, y ojos muertos como los de un pez, unido a la prolongada caída del vértice de los labios, le daba un aspecto de mujer cruel y sucia. En torno del cuello llevaba una cinta de terciopelo negro. Unas zapatillas rotas desaparecían bajo el ruedo de su batón de cuadros negros y blancos, abultado extraordinariamente sobre los pechos. Soslayó el dinero, y pasando la lengua ávidamente por el borde de sus labios lustrosos dijo:

—Señor Erdosain...

Erdosain, sin cuidarse de guardar el dinero, se volvió.

—¡Ah!, ¿es usted?

—La señora que durmió aquí esta noche dijo que no la esperara.

—¿Cuándo se fue?

—Esta tarde. Hará tres horas.

—Está bien. —Y volviendo la cabeza continuó contando el dinero.

Doña Ignacia, hipnotizada por el espectáculo, quedóse allí inmóvil. Se había cruzado de brazos, se humedecía los labios ávidamente.

—¡Jesús y María!, señor Erdosain, ¿ha ganado la grande?

—No, señora... es que he hecho un invento.

Y antes de que la menestrala tuviera tiempo de asombrarse, él, a quien si minutos antes le hubieran preguntado el origen de ese dinero no habría sabido qué contestar, sacó del bolsillo la rosa de cobre y, mostrándosela a la mujer, dijo:

—¿Ve?... Esta era una rosa natural y mediante mi invento en pocas horas se convierte en una flor de metal. La Electric Company me ha comprado la patente de invención. Seré rico...

La menestrala examinó sorprendida la bermeja flor metálica. Hizo girar entre sus dedos el tallo de alambre y contempló extasiada los finos pétalos metalizados.

—¡Pero es posible que usted!... ¡Quién iba a decir!... ¡Qué bonita flor!... Pero, ¿cómo se le ocurrió esa idea?

—Hace mucho tiempo que estudio el invento. Yo soy inventor, así como usted me ve. Posiblemente, nadie me supere en genio en este país. Estoy predestinado a ser inventor, señora. Y algún día, cuando yo me haya muerto, la vendrán a ver a usted y le dirán: "Pero, díganos, señora, ¿cómo era ese mozo?" No le extrañe a usted que salga pronto mi retrato en los diarios. Pero siéntese, señora. Estoy muy contento.

—¡Bendito sea Dios! ¡Como para no estarlo! Ya me decía el corazón cuando lo vi a usted la primera vez que usted era un hombre raro.

—Y si supiera usted los inventos que estudio ahora, se caería de espaldas. Esta plata que tengo aquí no es toda, sino una parte que me han dado a cuenta... Cuando la rosa de cobre se venda en Buenos Aires me pagarán cinco mil pesos más. La Electric Company, señora. Esos norteamericanos son plata en mano... Pero, hablando de todo un poco, señora, ¿qué le parece si me casara ahora que tengo dinero?... Yo, señora, necesito una mujercita joven... briosa... Estoy harto de dormir solo. ¿Qué le parece?

Se expresaba así con deliberada grosería, experimentando un placer agudo, rayano en el paroxismo. Más tarde, el comentador de estas vidas supuso que la actitud de Erdosain provenía del deseo inconsciente de vengarse de todo lo que antes había sufrido.

Los ojillos de la mujer se agrisaron en destellos de podredumbre. Giró lentamente la cabeza hacia Erdosain y espiándolo entre la repugnante hendidura de sus párpados murmuró con tono de devota que rehúye las licencias del siglo:

—No se precipite, Erdosain. Vea que en esta ciudad las niñas están muy despiertas. Vaya a provincias. Allí encontrará jovencitas recatadas, todo respeto, buen orden... abolengo...

—El abolengo se me da un pepino. Lo que hay es que he pensado en su hija, señora.

—¡No diga, Erdosain!

—Sí, señora... Me gusta... Me gusta mucho... Es jovencita...

—Pero demasiado joven para casarse. ¡Si recién tiene catorce años!...

—La mejor edad, señora... Además, María necesita casarse, porque ya la he encontrado el otro día en el zaguán, con la mano en la bragueta de un hombre.

—¿Qué dice?

—Yo no le doy mayor importancia, porque en algún lado siempre se tienen las manos... No negará que soy comprensivo, señora...

Con aspaviento de desmayo, reiteró la morcona...

—¡Es posible, señor Erdosain!... ¡Mi hija con las manos en la bragueta de un hombre!... Nosotros somos de abolengo, Erdosain... De la aristocracia tucumana... No es posible... ¡Usted se ha confundido!... —dijo, y artificialmente anonadada, comenzó a pasearse en el cuarto, al tiempo que juntaba las manos sobre el pecho en actitud de rezo. Erdosain la contemplaba inmensamente divertido. Se mordió los labios para no lanzar una carcajada. Innumerables obscenidades se amontonaban en su imaginación. Arguyó implacable:

—Porque usted comprenderá, señora, que la bragueta de un hombre no es el lugar más adecuado para las manos de una jovencita...

—No me estremezca...

Erdosain continuó implacable:

—Y la niña que es sorprendida con las manos en la bragueta de un hombre, da que pensar mal de su honestidad. ¿No le parece, señora?... ¿Puede alegar que ha ido a buscar allí rosas o jazmines? No, no puede.

—¡Dios mío!... ¡A mi edad pasar estas vergüenzas!...

—Cálmese, señora...

—No puedo concebir eso, Erdosain, no puedo Virgen, yo me casé virgen, Erdosain.

Grave cómo un bufón, Erdosain replicó:

—Nada impide que ella lo sea... Dios mío... Yo no sé hasta ahora que ninguna mujer haya perdido su virginidad por solamente poner las manos en las partes pudendas de un hombre.

—Y al hogar de mi esposo llevé mi abolengo y mi recato. Yo soy de la crema tucumana, Erdosain... Mis padrinos de boda fueron el diputado Néstor y el ministro Vallejo. Tanta era mi inocencia, que mi legítimo esposo, que en paz descanse, me llamaba la Virgencita. Yo era de fortuna, Erdosain. No confunda porque nos ve en esta situación. La muerte de un hijo nos dejó en la indigencia. Yo decía, y esta lengua no fue manchada nunca por una mentira, yo decía: "El hospital es para los pobres. No hay que quitarles a los pobres el sitio." Y mi hijo fue a un sanatorio particular.

Erdosain la interrumpió:

—Pero, señora, ¿qué tiene que ver todo esto con la virginidad de su nena?

—Espéreme.

Tres minutos después entraba doña Ignacia con la niña en la habitación.

Era ésta una criatura ligeramente bizca, precozmente desarrollada. Erdosain la examinó como a una jaca, en tanto que la mujer revolvía con furor pirotécnico a la bizca:

—Pero, decime, ¿cómo has podido renegar vos de tu abolengo?

—Señora, el abolengo no tiene nada que ver con la virginidad... Observe usted que soy comprensivo...

La bizca contempló despavorida con un ojo a su madre y con el otro a Erdosain.

—No me atore, Erdosain, por amor de Dios.

Y otra vez, dirigiéndose a la muchacha, reiteró:

—¿Qué diría tu padre, que casi era abogado, qué diría tu padrino, el ministro, qué diría la sociedad de Tucumán si supieran que vos, mi hija, la hija de Ismael Pintos, andabas con las manos en la bragueta de un hombre?

Dejóse caer aspaventosa en una silla.

—Virgen, señor Erdosain, yo fui virgen al matrimonio, con mi virtud intacta, con mi abolengo limpio... Yo era pura inocencia, Erdosain... Yo era como un lirio de los valles, y en cambio, vos... vos sumergís la familia en la deshonra... en la vergüenza...

La pelandusca se desvanecía en el éxtasis que le proporcionaba el recuerdo de su himen intacto. Jamás se divirtió tanto Remo como entonces. En la semioscuridad sonreía, disuelta su amargura, en un regocijo estupendo. Aquella escena no podía ser más grotesca. Él, un hombre de cavilación, discutiendo con una repugnante rufiana la hipotética virginidad de una muchacha que no le importaba ni poco ni mucho. Arguyó serio:

—Lo grave es que en esas trapisondas braguetiles las chicas pierden a veces su virginidad, y ¿qué hombre carga con una niña, por decente que sea, que tiene menoscabada la vagina?... Ninguno.

Clamorosa, ensartó la menestrela, entornando la podredumbre de sus ojuelos:

—Virgen, señor Erdosain... Yo fui virgen, con mi virtud intacta, al lecho nupcial...

—Así da gusto, señora. Lo lamentable es que su hija no pueda quizá decir lo mismo...

La bizca, que permanecía con la cabeza inclinada, estalló llorosa:

—Yo también soy virgen, mamita... Yo también...

Enternecida, se irguió la morcona:

—¿No mentís, mi hijita?

—No, mamá; soy virgen... Era la primera vez que ponía la mano ahí...

—Si es la primera vez, no vale —epilogó serio Erdosain, agregando luego—: Además no hay por qué afligirse. En alguna parte tienen que aprender las chicas lo que harán cuando casadas.

La escena era francamente repugnante, pero él no parecía darse cuenta de ello.

La menestrala, enjundiosa la voz y una mano en el pecho, dijo lentamente:

—Señor Erdosain, los Pintos no mienten jamás. Salgo

en garantía de la virginidad de esta inocente como si fuera la mía.

Erdosain se rascó concienzudamente la punta de la nariz y dijo:

—Castísima señora Ignacia: le creo, porque la garantía es de encargo.

Enjugó sus lágrimas la mozuela, y Erdosain, mirándola, agregó:

—Che, María, quiero casarme con vos. Ahora tengo plata. ¿Ves toda esa plata?... Te podés comprar lindos vestidos... perlas...

Intervino vertiginosamente doña Ignacia:

—¡Cómo no va a querer casarse, y con un caballero de respeto como usted!

Los mortecinos ojos de la menor se iluminaron fulvamente.

—¿Qué te parece?... ¿Querés casarte?...

—Y... que lo diga mamá.

—Muy bien... Yo te autorizo para que tengás relaciones con el señor Erdosain y... ¡cuidadito con faltarle!

—¿Estás conforme, María?

La criatura sonrió libidinosamente y tartamudeó un "sí" de encargo.

Erdosain tomó trescientos pesos de la cama.

—Tomá, para que te vistas.

—¡Señor Erdosain!...

—No se hable más, doña Ignacia... ¿Usted no necesita nada?... Sin vergüenza, señora...

—Si me atreviera... Tengo un vencimiento de doscientos pesos... Se lo pagaría a fin de mes...

—¡Cómo no!, mamá, sírvase... ¿No necesita nada más?...

—Por ahora no... Más adelante...

—Con confianza, mamá... La voy a llamar mamá, si usted me permite...

—Sí, hijo... Pero, ¿qué hacés vos?... Dale un beso a tu novio, criatura —exclamó la morcona apretando los billetes contra su pecho al tiempo que empujaba a la menor hacia los brazos del cínico.

Tímidamente avanzó María, y Erdosain, tomándola por la cintura, la hizo sentar sobre su pierna. Entonces la madre sonrió convulsivamente y, antes de salir de la habitación, recomendó:

—Se la confío, Erdosain.

—No se vaya, señora... mamá, quería decirle.

—¿Quería algo?

—Siéntese. Si supiera qué contento estoy de haber dado este paso. —Le hizo lado en la cama a la Bizca, diciéndole—: Sentate aquí a mi lado —y prosiguió—: Este es un gran día para mí. Por fin he encontrado un hogar... una madre.

—¿Usted no tiene madre, señor Erdosain?

—No..., murió cuando era muy chico...

—Ah... una madre... una madre —suspiró la rufiana—. El hombre es inútil, yo lo digo siempre. Para ser algo en la vida debe acompañarse de una mujercita buena y que lo ayude.

—Es lo que yo pienso...

—Por eso, y no porque mi nena esté aquí presente...

—Mamá...

—Lo que nosotros debemos hacer —insinuó Erdosain— es buscarnos una casa cerca del río. Si usted supiera cómo me gustaría vivir frente al río. Trabajaría en mis inventos...

Tímidamente golpearon con los nudillos de los dedos en la puerta, y apareció la criada, una mujer ocre y renga. La criada sonrió puerilmente y anunció:

—Lo busca un señor "Haner".

—Que pase.

Las tres mujeres se retiraron.

Enfático, husmeando tapujos, entró el Rufián Melancólico. Le alargó la mano a Erdosain y dijo:

—Estaba aburrido... por eso vine a verlo.

EL SENTIDO RELIGIOSO DE LA VIDA

Erdosain encendió la lámpara eléctrica. Haffner, sin cumplimiento, tiró su sombrero en la punta de la cama, recostándose en ella. Una onda de cabello negro, engominado, se arqueaba sobre su frente. Restregándose una mejilla empolvada con la palma de la mano, miró agriamente en redor, y al tiempo que se corría el pantalón sobre la pierna, rezongó:

—No está mal usted aquí.

Erdosain, sentado en la orilla de una silla, junto a la mesa, examinaba encuriosado al Rufián. Éste sacó cigarrillos y, sin ofrecerle a Erdosain, barbotó:

—En esta ciudad se aburre todo el mundo. Ayer lo vi al Astrólogo. Me dijo que hacía tiempo que no lo veía a usted.

—Lo vio... dice que...[1]

—No sé... estaba un poco preocupado. Ese hombre va a terminar mal.

—¿Le parece?

—Sí... piensa demasiadas cosas a la vez. Cierto es que es capaz de otro tanto... yo he tratado de interesarme por lo que él planea... en el fondo, le seré sincero, nada me interesa. Me aburro. Me aburro horriblemente. Estoy "seco" de "escolazo", de putas, y de filósofos de café. Aquí no hay absolutamente nada que hacer.

—¿Usted no era profesor de matemáticas?

—Sí... ¿pero qué tiene que ver el profesorado con el aburrimiento? ¿O usted cree que puedo divertirme extrayendo raíces? ¿Usted sabe por qué el "cafishio" se juega toda la plata que la mujer trabaja? Porque se aburre. Sí, de aburrido. No hay hombre más "seco" que el "fioca". Vive para el juego, como la mujer trabaja para mantenerlo a él. Lo tenemos en la sangre. ¿Usted no leyó la *Conquista de la Nueva España*, de Bernal Díaz del Castillo? Encontraría cosas curiosas. Tan timberos eran los conquistadores que fabricaban naipes con el cuero de tambores inservibles. Y con esos naipes se jugaban el oro que les arrancaban a los indígenas. Lo traemos en la sangre. Está en el ambiente.

—Es la falta de sentido religioso —objetó seriamente Erdosain—. Si los hombres tuvieran un sentido religioso de la vida, no jugarían.

Haffner largó una carcajada de buenísima gana.

[1] *Nota del comentador:* Esto nos demuestra que el Astrólogo le ocultaba cuidadosamente al Rufián Melancólico los entretelones de su vida, pues la tarde anterior, cuando Haffner preguntó por Erdosain, éste se encontraba durmiendo en la quinta.

—Qué rico tipo que es usted. ¡Cómo quiere que un "cafishio" tenga sentido religioso de la vida! Los españoles de la conquista eran religiosísimos. No entraban en batalla sin oír antes una misa. Se encomendaban a Dios y a la Virgen. Esto no les impedía jugarse la camisa y quemar vivos a los indígenas.

—Eran fórmulas. El sentido religioso de la vida significa una posición dentro del mundo. Una posición mental y espiritual...

—¿Cómo se consigue?

—No sé.

—¿Y cómo habla entonces usted de lo que no sabe?...

—Porque el problema me preocupa tanto como a usted.

—Y por eso trata de resolverlo con frases.

—No, ahí está, no son frases... yo conjeturo algo. En qué consiste el algo... a momentos me parece que atrapo la solución; en otros momentos se me derrite entre las manos. Por ejemplo... mi problema. Encaremos mi problema... no el suyo. Mi problema consiste en hundirme. En hundirme dentro de un chiquero. ¿Por qué? No sé. Pero me atrae la suciedad. Créalo. Quisiera vivir una existencia sórdida, sucia, hasta decir basta. Me gustaría "hacer" el novio... no me interrumpa. Hacer el novio en alguna casa católica, llena de muchachas. Casarme con una de ellas, la más despótica; ser un cornudo, y que esa familia asquerosa me obligara a trabajar, largándome a la calle con los indispensables veinte centavos para el tranvía. No me interrumpa. Me gustaría trabajar en una oficina, cuyo jefe fuera el amante de mi mujer. Que todos mis compañeros supieran que yo era un cornudo. El jefe me gritaría y yo lo escucharía. Luego, a la noche, vendría de visita a mi casa, y mi mujer y mi suegra, y sus hermanas estarían jugando a la lotería con el jefe, mientras que yo me acostaría temprano, porque a la mañana tendría que ir volando a la oficina.

—Usted está loco.

—Eso ni se duda.

—Es que usted está loco de veras.

—¿Hay locos en broma, acaso?

—Sí; a veces hay locos en broma. Usted es en serio.

—Bueno... Hay en mí una ansiedad de agotar experiencias humillantísimas. ¿Por qué? No sé. Otros, tampoco se duda de esto, rehúyen todo lo que puede humillarlos. Yo siento una angustia especial, casi dulcísima, en imaginarme en esa casa católica, con un delantal atado a la cintura con un piolín, fregando platos, mientras mi mujer en el dormitorio se solaza con mi jefe.

—Es inexplicable... me hace pensar...

—Primero dijo que estaba loco... ahora dice que lo hago pensar...

—Sí, antes dije que usted era un loco... espere un momento —y el Rufián, levantándose, comenzó a caminar por el cuarto, luego se detuvo frente a Erdosain, y aquí ocurrió un episodio curioso. El Rufián se acercó a Erdosain, lo miró inquisitivamente a los ojos y dijo:

—Mientras usted hablaba, yo pensaba, y me dio frío en la espalda. Se me ocurrió un pensamiento casi descabellado, pero que debe ser verdadero...

—A ver...

—Usted lleva en su interior un remordimiento...

—¡Eh!, ¡eh!, ¿qué dice?...

—Sí... Usted ha cometido, vaya a saber cuándo... no puedo adivinarlo... un crimen terrible.

—¡Eh!, ¡eh!, ¿qué dice?

—Ese crimen usted no lo ha confesado a nadie... nadie lo conoce...

—Yo no he asesinado a nadie...

—No sé... No es necesario asesinar para cometer un crimen terrible. Cuando yo le digo un crimen terrible, es un crimen que nadie sobre la tierra puede perdonárselo.

—Yo no he cometido ningún crimen...

—No le pido que me cuente nada. Eso es asunto suyo. Pero yo he puesto el dedo en la llaga. Aunque usted diga que no con la boca, usted sabe en su interior que yo tengo razón... Sólo así se explicaría esa "ansia de humillación" que hay en usted. No se ponga pálido...

—No me pongo pálido...

—Y ahora usted... posiblemente esté en la orilla de otro crimen. Me lo dice no sé qué instinto. Usted pertenece a esa clase de gente que necesita acumular deudas sobre deudas para olvidarse de la primera deuda...

—Es notable...

El Rufián, detenido frente a Erdosain, con las manos en los bolsillos de su traje gris, el pecho abombado, porque inclinaba la cabeza hacia Erdosain, insistió, tenazmente fijos los ojos en el otro:

—Le diré otra cosa. Yo, con toda mi cancha de malandrino, me creía a su lado un gigante; ahora me doy cuenta de que todos nosotros somos junto a usted unas criaturas. No se ría. Si hay un criminal entre nosotros, un hombre que vaya a saber qué horrores cometió en su vida, es usted, Erdosain. Y usted lo sabe. Sabe que yo no me equivoco. Vaya a saber qué crimen cometió. Debe ser algo sumamente gravísimo, para que le remuerda tanto adentro. Ya la primera vez que lo vi a usted, dije: "qué raro este hombre". Luego el Astrólogo me contó algo de usted; eso me hizo pensar más. Y cuando usted hablaba me dio un frío en la espalda. Fue el presentimiento; y tuve una impresión nítida: este hombre ha cometido algún crimen terrible. Esa necesidad de humillación de que habla no es nada más que remordimiento, necesidad de hacerse perdonar por la conciencia algún acto espantoso del que no se puede olvidar. De otro modo no se explica...

—¿Qué crimen puede haber cometido un tipo que es un idiota como soy yo?

—Usted no es ningún idiota.

—Usted sabe que me dejé abofetear por el primo de...

—Sé todo... Eso no tiene importancia... Por el contrario... Confirma mi punto de vista. Usted vive aislado del resto de los hombres. Esa "ansia de humillación" que hay en usted es la siguiente sensación: Usted ha comprendido que no tiene derecho a acercarse a nadie, por el horrible crimen que cometió.

—¡Qué notable!... No le basta que sea crimen, sino que además tiene que adjuntarle lo de horrible...

—Yo sé que estoy en lo cierto. Usted sabe que si el mundo conociera su delito, quizá lo rechazaría horrorizado. Entonces, cuando usted se acerca a alguien, inconscientemente sabe que si ese alguien lo recibe afectuosamente usted lo ha estafado, porque, de conocer su crimen, lo rechazaría espantado.

—¡Pero qué fantástico es usted, Haffner!... ¿Qué crimen puedo haber cometido yo?

—Erdosain, juguemos limpio. Usted hace mucho tiempo... vaya a saber cuántos años... ha cometido un crimen que ha quedado impune. Nadie lo conoce. Ninguno de los que lo conocen a usted sospecha nada. Usted sabe que nadie puede acusarlo... Posiblemente los protagonistas de su crimen han muerto, pero usted no se ha olvidado.

—Se ha vuelto loco, Haffner...

—Erdosain, permítame... Algo conozco a los hombres. Usted desde hoy que está cambiando de color. Tiene la boca reseca, a momentos le tiemblan los labios... Si le molesta la conversación, cambiemos de tema.

—Es que yo no puedo permitir que usted se quede con esa convicción.

—Mire, si usted me dijera que para probarme su inocencia se pegaba un tiro, y efectivamente se matara, yo me diría: "Erdosain hizo una comedia. A pesar de haber muerto, era culpable de un crimen que no pudo confesar... Tan espantoso es..." [1]

—De esa manera no hay discusión posible...

—Naturalmente.

—Ahora también se explicaría su angustia... Esa angustia de la que usted hablaba...

—Perfectamente... Cambiemos de tema.

Quedaron durante algunos minutos silenciosos. Erdosain, cruzado de piernas, las manos sobre el pecho, miraba al suelo; luego dijo:

—¿Sabe una cosa, Haffner? A momentos se me ocurre que el sentido religioso de la vida consistiría en adorarse infinitamente a sí mismo, respetarse como algo sagrado...

—¡Ep!... ¡Ep!...

—No entregarse sino a la mujer que se ama, con el mismo exclusivo sentido con que lo hace la mujer al entregarse al hombre.

—¡Hum!...

—Observe usted... Pasa una prostituta que le agrada, y la compra. Ese hecho es, en sí, una simple masturbación compuesta. Bueno, para el hombre que tiene un

[1] *Nota del comentador:* **El comentador de estas confesiones cree que la hipótesis de Haffner respecto al inconfesado crimen de Erdosain es exacta. De otra forma es incomprensible su sistemática búsqueda de semejantes estados degradantes.**

sentido religioso de la vida poseer a una mujer sin amarla es recibir de ese acto la sensación degradante que usted recibiría si en vez de comprarla a la prostituta se masturbara. Igual sentimiento respecto a la cópula tiene la mujer normal, para quien la mujer que se entrega a un hombre sin amarlo es una depravada. Usted mismo me ha contado que las prostitutas llaman "loca" a la que cambia de "cafishio".

El Rufián levantó una ceja. Escuchaba.

—¿Usted cree en lo que me dice?

—Firmemente.

—¿Y qué ocurriría según usted amándose y respetándose a sí mismo de ese modo?

—¡Ep!... Es preguntar demasiado... Vea, la personalidad se duplicaría... Se guardaría castidad hasta que se desee tener otro hijo...

—Eso no es posible...

—No es posible mientras que se piense que no es posible. En cuanto se crea que es posible, será lo más fácil. ¿Usted se imagina qué sensación de seguridad, de potencia, de alegría, de respeto, tendrá una mujer en el momento en que sepa que su compañero vive una vida tan pura y perfecta como la suya? En que él es como ella, exactamente igual... ¿De qué se ríe?

—Me río pensando que no hay ninguno de mis compañeros que me crea capaz de soportar una conversación así. ¿No le parece ridícula?

—No, porque... Lo grave sería pensarlas esas cosas y no decirlas...

—Pero el hombre no puede... fisiológicamente...

—Son mentiras... Puede... Todo lo que quiere puede. Usted también sabe que puede...

—¿Y la vida?

—Entonces la vida tomaría otra dirección. Aparecerían nuevas fuerzas espirituales. Nuevos caminos.

—¿Y si él quisiera a otra?

—¿Cómo no va a querer a otra, si antes de poseer a la última quiso a otras y la última poseída se convierte en una de las otras?

—¿Y para qué amarse y respetarse a sí mismo?

—Ese es asunto suyo. ¿Para qué quiere usted más dinero? ¿Para qué quieren otros más poder? ¿Para qué quiere usted más placer? Todo ello está fuera de usted, y como está fuera de su cuerpo no será nunca suyo. Sólo el amor a sí mismo y el respeto para sí están en usted y son suyos...

—¿Y ella?...

—Ella frente a usted se sentirá infinitamente grande. Se amará a sí misma para ser más amada de usted. Es como una competencia de perfeccionamiento, ¿me entiende? Las dos almas salen del cuerpo... más arriba... cada uno por el otro, más arriba... Es interesante el negocio ¿eh?... Más arriba. Los cuerpos se acercarían, claro... algunas veces, cuando ellos se necesiten imperiosamente... pero las dos almas sonreirán mirando la locura de sus cuerpos terrestres...

—¿Quién le ha enseñado esas cosas?...

—Nadie... Uno piensa solo estas cosas... Busca, sabe. ¿Por qué se es desgraciado? Porque la felicidad no está con nosotros. Estamos construidos para ser felices, dése cuenta de esto. Mediante la voluntad, lo podemos conseguir todo... y no somos felices, sin embargo... Porque... Era el Astrólogo que decía... Sí, el Astrólogo decía que la ciencia había crecido desmesuradamente mientras que nuestra moral era enana. Lo mismo ha pasado con nuestro sexo. Hemos dejado crecer el deseo infinitamente, ¿y para qué?... ¿Puede decirme para qué deseamos las mujeres? No somos hombres, sino sexos que arrastran un pedazo de hombre. Usted explota tres mujeres para no trabajar. Otros explotan un regimiento de operarios para andar en automóvil, tener muchos sirvientes o beber un vino cuyo mérito es el haber sido envasado hace cien años. Ni ellos ni usted son felices.

—¿Sabe que siento ganas de matarlo de un tiro en las tripas, para que tenga una mala agonía?

—Ya lo sé... Pero ni metiéndoles un tiro en la barriga a todos los hombres del planeta se solucionará este negocio. No es "un asunto que se arregla con conversación", como dicen ustedes... Además, usted sabe que yo digo la verdad. Si no, no sentiría ganas de meterme un tiro en la barriga. Usted sabe que ahora no podrá vivir como antes; es inútil. Adentro le ha quedado un gusano y, quiera que no, tendrá que ser perfecto... o reventar...

Haffner entrecerró los ojos, pensando: "Maldito sea el día que he conocido a este imbécil".

Se levantó, y mirando fieramente a Erdosain, dijo:

—¡Salud!...

—¿No se lleva la plata?...

Haffner entrecerró los ojos, luego miró su reloj pulsera y, sin tenderle la mano a Erdosain, dijo:

—Me voy... ¡Salud!...

—¿No se lleva la plata que me prestó?

—No, ¿para qué?... A usted le hace más falta. Hasta pronto... —Y salió sin esperar contestación de Erdosain.

LA CORTINA DE ANGUSTIA

Las diez de la noche. Erdosain no puede conciliar el sueño...

Los nervios, bajo la piel de su frente, son la doliente continuidad de sus pensamientos, a momentos mezclados como el agua y el aceite, sacudidos por la tempestad, y en otros separados en densas capas, como si hubieran pasado por el tambor de una centrífuga. Ahora comprende que bailan en él distintos haces de pensamiento, agrupados y soldados en la ardiente fundición de un sueño infernal. El pasado se le finge una alucinación que toca con su filo perpendicular el borde de su retina. El espía, sin atreverse a mirar demasiado. Está atado como por un cordón umbilical al pasado. Se dice: "puede ser que mañana mi vida cambie", pero es difícil, pues aunque el sueño termine por disolverse, siempre quedará allí en su interior un sedimento pálido: Barsut estrangulado, Elsa retorciéndose entre los brazos de un hombre desnudo. Mas de pronto se sacude: Barsut no existe, no existe ni como un pálido sedimento y esta certidumbre no aliviana ni rompe el nudo que eslabona la franja de sus pensamientos, sino que introduce un vacío angustioso en su pecho. Éste semeja un triángulo cuyo vértice le llega hasta el cuello, cuya base está en su vientre y que por sus catetos helados deja escapar hacia su cerebro el vacío redondo de la incertidumbre. Y Erdosain se dice: "Podrían dibujarme. han hecho mapas de la distribución muscular y del siste arterial, ¿cuándo se harán los mapas del dolor que se de parrama por nuestro pobre cuerpo?" Erdosain comprende que las palabras humanas son insuficientes para expresar la curvas de tantos nudos de catástrofe.

Además, un enigma abre su paréntesis caliente en sus entrañas; este enigma es la razón de vivir. Si le hubieran clavado un clavo en la masa del cráneo, más obstinada no podría ser su necesidad de conocer la razón de vivir. Lo horrible es que sus pensamientos no guardan orden sino en escasos momentos, impidiéndole razonar. El resto de tiempo voltean anchas bandas como las aspas de un molino. Hasta se le hace visible su cuerpo, clavado por los pies en el centro de una llanura castigada por innumerables vientos. Ha perdido la cabeza, pero en su cuello, que aún sangra, está empotrado un engranaje. Este engranaje soporta una rueda de molino, cuyo pistón llena y vacía los ventrículos de su corazón.

Erdosain se revuelve impaciente en su lecho. No le quedan fuerzas ni para respirar violentamente y bramar su pena. Una sensación de lámina metálica ciñe sus muñecas. Nerviosamente se frota los pulsos, le parece que los eslabones de una cadena acaban de aprisionarle las manos. Se revuelve despacio en la cama, cambia la posición de la almohada, entrelaza las manos por los dedos y se toma la nuca. La rueda de molino bombea inexorable en los ventrículos de su corazón la terrible pregunta que bambolea como un badajo en el triángulo de vacío de su pecho y se evapora en gas venenoso en la vejiga de sus sesos.

La cama le es insoportable. Se levanta, se frota los ojos con los puños; el vacío está en él, aunque él prefiere el sufrimiento al vacío.

Es inútil que trate de interesarse por algo, sufrir por la desaparición de Hipólita, desazonarse por el destino de Elsa, arrepentirse de la muerte de Barsut, preocuparse por la familia de los Espila. Es inútil. El vacío auténtico, como un blindaje, acoraza su vida. Se detiene junto a una silla, la toma por el respaldar y hace ruido con ella golpeando las patas contra el piso, pero este ruido es insuficiente para desteñir el vacío teñido de gris. Deliberadamente hace pasar ante sus ojos paisajes anteriores, recuerdos, sucesos, pero su deseo no puede engarfiar en ellos, resbalan como los dedos de un hombre extenuado por los golpes de agua, en la superficie de una bola de piedra. Los brazos se le caen a lo largo del cuerpo, la mandíbula se le afloja. Es inútil cuanto haga para sentir remordimiento o para encontrar paz. Igual que las fieras enjauladas, va y viene por su cubil frente a la indestructible reja de su incoherencia. Necesita obrar, mas no sabe en qué dirección. Piensa que si tuviera la suerte de encontrarse en el centro de una rueda formada por hombres desdichados, en el pastizal de una llanura o en el sombrío declive de una montaña, él les contaría su tragedia. Soplaría el viento doblando los espinos, pero él hablaría sin reparar en las estrellas que empezaban a ser visibles en lo negro. Está seguro de que aquel círculo de vagabundos comprendería su desgracia, pero allí, en el corazón de una ciudad, en una pieza perfectamente cúbica y sometida a disposiciones del digesto municipal, es absurdo pensar en una confesión. ¿Y si lo viera a un sacerdote y se confiara a él? Mas, ¿que puede decirle un señor afeitado, con sotana y un inmenso aburrimiento empotrado en el caletre? Está perdido, ésa es la verdad; perdido para sí mismo.

Una vislumbre de la verdad asoma su cresta en él. Con o sin crimen, ahora padecería del mismo modo... Se detiene y dice moviendo la cabeza:

—Claro, sería lo mismo.

Sentado en la orilla de la cama observa las venas borrosas en la superficie de las alfajías y repite: "Evidentemente, estaría en el mismo estado". Lo real es que hay en su entraña, escondido, un suceso más grave; no sabe en qué consiste, pero lo percibe como un innoble embrión que con los días se convertirá en un monstruoso feto. "Es un suceso", pero de este suceso incognoscible y negro emana tal frialdad que de pronto se dice:

—Es necesario que aprenda a tirar. Algo va a suceder.

Revisa el revólver, estira el brazo en la oscuridad como si apuntara a un invisible enemigo. Luego guarda el revólver bajo la almohada y de un salto se encarama, sentándose a la orilla de la mesa. Bambolea las piernas, quiere ir a alguna parte, irse, olvidarse de que es él, Remo Augusto Erdosain, olvidarse de que tuvo mujer, fue abofeteado, olvidarse en absoluto de sí mismo, y con desaliento deja caer la cabeza. Diez centímetros cuadrados de un grabado en madera han pasado ante sus ojos. Es el recuerdo de la viñeta que ilustraba su libro de lectura cuando iba a la escuela ¡hace tantos años!: un artesano colocando tejas de plomo en un país que se llamaba Francia y tenía un río que se llamaba Sena. Eso y además la pregunta del maestro: "¿Pero usted es un imbécil?" es todo lo que ha dejado la escuela en él. Erdosain salta de la mesa. Una indignación terrible sacude sus miembros, hace temblar sus labios, le enciende los ojos. Le parece que el ultraje acaba de repetirse, y grita:

—¡Ah, canallas, canallas!... ¡Mi vida echada a perder, canallas!...

Por qué no habrá en la noche un camino abierto por el cual se pueda correr una eternidad alejándose de la tierra...

—¡Mi vida, canallas, echada a perder!...

Alguien llora en él misericordiosamente, por su desgracia. Una piedad terrible refluye de su alma para su carne. A momentos se toca los brazos, se palpa las piernas, se acaricia la frente, le parece que acaba de salir del choque ocurrido entre dos locomotoras. La puerca civilización lo ha magullado, lo ha roto internamente, y el odio sopla por sus fosas nasales. Aspira profundamente, sus ideas se aclaran, sus cejas se crispan, le parece que avizora una distante carnicería de la que él es el único responsable. Va recobrando su personalidad terrestre. Apoyada la mandíbula en la mano, mira torpemente hacia un rincón. Su vida ya carece de valor; esa sensación es evidente en su entendimiento, pero hay otras vidas, millones de vidas que dan pequeños gritotos despertando al sol, y se dice que estas pequeñas vidas son las que se necesita salvar. Ahora sus pensamientos se iluminan, como el desastre de un naufragio nocturno revelado en la noche por el cono azulado de un reflector, y se dice:

"Es necesario ayudarlo al Astrólogo. Pero que nuestro movimiento sea rojo. No sólo al hombre hay que salvarlo. ¿Y los niños?" El problema se afiebra en su interior. Le arden las mejillas y le zumban los oídos. Erdosain comprende que lo que extingué su fuerza es la terrible impotencia de estar solo, de no tener junto a él un alma que recoja su desesperado S. O. S.

Y coloca su mano sobre las cejas a modo de visera. Parece que quiere protegerse de un sol invisible. Vislumbra distancias que ahondan una fiereza en su corazón. Por allá, en la distancia, camina su multitud. Su poética multitud. Hombres crueles y grandes que claman por un cielo de piedad. Y Erdosain se repite:

"Es necesario que a nosotros nos sea dado el cielo. Concedido para siempre. Hay que agarrarlo al terrible cielo." El sol invisible rueda cataratas de luz antes sus ojos, en las tinieblas. Erdosain siente que el furor atenacea sus carnes, se las coge como pinzas y le retuerce los dientes en los alvéolos. Es necesario odiar a alguien. Odiar fervientemente a alguien, y ese alguien no puede ser la vida. Se acaricia las sienes como si no le pertenecieran. La carita de la criatura que un día besó en el tren, con su calco desnivela la ternura que él almacena. El relieve de amor encrespa sus nervios, inclina la cabeza y se dice: 'Pensemos'."

¿Qué es el hombre? Esta pregunta surge como un terrible S. O. S. (Salvad nuestras almas.) Allí está el equivalente. Cuando él se pregunta qué es el hombre, otro grito clama en él, abocándose al universo invisible: "Salvad nuestras almas". Grito de sus entrañas. Y se dice:

"Yo estoy más allá de la tierra. Yo, con mi carne masturbada y mis ojos lagañosos y mi mejilla abofeteada. Yo, yo, siempre yo". Hunde la cabeza en la almohada. Así se ocultaban los soldados bajo las bolsas de tierra cuando silbaban las granadas. Quiere parapetarse contra el sol invisible que arroja en su espíritu oleadas de luz. Cielo, tierra. ¿Qué sabe él? Está perdido. Tal es la verdad. Perdido entre los hombres como una hormiga en la selva removida por un cataclismo. Y se dice despacito:

"Es necesario que yo lleve sobre mis espaldas esta selva. Que cargue con el gran bosque y la montaña, y Dios y los hombres. Que yo lleve todo." El semblante de la criatura amanece en su corazón. No quiere hacer este milagro: llevarse la mano al pecho y sacar como de adentro de un estuche el corazón, cubierto por esa película de sangre pálida que conserva el calco de su amor. Erdosain se revuelve como una fiera en el cuartujo. Es necesario hacer algo. Clavar un suceso en medio de la civilización, que sea como una torre de acero. En torno se arremolinará la multitud, y la humanidad. ¿Con qué hay que castigarlo al hombre? ¿Con odio o con amor? Se acuerda de la muchacha que le hablaba del alto horno, de las muflas y de la fundición de cobre. Rápidamente alinea ante sus ojos los muñecos de carne y hueso. Luego se dice: "Esto mismo lo hace el Astrólogo. Esto mismo lo hace el Buscador de Oro. Esto mismo lo hace el Rufián Melancólico." ¿Quién será entonces el demonio, el gran demonio que los retuerza a todos? ¿Quién traerá la gran verdad, la verdad que ennoblezca a los hombres y las mujeres, que enderece las espaldas y los deje sangrando a todos de alegría? Esta vida no puede ser así. Como un bloque de acero que pesara toneladas, como una cúpula de fortaleza subterránea, la palabra pesa en él: "Esta vida no puede ser así. Es necesario cambiarla. Aunque haya que quemarlos vivos a todos." Inadvertidamente ha vuelto los ojos a sus flacos brazos desnudos, y las venas hinchadas erizan el vello de la epidermis. Quisiera ser lanzado al espacio por una catapulta, pulverizarse el cráneo contra un muro para dejar de pensar. La vida, de un rápido tajo, ha descubierto en él la fuerza que exige una Verdad. Fuerza desnuda como un nervio, fuerza que sangra, fuerza que él no puede vendar con palabras. Él no puede ir a la montaña a rezar. Eso es imposible. Necesita obrar. Hay que crear entonces la Academia Revolucionaria, filtrar esta necesidad de cielo en los hombres que estudiarán el procedimiento de crear sobre la tierra un infierno transitorio, hasta que los hombres enloquecidos clamen por Dios, se tiren al suelo e imploren la llegada de un Dios para salvarse. Ahora Erdosain sonríe fríamente. Ve el interior de las casas humanas. Cada casa. Con su alcoba dormitorio, su sala, su comedor y su "water-closet". Los rincones: el rincón de los hombres y mujeres bandea este cuadrilátero que tiene una arista dorada, una arista de espasmo, otra de gasa y otra de excremento. Ese es el hogar o la pocilga del hombre. Arriba del techo de cinc, dos milímetros de espesor de chapa galvanizada, se mueven los espacios con sus simientes de creaciones futuras, y los oídos sordos y los ojos ciegos no ven nada de eso. Sólo alguna vez la música. Sólo alguna vez una carita. Dulzura definitiva, porque es la primera y la última. El hombre que gustó su sabor acre ya no podrá amar nunca. ¿Por qué tangente escaparse hacia las estrellas? Y Erdosain insiste en repetir ese pensamiento que pesa sobre su alma con el tonelaje de la cúpula de una fortaleza subterránea.

—Es necesario cambiar la vida. Destruir el pasado. Quemar todos los libros que apestaron el alma del hombre. ¿Pero no terminará nunca de pasar este tiempo? —grita.

Millares de sucesos se entrechocaban en su mente, los ángulos reverberaban luces de fantasmagoría, su alma desviada en una dirección vive en un minutos largas existencias, de modo que cuando regresa de ese viaje lejano le causa terror encontrarse aún dentro de la hora en que ha partido. "Mi día no era un día —dijo más tarde—. He vivido horas que equivalían a años, tan largas en sucesos que era joven a la partida y regresaba envejecido con la experiencia de los sucesos ocurridos en un minuto-siglo de reloj. Con mi pensamiento se podría escribir una historia tan larga como la de la humanidad —decía otra vez—. Más larga aún. No sé si existo o no —escribió en su libreta—. Sé que vivo sumergido en el fondo de una desesperación que no tiene puestas de sol, y que es como si me encontrara bajo una bóveda, sobre la cual se apoya el océano."

A instantes, Erdosain piensa en la fuga. Irse. Pero a medida que las horas pasan, como un fuego que flota sobre la descomposición del pantano que lo alimenta, el sufrimiento de Erdosain interroga:

—Irse... ¿Pero adónde?...

—Más lejos todavía.

Una piedad enorme surge en Erdosain por su carne. Si él pudiera convencer a esa forma física que constituye su cuerpo de que no hay más "lejos" en la tierra ni en los cielos; pero es inútil, es su carne la que clama despacio: más lejos todavía. ¿Adónde? Cierra los ojos y repite: "¿Adónde te podría llevar? A donde vayas irá contigo la desesperación. Sufrirás y dirás como ahora: 'Más lejos todavía', y no hay más lejos sobre la tierra. El más lejos no existe. No existió nunca. Verás tristeza adonde vayas."

Las manos de Erdosain caen sobre sus ingles. El rostro se le enrigidece; la espalda se le endurece; permanece así, con los párpados caídos y pesados como si lo petrificara su angustia. Un "yo" maligno le dice:

—Aun cuando bailaran las más hermosas mujeres de la tierra en torno tuyo, aun cuando todos los hombres se arrodillaran a tus pies, y los bufones y aduladores saltaran, danzando volteretas frente a ti, estarías tan triste como lo estás ahora, pobre carne. Aun cuando fueras Emperador. El Emperador Erdosain. Tendrías carruajes, automóviles, criados perfectos que besarían, a una señal tuya, el orinal donde te sientas, ejércitos de hombres uniformados de rojo, verde, azul, caqui, negro y oro. Mujeres y hombres te besarían dichosos las manos, con tal que les prostituyeras las esposas o las hijas. Tendrías todo eso, Emperador Erdosain, y tu carne endemoniada y satánica se encontraría tan sola y triste como lo está ahora.

Erdosain siente que los párpados le pesan enormemente. Ni un solo músculo de su rostro se mueve. Adentro suyo el odio desenrosca su elástico. En cuanto este odio estalle, "mi cabeza volará a las estrellas", piensa Erdosain.

—Estarían arrodillados a tus pies, Emperador Erdosain. Traerían sus hijas núbiles los ancianos camarlengos que se enorgullecerían de soportar tu orinal, y permanecerías inmensamente triste. Te visitarían los Reyes de los otros países; llegarían hasta tu palacio rodeados de escuadrones volantes de hombres con casacas de piel blanca prendida de un hombro y morriones negros con plumas verdes y amarillas. Y tú filtrarías a través de los párpados una mirada estúpida, mientras que los Diplomáticos se estrujarían en torno de tu trono con todos los nervios del rostro contraídos para dejar estallar la sonrisa en cuanto los soslayaras. Pero continuarías triste, gran canalla. Entrarías a tu cuarto, te sentarías en cualquier rincón, harías rechinar los dientes de fastidio y te sentirías más huérfano y solo que si vivieras en la última mansarda del último caserón de un barrio de desocupados. ¿Te das cuenta, Emperador Erdosain?

Erdosain siente que las espirales de su odio almacenan

flexibilidad y potencia. Este odio es como el resorte de un tensor. En cuanto se rompa el retén "mi cabeza volará a las estrellas. Me quedaré con el cuerpo sin cabeza, la garganta volcando, como un caño, chorros de sangre".

—¿Qué dices, Emperador Erdosain? Eres Emperador. Has llegado a lo que deseabas ser. ¿Y? Ahora mismo puede entrar aquí un general y decir: Majestad, el pueblo pide pan, y tú puedes contestarle: Que lo ametrallen. ¿Y con eso qué has resuelto? Puede entrar el Ministro de la potencia X y decirte: Majestad, repartámonos el mundo entre Vuestra Gracia y mi amo. ¿Y con eso qué has resuelto? Te cuelga la mandíbula como la de un idiota, Emperador Erdosain. Estás triste, gran canalla. Tan triste que ni tu carne se salva.

Erdosain aprieta los dientes.

—Siempre estarás angustiado. Puedes matar a tus prójimos, descuartizar a un niño, si quieres, humillarte, convertirte en criado, dejar que te abofeteen, buscar una mujer que conduzca sus amantes a tu casa. Aunque les alcanzaras la palangana con el agua con que se lavarán los órganos genitales (mientras ellas permanezcan recostadas y desnudas acariciándoles), y tú humildemente buscaras las toallas en que se han de enjuagar; aunque llegues a humillarte hasta ese extremo, ni en la máxima humillación encontrarás consuelo, demonio. Estás perdido. Tus ojos siempre permanecerán limpios de toda mancha y tristes. Te podrán escupir al rostro, y te secarás lentamente con el dorso de la mano, o pueden hacer un círculo en torno tuyo los hombres y tu mujer, befarte, haciendo que te arrastres apoyado en las manos para besarle los pies al último de sus criados, y no encontrarás, ni soportando aquel ultraje, la felicidad. Estarás triste, aunque grites, aunque llores, aunque te abras el pecho y con el corazón sangrando en la palma de las manos camines por los caminos más polvorientos buscando quien te raye el rostro con la punta de un puñal o con los garfios de las uñas.

Erdosain siente que el corazón le crece calentándole las costillas. Respira con dificultad. Quiere arrodillarse. Su terror es blando, como el concéntrico dolor que dilata los testículos cuando han sido golpeados. "Por favor", gime.

Un sudor frío le barniza la frente. "Me vuelvo loco; callate, por favor."

—A donde vayas, donde estés, es inútil...

—Callate por favor... Sí...

La voz se calla. Erdosain ha palidecido como si lo hubieran sorprendido cometiendo un crimen. Su dolor estalla en un poliedro irregular, los vértices de sufrimiento tocan sus tuétanos, el costado de su nuca, una inserción de sus rodillas, un trozo de pleura. Aspira profundamente el aire con los dientes apretados. Su mirada está desvanecida. Cierra los ojos y se deja caer con precaución en la orilla de la cama. Se tapa la cabeza con la almohada. Le queman las pupilas como si se las hubieran raspado con nitrato de plata.

—Lejos, lejos —susurra la otra voz.

—¿A dónde?

—Busquemos a Dios.

Erdosain entreabre los ojos. Dios. El Infinito. Dios. Cierra los ojos. Dios. Una oscuridad espesa se desprende de sus párpados. Cae como cortina. Lo aísla y lo centraliza en el mundo. El cilíndrico calabozo negro podrá girar como un vertiginoso trompo sobre sí mismo: es inútil. Él con sus ojos dilatados estará mirando siempre un punto magnético proyectado más allá de la línea horizontal. Más allá de las ciudades —grita su voz—. Más allá de las ciudades con campanarios. No te desesperes —replica Erdosain.

—Más allá —ulula la voz.

—¿Adónde?... ¡Decí adónde, por favor!...

La voz se repliega y encoge. Erdosain siente que la voz busca un recoveco en su carne, donde refugiarse de su horror. Le llena el vientre como si quisiera hacerlo estallar. Y el cuerpo de Erdosain trepida del mismo modo que si estuviese colocado sobre la base de un motor que trabaja con sobrecarga.

—¿Qué hacer en esta "séptima soledad"? Yo miro en redor y no encuentro. Miro, creeme. Miro para todos lados.

Apenas es perceptible el suspiro de esa voz que gime:

—Lejos, lejos... Al otro lado de las ciudades, y de las curvas de los ríos y de las chimeneas de las fábricas.

—Estoy perdido —piensa Erdosain—. Es mejor que me mate. Que le haga ese favor a mi alma.

—Estarás enterrado y no querrás estar adentro del cajón. Tu cuerpo no va a querer estar.

Erdosain mira de reojo el ángulo de su cuarto. Sin embargo es imposible escaparse de la tierra. Y no hay ningún trampolín para tirarse de cabeza al infinito. Darse, entonces. ¿Pero darse a quién? ¿A alguien que bese y acaricie el cabello que brota de la mísera carne? ¡Oh, no! ¿Y entonces? ¿A Dios? Pero si Dios vale menos que el último hombre que yace destrozado sobre un mármol blanco de una morgue.

—A Dios habría que torturarlo —piensa Erdosain—. ¿Darse humildemente a quién?

Mueve la cabeza. —Darse al fuego. Dejarse quemar vivo. Ir a la montaña. Tomar el alma triste de las ciudades. Matarse. Cuidar primorosamente alguna bestia enferma. Llorar. Es el gran salto, pero ¿cómo darlo? ¿En qué dirección? Y es que he perdido el alma. ¿Se habrá roto el único hilo?... Y sin embargo, yo necesito amar a alguien, darme forzosamente a alguien.

—Estarás enterrado y no querrás estar dentro del cajón. Tu cuerpo no querrá estar.

Erdosain se pone de pie. Una sospecha nace en él:

—Estoy muerto y quiero vivir. Esa es la verdad.

HAFFNER CAE

A las once de la noche el Rufián Melancólico seguía a lo largo, con paso lento, de la diagonal Sáenz Peña.

Involuntariamente recordaba la conversación sostenida con Erdosain. Un ligero malestar acompañaba a este recuerdo; hacía mucho tiempo que no experimentaba una sensación de repugnancia liviana como la que lo acompañó después de apartarse de Erdosain.

En la esquina de Maipú y la diagonal se detuvo. Obstruían el tráfico largas hileras de automóviles, y observó encuriosado las fachadas de los rascacielos en construcción. Perpendiculares a la calle asfaltada cortaban la altura con majestuoso avance de transatlánticos de cemento y de hierro rojo. Las torres de los edificios enfocadas desde las crestas de los octavos pisos por proyectores, recortan la noche con una claridad azulada de blindaje de aluminio.

Los automóviles impregnan la atmósfera de olor a caucho quemado y gasolina vaporizada.

El Rufián soslaya de una mirada el perfil de una dactilógrafa, y continúa su soliloquio.

—Tengo ciento treinta mil pesos. Podría irme al Brasil. O podría convertirme en un Al Capone. ¿Por qué no? El único que "jode" es el gallego Julio, pero el gallego va a sonar pronto. Cualquier día se la "dan". Además, le falta talento. Está El Malek... Santiago. Aquí el único que "traga" es él. Habría que industrializar el contrabando de cocaína. Después está la Migdal... ese gran centro de rufianes tendría que ser exterminado en pleno. ¿Pero aquí hay gente dispuesta a trabajar con ametralladora? ¿Quién se atreve? ¿Y si me fuera al Brasil? Es tierra virgen. Un malandrino inteligente puede hacer negocios extraordinarios allá. Instalarse en Petrópolis o en Niteroi. Llevármela a la Cieguita. Por las otras tres mujeres pagarían diez mil pesos en seguida. Y me la llevaría a la Cieguita. Ella tocaría su violín y yo haría la vida de un gran burgués. Compraríamos un chalet frente a una playa... Niteroi es precioso. ¿Por qué iba a cargar con la Cieguita? Cuando camina parece un pato. Sin embargo eso es lo que ha tratado de sugerirme indirectamente Erdosain. ¡Cargar con la Cieguita! Erdosain está loco con su teoría de la castidad. Aunque no ha leído nada, es un intelectual que sintoniza mal. Por las tres mujeres me darían volando diez mil pesos. Todo esto es descabellado. Ilógico. Y yo soy un hombre lógico, positivo. Plata en mano y culo en tierra. Eso. Bueno. Examinemos el problema de acuerdo a la teoría de Erdosain. Yo me aburro. ¿Erdosain cargaría con la Cieguita? La Cieguita está embarazada. Toca el violín. A mí me gusta el violín. Hay sabios que se han casado con su cocinera, porque sabía hacer un guisado impecable. La Cieguita no me pondría cuernos nunca. ¿Podría desearlo a otro hombre? Para desearlo tendrá que verlo, mas, como es ciega, no puede verlo; en consecuencia, me querría incondicionalmente a mí. Por amor, por deseo, por gratitud. ¿Quién se casaría con una ciega? Un pobrecito; no un rico, menos que menos. Es "macanudo" ese Erdosain. Las gansadas que le hace pensar a uno. Bueno, vamos por partes.

Con el cigarrillo humeando entre los labios y las manos en los bolsillos, Haffner se detiene frente a la excavación de los cimientos de un rascanubes. El trabajo se efectúa entre dos telones antiguos de murallas medianeras que guardan en sus perpendiculares rastros de flores de empapelados y sucios recuadros de letrinas desaparecidas. Suspendidas de cables negros, centenares de lámparas eléctricas proyectan claridad de agua incandescente sobre empolvados checoslovacos, ágiles entre las cadenas engrasadas de los guinches que elevan cubos de greda amarilla.

El viento frío barre el polvo de la diagonal. El Rufián Melancólico escupe por el colmillo y sumergiendo más las manos en los bolsillos avanza con lento paso gimnástico mascullando su cavilación.

—Nadie puede negar que soy un hombre positivo. Plata en mano y culo en tierra. La Cieguita me adoraría. No molestaría para nada. Se atracaría de dulces, me despiojaría y tocaría el violín. Además, como es ciega, piensa cien veces más que el resto de las mujeres, y eso me entretendría. En vez de tener un perro feroz, como algunos, tendría una cieguita, que hecha una flor, andaría por la casa dale que dale al violín, y yo sería absolutamente feliz. ¿No es esto macanudo? Yo, un "fioca", hombre de tres mujeres, hijo de puta por cualquier costado, me permitiría el lujo de cuidar una azucena. La vestiría. Le compraría preciosas sedas, y ella, tocándome con los dedos el semblante, me diría: "Sos un santo; te adoro."

Razonemos. Hay que ser positivo. ¿Otra mujer puede hacerme feliz? No. Son todas unas yeguas. Con cualquiera de ellas tendría que hacer el "mishé". Y terminaría rompiéndole alguna costilla de un palo. En cambio, yo sería el Dios de la Cieguita. Viviríamos a la orilla de una playa, y el día que me aburra la tiro al mar para que se ahogue. Aunque no creo que eso ocurra. Por otra parte la música me gusta. Cierto es que podría sustituir a la Cieguita por una victrola, pero una colección de buenos discos es carísima, y además con la victrola yo no me podría acostar.

Claro está que casarse con una ciega no deja de constituir un disparate. No seré tan obcecado de negarlo. Pero casarse con una mujer que tiene los ojos habilitados para ver lo que no le importa es más disparate aún. En cambio, la Cieguita, con su cara pálida y los brazos al aire, no me molestaría para nada, y quién sabe si no me cambiaría la vida. Erdosain estará loco, pero tiene razón. La vida no se puede vivir sin un objeto. Además, se me ocurre que Erdosain no tiene esta sensación, que es importantísima: ¿La vida se puede transformar de manera que una ciruela tenga la sensación de haber sido siempre guinda? Cuando pienso en la Cieguita tengo esa misma sensación. Dejaré de ser el que soy para convertirme en otro. Posiblemente en esto influya el magnetismo de que está cargada la Cieguita. Como vivió en las tinieblas, cada vez que uno la mira le da las gracias a Dios o al diablo de tener los ojos bien abiertos.

El Rufián Melancólico ha entrado ahora en una zona tan intensamente iluminada, que visto a cincuenta metros de distancia parece un fantoche negro detenido a la orilla de un crisol. Los letreros de gases de aire líquido reptan las columnatas de los edificios. Tuberías de gases amarillos fijadas entre armazones de acero rojo. Avisos de azul de metileno, rayas verdes de sulfato de cobre. Cabriadas en alturas prodigiosas, cadenas negras de guinches que giran sobre poleas, lubricadas con trozos de grasa amarilla. Más arriba, la noche enfoscada por el vapor humano. Haffner gira lentamente la cabeza, como un fantoche hipnotizado por el reverbero de un crisol.

En las entrañas de la tierra, color de mostaza, sudan encorvados cuerpos humanos. Las remachadoras eléctricas martillean con velocidad de ametralladoras en las elevadas vigas de acero. Chisporroteos azules, bocacalles detonantes de soles artificiales. Chrysler, Dunlop, Goodyear. Hombres de goma, vertiginosa consumación de millares de kilovatios rayando el asfalto de polares arcos iris. Los subsuelos de los edificios de cemento armado vuelcan a la calle una húmeda frescura de frigoríficos.

El Rufián escupe y camina. Rechupa la colilla de su

cigarrillo y llena de aire sus pulmones. La ciudad entra en su corazón y se vuelca por sus arterias en fuerza de negación:

—Por otra parte, ¿qué hago aquí, en esta ciudad? Estoy aburrido. Mi vida no tiene objeto. Cualquier día me matan. No es únicamente el pibe Repollo el que "me la tiene jurada." ¿Y el Marsellés? "Cafishear" a una desgraciada no puede ser considerado un objeto en la vida. Nada tiene objeto en la vida, ya lo sé, soy un hombre positivo... pero la luz... ¿Dónde está esa luz? ¿Existe la luz o es una invención de los muertos de hambre? ¿Creen en la luz los que hablan de ella, por ejemplo, el Astrólogo? ¿En qué puede creer el Astrólogo? En nada. En cambio, la Cieguita cree en mí. Cuando me dice que me quiere me dan ganas de reírme, pero en cuanto toca el violín y serrucha el cielo con su música mi vida puerca se reparte entre estos dos términos: se es feliz o no se es feliz. Y la verdad es que no soy feliz. Podría organizar el "malandrinaje", ser un segundo Al Capone, pernoctar en un auto blindado y ayudar a las células comunistas de todo el mundo, y continuaría tan aburrido como una ostra. Mujeres honradas no existen. La Ciega de nacimiento es la única mujer absolutamente honrada, pura. Ella es pura aunque se entregó a mí. Es maravilloso descubrir semejante singularidad después del asqueroso espectáculo que ofrecen hombres y mujeres. Ella es absolutamente pura, químicamente pura. No la ha contaminado la porquería del mundo, porque el mundo es una noche sin alternativas para ella. Las tinieblas completas. ¿A ver? Dentro de estas tinieblas camina con la sensación del latido de su corazón. Yo existo para ella como un relieve que tiene un especial timbre de voz. ¡Pobre Cieguita! Y yo que pensaba prostituirla. ¡Qué bestia!

A medida que camina, Haffner se empapa de la potencialidad sorda y glacial que emana de estos edificios, frescos como una refrigeradora eléctrica. A veces sus ojos tropiezan con un ascensor negro que cae vertiginoso, encendidas sus luces verdes y rojas. Junto a las jaulas hexagonales de hierro y cemento que perforan el cielo con una claridad pálida y vertical, en potreros baldíos se extienden, como en un Far West, sobre pisos de tablas, chatos cotages de madera pintada de gris. Fruteros napolitanos venden sandías y manzanas reinetas a "cocottes", con gestos de grandes señores que le ofrecen un ramo de flores a una primera actriz.

—No, no, la vida tiene que ser otra. Lo evidente es su crueldad. Unos se comen a los otros. Es lo evidente. Lo real. Los únicos que escapan a esta ley de ferocidad son los ciegos y los locos. Ellos no devoran a nadie. Se les puede matar, martirizar. No ven nada los pobrecitos. Oyen los ruidos de la vida como un encalabozado la tormenta que pasa.

¿Qué es lo que se opone, por otra parte, a que me case con la Cieguita? Sería el día más feliz, más brutalmente extraordinario de su vida. Supongamos que yo pudiera convertirme en Dios. ¿Qué haría yo? ¿A quién condenaría? ¿Al que hizo mal porque su ley era hacer mal? No. ¿A quién condenaría, entonces? A quien habiendo podido convertirse en un Dios para un ser humano, se negó a ser Dios. A ése le diría yo: ¿Cómo? ¿Pudiste enloquecer de felicidad a un alma, y te negaste? Al infierno, hijo de puta.

Haffner se detiene y observa.

Entre la blancuzca suciedad de muros antiguos y que conservan rectangulares rastros de piezas de inquilinato, eliminadas por la demolición, trabajan en las grúas hombres rubios de traje azul. Los camiones van y vienen cargados de greda. En la calzada, autos a los que les falta el cuarto de baño para ser perfectos, con choferes tan graves como embajadores de una potencia número 2, conducen en sus interiores mujercitas preciosas, perfil de perro y collares de cuentas gordas como las indígenas del Sudán Negro.

—Yo puedo convertirme en un Dios para la Cieguita. Puedo o no puedo. Claro que puedo. "Fioca" con todos los agravantes, puedo convertirme en un Dios para la Cieguita. Al convertirme en un Dios para la Cieguita, dejo de ser el marido de la Vasca, de Juana y de Luciana. Además, la Cieguita no necesita saber nada de estas cosas. Ni yo decirles a esas vagas que me "rajo". Puedo traspasarlas con una simple documentación. Mosió Yoryet me compraría inmediatamente a Luciana. La Vasca podría endosársela a Tresdedos. La ropa que tiene Juana vale mil pesos. ¿Quién no paga dos mil pesos por Juana? Habría que estar loco para no cerrar trato al galope. En última instancia, que se arreglen. No voy a ser más rico ni más pobre con diez mil pesos. Podríamos ir al Brasil, aunque el Brasil me pone triste. Nos iríamos a París. Compraríamos alguna casita en el arrabal, y yo leería a Víctor Hugo y las macanas de Clemenceau. Bueno, lo indispensable ahora es casarse con la Cieguita. Lo siento en el alma; es como un fervor, no de sacrificio, yo soy un hombre positivo, sino de felicidad, de vida limpia. Aquí todos vivimos como puercos. Erdosain tiene razón. Hombres, mujeres, ricos, pobres, no hay un alma que no esté enmerdada. Al campo tampoco iría. A un pueblo de campo, no. Al campo sí. Podría tener una chacra, entretenerme... ¡cómo le va a gustar a la Cieguita el proyecto de la chacra! Me voy a fijar en los avisos de "La Prensa". Una chacra que tenga muchos árboles frutales, vacas con cencerro y una noria. La noria es indispensable. El alma se me limpiaría junto a un árbol en flor. Una estrella vista entre las ramas de un duraznero parece una promesa de otra vida. La chacra no impediría que la Cieguita tocara el violín. Viviríamos solos, tranquilos... ¿Acaso la vida es otra cosa que la aceptación tranquila de la muerte que se viene callando?

Ahora el Rufián va a lo largo de vitrinas inmensas, exposiciones de dormitorios fantásticos de maderas extravagantes; dormitorios que hacen soñar con amores imposibles a los muchachos de tienda que llevan del brazo a una aprendiza pecosa cuyo ideal, como el título de un fox-trot, podría ser: "Te amaría en una voiturette de 80 H.P."

Los letreros tubulares se encienden y se apagan. Los baldíos negrean de automóviles custodiados por guardianes cojos o mancos.

Dos hombres correctamente vestidos caminan tras de Haffner, manteniendo siempre una distancia de cincuenta metros. Cuando el Rufián se detiene, ellos hacen alto para encender un cigarrilo o cruzan la vereda.

Las calles son ahora sucesiones de jardines sombríos, con pinos funerarios que el viento dobla, como en las soledades del Chubut. Criados con saco negro y cuello palomita levantan la guardia frente a las negras y marmóreas guaridas de sus amos. Ruedan automóviles silenciosamente. Los dos desconocidos caminan en silencio tras de Haffner, que a su vez persigue a la Ciega en su imaginación.

—Los que deben tener una sensación precisa de la muerte deben ser los ciegos. Supongamos que yo la quiera ahogar a la Cieguita. Ella se daría cuenta. Lo presentiría.

El Rufián pasa por la vereda frontera sin distinguir a los dos individuos que cruzando la calle le siguen rápidamente. De pronto tres estampidos llenan la calle de humo. Haffner gira vertiginosamente sobre sus talones, divisa dos brazos esgrimiendo pistolas. Instantáneamente adivina la nada. Quiere putear. Nuevamente, a destiempo, dos estampidos perforan con manchas bermejas la oscuridad. Una quemadura en el pecho y un golpe en el hombro. Más cercana retumba otra explosión en su oído y cae con esta certeza:

—¡Me jodieron!

BARSUT Y EL ASTRÓLOGO

A la misma hora que entre un tumulto de transeúntes dos vigilantes cargaban al Rufián Melancólico en una camilla de la Asistencia Pública, el Astrólogo y Barsut conversaban en Temperley.

El Astrólogo, hundido en su sillón forrado de terciopelo verde, termina de contarle la visita que esa tarde le hiciera Hipólita, mientras que Barsut, embutido en una salida de baño, recostado en una hamaca, lo escucha, con el codo cargado en la palma de la mano derecha. La izquierda sostiene su mejilla tupida de barba.

El joven atiende pensativo. Bajo sus cejas alargadas hacia las sienes, los ojos verdes cruzan preguntas, en movimientos imperceptibles.

El Astrólogo, haciendo girar con los dedos de la mano izquierda el anillo con la piedra violeta, termina su relato, interrogativo:

—¿Qué opina usted?

—¿Ella cree en la posibilidad de las células femeninas?
—Cree tanto como usted...
—Es decir, cree y no cree...
El Astrólogo se echó a reír ruidosamente, y exclamó:
—Ella también terminará por creer. Ella también...
—¿Tanta fe se tiene usted?
—Inmensa...
—¿Y si falla?
—Entonces los que pagarán serán ustedes, no yo —y nuevamente el Astrólogo se ríe tan ruidosamente que Barsut, molesto, acaba por preguntarle:
—¿Qué diablos tiene usted esta noche que está tan contento?
—Me causa alegría pensar que una media docena de voluntades asociadas pueden poner patas arriba a la sociedad mejor constituida. Fíjese, si no: ¿leyó hoy los diarios?
—No...
—Venía un telegrama muy interesante de la United Press. Las bandas de Al Capone y George Moran, alias el Chinche, se han aliado para explotar el vicio.[1] Lo cual significa que en Chicago quedarán suprimidos por algún tiempo los combates con fusiles ametralladoras entre los rufianes de ambas pandillas. No sé si usted sabrá que Al Capone es dueño de un palacio de mármol en la orilla de Miami que deslumbra a diez kilómetros de distancia. Los diarios se ocupan de la alianza de Al Capone y del Chinche como se ocuparían de un tratado ofensivo y defensivo entre Paraguay y Bolivia o Bolivia y Uruguay. ¿No le parece notable? Las agencias telegráficas hacen correr la noticia por toda la redondez del planeta. Estamos en el siglo veinte, amigo, y a estas horas todos los imbéciles honestos que decoran el planeta se han enterado de la

1 *Nota del autor:* La alianza entre Al Capone y George Moran, rigurosamente histórica, fue breve. Poco tiempo después de los acontecimientos que dejamos narrados Al Capone hizo disfrazar de "policemen" a varios de sus cómplices. Estos, en la mañana del 16 de noviembre de 1929, detuvieron a cinco ayudantes de Moran en la calle Clark al 2100, los hermanos Frank y Pete Gusenberg, John May, Albert Weinshank y el doctor Schwimmer, también bandido. Estos sujetos fueron alineados contra un muro, en el fondo del garaje de la Cartage Company, y ejecutados con fusiles ametralladoras.

alianza de dos eximios rufianes, que las leyes norteamericanas respetan y que se reparten en toda la costa del Atlántico el contrabando de alcohol, la explotación de la prostitución y del juego. Más aún: en estos momentos, cientos de reporteros visitarán la casa de Aiello, el secretario de Al Capone, solicitándole informes respecto al pacto ofensivo y defensivo tramitado entre los dos bandidos protegidos por los políticos, la policía y los bebedores de todo Estados Unidos.

La risa se había borrado ahora del semblante del Astrólogo. Se levantó pálido, y fijando una dura mirada en Barsut prosiguió, caminando al mismo tiempo de un punto a otro del cuarto.

—Estoy hambriento de revolución social. ¿Sabe lo que es tener hambre de revolución? Quisiera prenderle fuego por los cuatros costados al mundo. No descansaré hasta que haya montado una fábrica de gases. Quiero permitirme el lujo de ver caer la gente por la calle, como caen las langostas. Sólo respiro tranquilo cuando me imagino que no pasará mucho tiempo hasta el día aquel en que unos cincuenta hombres a mi servicio tiendan una cortina de gas de diez kilómetros de frente.

Barsut lo miró sorprendido al Astrólogo. Este hablaba solo. No se dirigía a él. Iba y venía en el reducido cuarto, que se llenaba del volumen de su vozarrón y el eco de sus resonantes pasos. El cabello encrespado sobre su sólida cabeza transparentaba al pasar bajo la lámpara eléctrica canas brillantes como virutas de plata.

Lo miró incoherentemente a Barsut y prosiguió:

—¿Se da cuenta lo que significa una cortina de gas de diez kilómetros de largo por cinco metros de altura?... —de pronto, sacudió la cabeza, se restregó la frente, y como si acabara de despertarse—: Estoy diciendo disparates. La verdad es que me indigna el funcionamiento de esta maquinaria capitalista, que tolera las organizaciones más criminales siempre que estas organizaciones reporten un beneficio a los directores de la actual sociedad.

—Esas cosas sólo pueden ocurrir en los Estados Unidos.

—¿Y por qué no aquí?

—Porque nosotros no nos sentimos con fuerzas para ser tan bandidos.

—Ha dicho una verdad. Somos honrados por debilidad. A esta debilidad le ponemos cualquier etiqueta con un adjetivo de virtuosidad, y... pero yo me siento fuerte. Y únicamente triunfan los que están seguros de triunfar. Muchas veces pienso en Napoleón; se me ocurre que no hay nadie que durante su vida, en el plazo de un minuto, no haya querido ser Napoleón... pero todo el mundo sólo ha querido ser Napoleón o Lenin durante un minuto de voluntad... calcule usted, el término medio de la vida humana es sesenta años... recién a los veinticinco se comienza a vivir... quedarían treinta y cinco años por delante... cada año tiene cuatrocientos dieciocho mil cuatrocientos minutos... calcule usted un deseo golpeando en todas las posibilidades durante cuatrocientos dieciocho mil cuatrocientos minutos, multiplicados por treinta o treinta y cinco años.

—Debería descontar las horas de sueño.

—Cuando hay un gran deseo, aun durmiendo se desea ¡qué he dicho!, aun en el delirio de la fiebre se continúa deseando... en la agonía se desea... ¿Qué digo? Hasta los condenados a muerte desean. Muchos piden, como gracia postrera, poder poseer a una mujer. Tan maravilloso es el instinto creador del hombre. Únicamente los hombres poca cosa hacen filosofía de su castración mental. Cuando usted encuentra un imbécil que diserta sobre su inercia, puede estar seguro de que se encuentra frente a un monstruo de la envidia y de la impotencia.

—Usted es formidable. ¿Ha deseado en la agonía?...

El Astrólogo se detiene y cierra automáticamente la puerta del antiguo armario, girando la llave olvidada en la cerradura.

—Sí. Estaba muriéndome, me pusieron el tomaoxígeno en la nariz... yo pensé: "estoy por morirme"... luego la idea se apartó de la muerte y quedó fija en la imagen que representaba un deseo... Por eso voy a triunfar. De allí que me indigne cuando se dice de un hombre que ha vencido: "tiene suerte". Lo que ha sucedido es que ese hombre estaba buscando un agujero por donde escapar. ¿Ha visto usted un tigre en una jaula? Lo mismo es el hombre que quiere conseguir algo grande. Va y viene frente a los barrotes. Otros se fatigarían. Él no. Va y viene como una fiera. Minutos, horas, meses, años... montones de cuatrocientos mil cuatrocientos minutos... dormido y despierto, sano y enfermo. Es como una fiera, va y viene. En cuanto el destino se descuida, la fiera de un gran salto traspone la muralla, y ya no la cazan más...

—No lo digo para adularlo... pero usted es formidable. Es una gran bestia.

—Yo también lo sé. Vea los músculos que tengo—. Barsut se levanta y palpa los bíceps de la Bestia. Los dedos y el tejido de la ropa resbalan sobre una fibrosa elasticidad de acero. —Hago diez "rounds" de soga todavía —continúa el Astrólogo—. Sé boxear. Cuando lo hice secuestrar no quise pegarle, porque podía matarlo de un golpe.

—Dígame... ¿y la comedia del asesinato?

El Astrólogo con el pie aplasta una colilla que Basurt acaba de arrojar, cierra los brazos de un compás de bronce, abierto sobre el escritorio, y continúa:

—Erdosain creía que un crimen modificaría su vida. Yo en cambio, estaba seguro de que el crimen no modificaría, absolutamente nada, su naturaleza psicológica. Había que probar sin embargo, y las circunstancias no podían presentarse mejor.

—¿Y usted qué siente por Erdosain?

—Un gran afecto. Representa para mí la humanidad que sufre, soñando, con el cuerpo hundido hasta los sobacos en el barro.

—Yo le he pegado.

—No se preocupe. Ese pecado lo tendrá que pagar algún día...

—¿Y para usted qué soy?

—El que busca. No la verdad. A usted no le interesa la verdad. Usted busca algo que lo distraiga. Más adelante le interesará la verdad. Los hombres, como las criaturas, sienten necesidad de juguetes, de apariencias. Algunas criaturas se aburren inmediatamente de los juguetes, porque los juguetes carecen de vida. Erdosain pertenece a ese grupo; otros, en cambio, se atan a las apariencias.

—Yo.

—Eso mismo.

—¿Y cómo se busca la verdad?

—Buscándose a sí mismo.
—¿Y qué hay que hacer para encontrarse a sí mismo?
—Obedecer.
—¿A usted?
—Al que usted sienta... no a mí. Algún día tendrá que obedecerse a sí mismo.
—Es que yo sentiría placer en obedecerle a usted.
—¿Sabe que eso se llama la voluptuosidad de la humillación? Su excesivo amor propio le hace creer que es superior a mí, cosa que no me importa...
—No...
—Déjeme... y entonces obedecerme a mí es imponerse una humillación tan agradable... ¿a ver?..., como si usted, siendo millonario se disfrazara de pordiosero y consintiera en que le negara un cobre aquel que de saber quién es usted le besaría los pies.
Barsut lo observa al Astrólogo.
—Es cierto, tiene razón... pero dígame... ¿por qué yo tengo respecto a usted semejante sentimiento? No debía sentirlo aunque lo admiro.
—Al contrario, está muy bien que envase tal sentimiento. Es la fuerza. Cuando se llevan fuerzas adentro, siempre se reacciona frente a los otros.
Barsut lo escucha al Astrólogo, pero con la vista sigue una pequeña araña que cruza velozmente por el rojizo marco de la ventana.
—Es que también soy envidioso.
—Otra manifestación de la fuerza.
—Hay algo, sin embargo, que no me llama la atención. Es el dinero. Siento un desprecio absoluto por el dinero. Para otro hombre, el dinero que usted me quitó por la violencia constituiría una desgracia irreparable... para mí ese dinero no existió nunca...
—Es la manifestación más directa de su fuerza. Usted desea y espera el poder... no sabe de dónde vendrá ese poder... pero el dinero no lo seduce... es decir... no existe para usted...
—¿Y esa fuerza?
—Es la voluntad de vivir. Cada hombre lleva en sí una distinta cantidad de voluntad de vivir. Cuantas más fuerzas, más pasiones, más deseos, más furores de plasmarse

en todas las direcciones de inteligencia que se ofrecen a la sensibilidad humana. Querrá ser general, santo, demonio, inventor, poeta...

—Son apariencias... ninguna satisface.

—La única es querer ser Dios. Confundirse con Dios. Se pueden contar con los dedos de las manos los hombres a quienes la necesidad de realizarse les hizo sentir la voluntad de vivir en dioses. Lenin fue el último dios terrestre que pasó por el mundo.

—¿Y proporciona gran felicidad?

El Astrólogo guiña los ojos. Ha sentido temblar la voz de Barsut en la pregunta. Recoge una vírgula de madera y la desmenuza entre la yema de sus dedos; luego, estirando una pierna para descalambrarla, y meneando la cabeza, dice:

—Hay muchas felicidades terribles de las que no conviene hablar. Si usted busca sinceramente la verdad, las conocerá.

—¿Y por qué no se comunican esas verdades a los hombres?

—Porque no están preparados para recibirlas, y por lo consiguiente no las entenderían. Creerían que son frases puestas en línea para entretenerlos; las leerían y esas verdades tocarían con menos fuerzas sus entendimientos que burdas mentiras. Podría ocurrir, además, algo más grave. Convertirían esas verdades en monstruosidades.

—¿De modo que hay secretos aún sobre la tierra?

—No. Atiéndame bien. Lo que hay son avances interiores de la voluntad de vivir. Cuanto más intensa y pura sea la voluntad de vivir, más extraordinaria será la sensibilidad que capta conocimiento, de manera que en un momento dado el cuerpo humano llega al estado del hermafrodita...

—¿Cómo?...

—Es hombre y mujer simultáneamente. Pero, ¿ve? ya usted se asombra groseramente. Ha pensado innúmeras obscenidades en un minuto. Se le ha ocurrido un hombre masculino y femenino, simultáneamente. No hay nada de eso. Este hermafroditismo es psíquico; el cuerpo envasa a la mujer y al hombre tan perfectamente con sus dos distintas sensibilidades, que la personalidad doble absorbe las energías sexuales, y entonces la resultante es un hombre o una mujer sin las necesidades sexuales de uno u otro. Es decir, es perfecto en su perfecta soledad sin deseos. Está más allá del hombre. Es el superhombre.

—¿Y existen actualmente tipos así?

El Astrólogo se detuvo frente al mapa de los Estados Unidos, y enderezando una bandera negra fijada sobre el territorio de Kansas, respondió:

—Sí.

—¿Usted es uno de ellos?

—No. Mi fuerza es todavía imperfecta, mi voluntad de vivir exige muchas realizaciones.

—¿Y cómo conoce esos secretos entonces?

—Por intuición. Obsérvese usted, a sí mismo, en un gran momento de exaltación psíquica y constatará que se ha olvidado del sexo. Está más allá del macho y de la hembra. Desprecia la sexualidad.

—Es cierto.

—Eso ocurrirá en el hombre futuro. Su acto sexual con la mujer, o viceversa, tendrá la finalidad de fecundarla; ella aceptará al hombre en esa única función; luego vivirán ambos su vida perfecta y armoniosa, ¡pero qué diablos del hombre del mañana!... hablábamos del hombre de hoy, que es usted: envidioso.

—Además, pérfido. Me gusta pensar iniquidades. Fíjese: para dormirme tengo que imaginar que soy capitán de una fortaleza de piratas, sitiada... ¿no le aburre?

El Astrólogo levanta una mano para rascarse la cabeza. La sombra de su brazo, lanzada hasta lo alto del cielo raso, desciende por el muro y se troncha sobre la mesa cargada de papeles.

—El emperador de España de esos tiempos, aliado por necesidades coloniales con el de Inglaterra, envía cien barcos a sitiar mi fortaleza. Primero pienso que los cañones podrán rechazar esa flota; noto que la artillería es insuficiente, y he aquí que en mi fortaleza descubro un yacimiento petrolífero y por medio de mangueras proyecto chorros de cien metros de largo de petróleo encendido, sobre las tropas. Entonces me detengo encantado en el espectáculo de millares de hombres que corren de un lado a otro, ardiendo vivos. Veo las chispas que saltan de la casaca de un soldado y que le prenden fuego a las ropas de otro; hasta una cabeza rapada con el cuello entre las llamas, que trata, con el mentón para arriba, de escapar del cuello...

—Es siempre la fuerza que no tiene salida en usted. Algún día, acuérdese usted, será pronto, los psicólogos harán encuestas para averiguar lo que piensan los hombres antes de dormirse. Sería interesante saberlo, pues ello permitiría establecer cuál es la tendencia psíquicamente humana desviada de su camino por el régimen de esclavitud a que están sometidos los hombres.

—¿Y cuál es el camino para usted?

Barsut se estremeció de frío y ajustó la salida de baño sobre sus pantorrillas desnudas. El Astrólogo se quitó el anillo de acero, frotó la piedra contra la manga de su blusón gris y continuó:

—Ahora, la organización de la Academia Revolucionaria.

—¿Y yo llegaré a ser algo?

—Para ser algo... hay que saber en qué consiste ese algo. A mí me interesa. Demuéstreme que es capaz de ser algo y entonces conversaremos...

—Perfectamente, le voy a obedecer... quiero decir, trataré de ayudarlo lealmente. Y si se me ocurre hacerle alguna canallada o traicionarlo, le diré: he pensado esto...

—Me parece muy bien. Es la única forma para usted de liberarse de cometer horrores inútilmente... Diga siempre lo que piense, no por mi seguridad sino para su tranquilidad. No se olvide de esto. Si se le ocurre una monstruosidad, no la oculte, porque si no la comunica la monstruosidad lo trabajará intermitentemente, de tal forma que va a llegar un momento en que no podrá dominar el impulso de cometerla...

—¿Sabe que usted es un demonio? Lo sabe todo... Uno lo oye hablar a usted y comprende que dice la verdad, que es sincero, que no miente. Por eso va a triunfar...

—Hablo únicamente de lo que internamente estoy convencido...

—¿Y lo de los esclavos?...

—Había que deslumbrarlo a usted y a Erdosain. Por eso mis palabras sonaban a mentiras. Mi verdadero plan es organizar la academia revolucionaria. Se habla de revolución, mas en realidad la gente ignora la técnica de una revolución. Revolución quiere decir interrupción de todos los servicios públicos. ¿Cómo se abastece de agua a la ciudad? ¿Quiénes recogen las basuras? ¿Cómo se continúa haciendo llegar el ganado a los mataderos y la harina a las panaderías? Y los ferrocarriles, y la luz, ¿se da cuenta que un movimiento revolucionario es el mecanismo más complicado que pueda concebirse, porque de inmediato lastima los intereses de la multitud, que es la que puede hacerlo fracasar? Y los militares. El ejército rojo que hay que improvisar. Y el reparto de tierras. Y las herramientas. ¿Cuántas toneladas de hierro se necesitan para fabricar los arados? ¿Cuánto tiempo para fundirlo? ¿Cuántos hornos, cuántos operarios? ¿Y los bancos? ¿Las relaciones exteriores? ¿La resistencia de la burguesía? ¿El hambre? ¿Los movimientos de resistencia? Una revolución es posible improvisarla en un año pero es imposible sostenerla sesenta y dos horas. En cuanto se terminó el pan y de las canillas no sale una gota de agua, la gente comienza a barruntar que es preferible una mala dictadura capitalista a una buena revolución proletaria.

—¿Y entonces?

—Hay que preparar técnicos. El Especialista en Revoluciones. Es una idea de Erdosain. Organizar cursos secretos donde se habiliten ingenieros en movimientos sociales bruscos. Así como durante la guerra se preparaban instructores militares, enfermeros, artilleros, etc., nosotros prepararemos Especialistas en Revoluciones. Ellos a su vez harán lo que hemos hecho nosotros, de manera que una vez puesto en marcha el mecanismo no es necesario que las células tengan contacto con el núcleo central. En síntesis, incrustar en la sociedad actual una cantidad de pequeños cánceres que se multiplicarán. Usted sabe que un cáncer es un tejido que no acaba nunca de crecer. He visto cánceres que abarcaban un cuerpo entero. Algo fantástico.

Barsut dejaba humear el cigarrillo entre sus dedos. Las azules volutas de humo se superponían en anillos concéntricos. Las cabezas de los dos hombres se reflejaban en el mapa de los Estados Unidos.

—¿Y nosotros constituiremos el cáncer matriz?

—Sí. Si nuestros comunistas tuvieran un poco de inteligencia lo hubieran hecho..., pero ni aun nada malo es posible esperar de ellos. Se la pasan escribiendo proclamas con una sintaxis ridícula y una ortografía pésima. De los socialistas no hablemos. Muchos de ellos son pequeños propietarios. Fueron socialistas cuando vinieron casi desnudos de Europa al país, y por sentimentalismo continúan siéndolo, cuando explotan a otros desgraciados que llegan más desnudos que ellos. Son pequeños propietarios, tienen hijos en la Universidad de Derecho, en la Escuela Militar y la Facultad de Medicina. Es para reírse... Nosotros también enviaremos muchachos... nuestros hijos a la Escuela Militar... pero antes, desde niños, los criaremos en una atmósfera revolucionaria, oyendo continuamente hablar del triunfo de la causa social. Cuando estén perfectamente inmunizados contra el militarismo al servicio capitalista los haremos ingresar a la Escuela Militar, a la escuela de suboficiales, a la marina, escuela de aviación; en pocos años podemos tener desparramados cánceres en todas las instituciones...

—¿Sabe que es magnífico?

—En la colonia también tendremos algunos instructores militares. Formaremos instructores de artillería y combate de gases, técnicos metalúrgicos; hay que fundir muchos arados y bombas... instructores químicos; hay que fabricar gases y explosivos; disponer de los instructores de comunicaciones, de puentes, instructores económicos; compraremos un avión... hay aquí, en el país, varios oficiales militares alemanes que son aviadores y se mueren de hambre... los contrataremos y prepararán pilotos. Incluso el espionaje y la pena de muerte en su aplicación necesitan técnicos, porque una revolución sin condenados a muerte es como un guiso sin salsa. Hay que ejecutar a los que son peligrosos y a los que no lo son también. Precisamente la ejecución de estos últimos es la que más terror inspira. En los tiempos de revolución hay individuos que habiendo sido conservadores se convierten instantáneamente en revolucionarios. El caso es continuar en el poder para ellos.

—Habrá que crear reglas escénicas para ejecutar...

—Eso mismo. Un bandido ejecutado con el ceremonial

estético indispensable vale por cien pilletes muertos de mala manera. Además, seamos consecuentes —el Astrólogo se ríe frotándose las manos—: A un X o a un XX no se lo puede ejecutar como a un patrón de panadería. A los bandidos gordos hay que colgarlos... al patrón de panadería se le puede fusilar... pero a un X... ¡qué diablo! hay que ahorcarlo con todas las reglas del caso. A simple vista parecería que ahorcar y fusilar es lo mismo... pero no... para ahorcar hay que preparar el cadalso, transportar las maderas a medianoche y despertar a los vecinos...; esto crea una atmósfera de interés digna de todos los latrocinios que ha cometido el ilustre pillete que se va a colgar...

La puerta del escritorio se entreabrió, y el judío Bromberg asomó su cabeza cabelluda, diciendo al tiempo que miraba incoherentemente el mapa de los Estados Unidos, con sus banderas negras clavadas en los territorios donde dominaba el Ku-Klux-Klan:

—Hay un señor que dice que es abogado y amigo del señor Haffner.

El Astrólogo sonrió y, mirándolo a Barsut, le suplicó:

—¿Quiere dejarme solo, amigo mío? Aquí llega otro futuro "cáncer".

EL ABOGADO Y EL ASTRÓLOGO

Un minuto después entraba el "abogado amigo de Haffner".

—Yo lo esperaba —dijo el Astrólogo yendo a su encuentro—. Usted se retiró de una forma extraña la otra mañana, de nuestra reunión. Tome asiento.

El Abogado ocupó el mismo lugar en que antes estuviera Barsut. Pero una vez que se hubo sentado, al mirar el mapa de los Estados Unidos, tatuado de banderas negras, se levantó y, acercándose al escritorio, examinó con detenimiento el trabajo del Astrólogo.

—¿Qué es esto? —murmuró.

—Los territorios donde domina el Ku-Klux-Klan.

—Ah... —dijo, y retirándose se sentó nuevamente.

Era un guapo joven. Si algo había en él de característico era una desenvoltura ágil, cierto aire de autoridad, como si estuviera acostumbrado al mando. Bajo su traje raído y muy arrugado se adivinaba un cuerpo recio, sumamente trabajado por la gimnasia.

"Un hombre caído en desgracia" —pensó el Astrólogo, mientras se paseaba por el cuarto con las manos a la espalda. El pensamiento trabajaba bajo todos los nervios de su semblante romboidal. De pronto, volviendo medio rostro el abogado, le lanzó la pregunta:

—¿Usted enarboló una bandera de oro en la Facultad de Derecho, no?

—Sí. Yo quería protestar contra el régimen conservador. Al mismo tiempo quería significar que sobre el mundo había advenido la Era de Oro... Renuncié a todo. Usted sabe, he renunciado a las riquezas, y sin embargo mi familia podía proporcionarme todos los medios para ganar mucho dinero con el ejercicio de mi profesión. Actualmente me hago la comida, me lavo la ropa... y yo soy un "doctor", como dice admiradamente la gente. Pero no es a esto a lo que he venido. Yo necesito conversar con usted seriamente.

—A ver...

—Deseo saber si usted es un comediante, un cínico o un aventurero.

—Las tres cosas expresan lo mismo.

—En mayor o menor grado... pero no hagamos sutilezas. Dígame ¿qué es lo que hay de cierto en la intervención de los militares? Mejor dicho: en la comedia que el Mayor pretende que ustedes realicen...

—Nada... una simple idea...

—No es ésa la contestación.

—Tampoco es la pregunta...

—Bueno... quiero hacer una composición de lugar respecto a usted. ¿Usted se prestaría a organizar una célula comunista para hacer una comedia que favoreciera a los militares?

—Yo, sí.

—Entonces usted es anticomunista.

—No, soy comunista...

—¿Y siendo comunista usted traicionaría a sus compañeros para favorecer una asonada militar, con el pretexto de que el país va a ser víctima del comunismo?

—Sí.

—No lo entiendo.

—Yo sí me entiendo.

—¿De qué manera?

El Astrólogo se puso de pie, caminó unos instantes en el cuarto y luego dijo:

—El nivel intelectual del país es pésimo. Con lo dicho quiero decirle que nuestro pueblo, en su mayoría, por procedimiento de evolución no llegará jamás a admitir íntegramente el comunismo. Se opone a esto no sólo el interés de los capitalistas sino el de los cuerpos políticos democráticos, que viven y se enriquecen representando al pueblo. Es decir, que nosotros nunca podremos llevar al pueblo el convencimiento y aceptación del comunismo por procedimientos intelectuales. Un pueblo se hace comunista por hambre o por el exceso de opresión. Nosotros no tenemos poderes para provocar el hambre... tampoco para provocar la opresión. Los únicos que pueden oprimir y tiranizar a un estado son los militares. Entonces auxiliamos a los militares a clavar las uñas en el poder...

—Es un juego largo...

—Regular. Lo que ocurre es que nosotros somos una raza avara, acostumbrada a decir: Es preferible una paloma en la mano a ciento volando. Yo en cambio prefiero cien palomas volando a una en la mano. Esta es también la técnica del ajedrez... ¿Usted juega al ajedrez?

—No...

—Sin embargo, usted admira a Napoleón... Hay que jugar al ajedrez, querido amigo... El ajedrez es el juego maquiavélico por excelencia... Tartakover, un gran jugador, dice que el ajedrecista no debe tener un solo final de juego, sino muchos; que la apertura de una jugada cuanto más confusa y endiablada, más interesante, es decir más útil, porque así desconcierta de cien maneras al adversario. Tartakover, con su admirable vocabulario de maquiavelista del ajedrez, domina este procedimiento: "elasticidad de juego". Cuanto más "elástica" la jugada, mejor; pero como decíamos, el advenimiento de los militares al poder es el summum ideal para los que deseamos el quebrantamiento de la estructura capitalista. Ellos constituyen intrínsecamente los elementos que pueder despertar la conciencia revolucionaria del pueblo.

—No se mantendrán en el poder.

—Se mantendrán... y además son suficientemente brutos para llevar a cabo todos los disparates necesarios para despertar la conciencia revolucionaria del pueblo...

—Hum...

—Harán disparates, no le quede la menor duda. Todo militar es un déspota que se ríe a carcajadas de las ideas. Hay que colocarlos en el poder, permitir que le "ajusten las clavijas" al pueblo. Y, claro está, el pueblo que lo que menos tenía era de revolucionario y comunista, por contradicción con esa minoría se convertirá en bolchevique y antimilitarista. Se necesita un dictador enérgico, bárbaro; cuanto más bruto y enérgico sea, más intensa será la reacción. La pólvora sola arde en el aire; encerrada en un recipiente, forma lo que se llama una bomba.

—¿Sabe que es curioso?

Una jauría de perros ladra interminablemente en la distancia. Se oye un amortiguado y lejano estampido de escopeta.

—No tiene importancia —rezonga el Astrólogo, reparando en el semblante de atención del abogado—. Por la noche, aquí siempre hay tiros —y continúa—: Ajedrez puro, querido amigo... Nosotros no tenemos que evitar el poder militar. Por el contrario, apoyar firmemente sus decisiones. Ellos necesitan el pretexto bolchevique para cercenar las libertades del pueblo, que ignora cuál es la esencia del bolcheviquismo. Perfectamente. Nosotros crearemos el comunismo artificial... Usted sabrá que en el organismo humano existen bacterias que no resisten una temperatura de cuarenta grados. Estas bacterias provocan enfermedades. Entonces el sistema es provocar artificialmente en el organismo otra enfermedad que al suscitar la fiebre de cuarenta grados extermina los microorganismos realmente nocivos.

—Con su sistema se llega a admitirlo todo...

—Naturalmente. En cuanto usted quiere introducir una moral en la conducta política, la conducta política se transforma en lo que podríamos definir como un mecanismo rígido destructible por la presión de las fuerzas externas y hasta de las internas.

—¿Y si los militares le hacen bien al país?

—Dentro del régimen capitalista el militarismo es una institución a su servicio. Ningún sistema de gobierno capitalista puede resolver los problemas económicos que cada año aumentan de gravedad. El capitalismo de estos países es tan ingenuo que cree poder hacerlo... Fracasará. Ha fracasado con la democracia; ahora tiene que fracasar con la dictadura. Es lo mismo que pretender curar la sífilis con inyecciones de agua destilada.

—De modo que si partimos de su punto de vista, usted no tendría inconveniente en ser socio de un bandido, de un falsificador de moneda, ni de un asesino...

—Todos son útiles, si se los sabe utilizar; magníficos medios para coadyuvar al triunfo del comunismo. Más aún; le diré: el perfecto comunista no debe vacilar ni un instante en emplear para el triunfo de la causa proletaria universal todos los crímenes que condena la moral capitalista... en los que no tienen un centavo.

El Abogado se levantó.

La luz de la lámpara eléctrica oscila violentamente. El Astrólogo se interrumpe y observa el filamento que de incandescente toma rojor de hierro a la calda. Murmura:

—Estos transformadores andan como el diablo.

—¿Tiene corriente continua? —murmuró abstraído el Abogado.

—No, alternada. ¿Estábamos en la democracia? ¿No es así? Bueno, querido doctor. ¿Usted cree todavía en la democracia? Escúcheme. Cuando los norteamericanos provocaron la independencia de Panamá para apoderarse del territorio donde iban a trazar su canal, años más tarde dijo Roosevelt, en un discurso que pronunció en Berkeley, California: "Si yo hubiera sometido mis planes a los métodos conservadores (es decir, democráticos), hubiera presentado al Congreso un solemne documento oficial, probablemente de doscientas páginas, y el debate no habría terminado todavía. Pero adquirí la zona del canal y dejé al Congreso discutir mis procedimientos, y mientras el debate sigue su curso, el canal también lo sigue". Estimado doctor, si esto no es burlarse cínicamente de los procedimientos democráticos y de la ingenuidad de los papanatas que creen en el parlamentarismo, que lo diga Dios.

—No se puede generalizar sobre un solo hecho.

—Magnífico. Usted quiere una colección de hechos que le demuestren que los Estados Unidos (nos referiremos a Estados Unidos porque estamos en América) es el país más antidemocrático que existe. Bien... ¿Puede decirme, querido amigo, qué calificativo merece la conducta yanqui o la de los bandidos capitalistas yanquis en la América Central? Ríase, ríase usted de los bandidajes de Pancho Villa. Todos esos granujas son tiernos infantes junto a las empresas que han provocado la revolución de Panamá. Si pasamos de Panamá a México, encontramos una serie de revoluciones provocadas por la presión del señor Doheney, representante del grupo capitalista norteamericano en México. Al señor Doheney lo apoyaba el evangélico Wilson. Como los ingleses tenían intereses petrolíferos y apoyaban a Huerta, enemigo de los capitales yanquis, ¿qué hizo el gobierno? Obligar a los ingleses a retirarle su apoyo económico a Huerta. Concedió a las naves inglesas derecho de tránsito sin pago de intereses por el canal de Panamá, compraron las acciones petrolíferas inglesas y derrotó a Huerta con una revolución que se hizo con la ayuda de Carranza, que recibió armas y dinero norteamericanos. Pasemos a Santo Domingo. Santo Domingo cae en poder del imperialismo yanqui cuando la Santo Domingo Improvement Company compra la deuda de 170 mil libras que una compañía holandesa había prestado al gobierno dominicano, con derecho a cobrar los impuestos aduaneros que garantizaban la operación. En 1905 EE.UU. se convierte en el síndico de la aduana dominiqueña, y por intermedio de Kuhn, Loeb and Company le facilita al gobierno, que hace nombrar a su antojo, la suma de 20 millones de dólares, lo cual autoriza a los Estados Unidos a cobrar los impuestos aduaneros hasta el año 1943.

El Abogado se ha tomado una rodilla entre las manos y con la cabeza tan inclinada que el mentón se apoya en su pecho escucha atentamente, mirando la deformada punta de su zapato casi deslustrado.

—¿Cuál es el sistema, querido doctor? El siguiente: Los bancos y empresas financieras organizan revoluciones en las cuales, prima facie, aparecen lesionados los intereses americanos. Inmediatamente se produce una intervención armada bajo cuya tutela se realizan elecciones de las que salen elegidos gobiernos que llevan el visto bueno de Norteamérica; estos gobiernos contraen deudas con los Estados Unidos, hasta que el control íntegro de la pequeña república cae en manos de los bancos. Estos Bancos, revise usted la teneduría de libros de la América Central, son siempre el City Bank, la Equitable Trust, Brown Brothers Company; en Extremo Oriente nos encontramos siempre con la firma de J. P. Morgan y Cía. Nicaragua ha sido invadida para defender los intereses de Brown Brothers Company. Cuando no es la Standard Oil es la Huasteca Petroleum Co. Vea, aquí, a un paso de nosotros, tenemos a un Estado atado de pies y manos por Estados Unidos. Me refiero a Bolivia. Bolivia, por un empréstito efectuado en el año 1922 de 32 millones de dólares, se encuentra bajo el control del gobierno de los Estados Unidos por intermedio de las empresas bancarias Stiel and Nicolaus Investment Co., Spencer Trask and City y la Equitable Trust Co. Las garantías de este empréstito son todas las entradas fiscales que tiene el gobierno, controladas por una Comisión Fiscal Permanente de tres miembros, de los cuales dos son nombrados por los bancos y un tercero por el gobierno de Bolivia.

Con los brazos cruzados sobre su blusón el Astrólogo se ha detenido frente al Abogado, y moviendo la cabelluda cabeza insiste como si el otro no lo pudiera comprender:

—¿Se da cuenta?... por treinta y dos millones de dólares. ¿Qué significa esto? Que un Ford o un Rockefeller, en cualquier momento podrían contratar un ejército mercenario que pulverizaría un estado como los nuestros.

—Es terrible lo que usted dice...

—Más terrible es la realidad... El pueblo vive sumergido en la más absoluta ignorancia. Se asusta de los millones de hombres destrozados por la última guerra, y a nadie se le ocurre hacer el cálculo de los millones de obreros, de mujeres y de niños que año tras año destruyen las fundiciones, los talleres, las minas, las profesiones antihigiénicas, las explotaciones de productos, las enfermedades sociales como el cáncer, la sífilis, la tuberculosis. Si se hiciera una estadística universal de todos los hombres que mueren anualmente al servicio del capitalismo, y al capitalismo lo constituyen un millar de multimillonarios, si se hiciera una estadística, se comprobaría que sin guerra de cañones mueren en los hospitales, cárceles, y en los talleres, tantos hombres como en las trincheras, bajo las granadas y los gases. ¿Qué significa entonces el peligro de una dictadura militar, si esta dictadura puede provocar el resurgimiento de una fuerza colectiva destinada a terminar de una vez por todas con esa criminal realidad del capitalismo? Al contrario; lo criminal sería negarse a ayudar a los militares a que opriman al pueblo y le despierten por catálisis la conciencia revolucionaria. Más útil es un generalito déspota y loco, que un revolucionario sentimental y bien intencionado. El revolucionario haría propaganda limitada; el déspota despierta la indignación de millares de conciencias, precipitándolas hacia extremos que ellas nunca hubieran soñado.

El otro escucha con la frente abultada de atención. A momentos con la uña de una mano se limpia las de la otra.

—Piense usted, querido amigo, que en los tiempos de inquietud las autoridades de los gobiernos capitalistas, para justificar las iniquidades que cometen en nombre del Capital, persiguen a todos los elementos de oposición, tachándolos de comunistas y perturbadores. De tal manera, que puede establecerse como ley de sintomatología social que en los períodos de inquietud económico-política los gobiernos desvían la atención del pueblo del examen de sus actos, inventando con auxilio de la policía y demás fuerzas armadas, complots comunistas. Los periódicos, presionados por los gobiernos de anormalidad, deben responder a tal campaña de mentiras engañando a la población de los grandes centros, y presentando los sucesos de tal manera desfigurados que el elemento ingenuo de población se sienta agradecido al gobierno de haberlo librado de lo que las fuerzas capitalistas denominan "peligro comunista".

El Astrólogo se pasea con las manos a la espalda. El pensamiento parece trabajar bajo los nervios de su semblante romboidal. Enciende cigarrillos que consume rápidamente con poderosas aspiraciones. De pronto recuerda que aún no le ha ofrecido un cigarrillo al Abogado, y le tiende la cigarrera metálica:

—¿Quiere fumar?

—Gracias... no fumo.

—Perdón. No le he ofrecido nada. ¿Quiere ron?

—No bebo.

—Perfectamente. Como le decía: la táctica del capitalismo mundial consiste en corromper la ideología proletaria de los estados diversos. Los cabecillas que no se dejan corromper son perseguidos y castigados. Las penas más leves consisten en el destierro para los inculpados, y las más graves, la cárcel, con el corolario de los tormentos policiales más extraordinarios, como ser retorcimiento de testículos, quemaduras, encierro de los inculpados en invierno en calabozos a los que se les arroja agua. A las mujeres de filiación comunista se les retuercen los senos, se les arroja pimienta en los órganos genitales; todos los martirios que pueda inventar la imaginación policial son puestos al servicio del capitalismo por los empleados de investigaciones de todos los países de Sudamérica.

Nuevamente la corriente eléctrica oscila, estancándose durante algunos segundos en un voltaje tan bajo que el filamento de osmio fosforece levemente en la oscuridad. El Astrólogo no por ello deja de hablar:

—El sistema del régimen capitalista requiere, de parte de los simpatizantes del comunismo, una conducta semejante, aunada a un sistema de vida hipócrita. Esto les permitirá realizar sus actos tendientes a la destrucción del presente régimen, con la más absoluta de las impunidades.

Bruscamente la luz recobra su intensidad normal.

—Lo cual requiere la organización de células que se pueden clasificar en dos categorías: las sentimentales y las enérgicas.

El Astrólogo se acercó al armario antiguo, hizo girar la llave, extrajo un cuadernillo de tapa roja, y sentándose junto al escritorio dijo:

—Le voy a leer algunas instrucciones que estoy preparando para la organización de las Células.

Abrió una página y comenzó:

"Células sentimentales son aquellas compuestas por individuos nulos para emprender una acción enérgica o ejecución de gravísimos delitos sociales. Estas células se caracterizan por desarrollar una labor eminentemente proselitista, y su eficacia es reducida, sobre todo, en los tiempos prerrevolucionarios.

"Las células enérgicas requieren la colaboración de hombres jóvenes, de carácter templado, audaz y sin escrúpulos. Células así compuestas deben colocarse por encima de toda contemplación de tono sentimental. Los medios que estas células pondrán en práctica deben ser enérgicos. Se recomienda la comisión de gravísimos delitos sociales, como ser ejecución colectiva y aislada de jefes militares, de políticos de filiación netamente antiproletaria y de capitalistas conocidos por su temple endemoniado."

El Abogado escucha con una mano en la mejilla. El pantalón corrido sobre su pierna deja ver una grosera media achocolatada, que él no se cuida de ocultar, y que a momentos observa distraídamente.

"El conocimiento entre jefes de células enérgicas es poco recomendable. En tiempos de inquietud social es preferible que trabajen aisladamente. La propaganda periodística explotando el escándalo para sus logros de ganancias, estimulará a las células anónimas y a los individuos que con ellas simpatizan.

"Pueden recomendarse, para eslabonar de complicidad a los miembros de una célula, los crímenes colectivos o las represalias llevadas a cabo contra los sostenedores de los regímenes de opresión, como ser altos empleados policiales, jefes militares, civiles enemigos del triunfo del proletariado, etc.

"*Precauciones elementales.* — Todo componente de una célula enérgica no debe haber actuado jamás en nigún partido político de oposición al capitalismo. Será rechazado si registra un solo antecedente policial. Todo componente de una célula enérgica no mantendrá relaciones de ninguna especie con bolcheviques reconocidos públicamente por tales. Públicamente aparentará respetar los regímenes dominantes.

"*Ventajas de la conducta hipócrita.* — Todo idealista sincero, que sistemáticamente se ve obligado a representar una comedia que contradice sus sentimientos, se convierte en un eficientísimo elemento revolucionario ocultando sus sentimientos. El sujeto acumulará en su psiquis una fuerza de odio tan enconada que el día de la revolución la explosión será formidable. En síntesis, el individuo debe convertirse en un maquiavelo organizador.

"*Desconfianza.* — Deberá desconfiar de todos; hombres, mujeres y niños. Jamás hará confidencias de especie alguna a una mujer, y menos con la que mantenga relaciones amorosas. Particularmente se demostrará pusilánime y enemigo del uso de la fuerza. Hablará bien de todos los gobiernos capitalistas, y cuando se hable del régimen soviético se indignará profundamente contra tal régimen."

La corriente eléctrica oscila nuevamente una fracción de segundo. El Astrólogo continúa leyendo:

"Si el comunista es estudiante, aparentemente debe respetar los sistemas universitarios, por retrógrados y anormales que le parezcan. Incluso le conviene adular a sus profesores, y a todo lo que signifique principio de autoridad. Se inscribirá en los centros chauvinistas que bajo distintos nombres funcionarán en todos los países de organización capitalista.

"Si es obrero, y comunista, repudiará públicamente las huelgas, mostrándose siempre un tibio defensor de la burguesía.

"Si es suboficial del ejército o de la marina desempeñará la misma comedia, horrorizándose inteligentemente contra los progresos del comunismo." ¿Qué le parece todo esto?

—Sumamente interesante. ¿Se las ha leído al Mayor?

—Al Mayor le proporciono los conocimientos que me conviene. Nuestras relaciones son otras.

—¿Le han ofrecido dinero a usted para organizar una célula comunista?

—Hombre, si así fuera no se lo diría a usted. Volviendo a nuestro tema, le diré: Tenemos que organizar un instituto técnico revolucionario. Este instituto se dividiría en dos secciones. Teórica y práctica. La parte teórica abarcará sección política, sociología y economía. Estos tres puntos exclusivamente de acuerdo a la teoría marxista. La parte teórica comprenderá: estudio y análisis del militarismo y técnica. La práctica consistirá en manejo de ametralladoras, artillería, gases, lanzabombas, comunicaciones, etc.

Un sordo silbato de locomotora de carga llega desde la estación del ferrocarril.

—Instalaremos un laboratorio químico. En este laboratorio el alumno revolucionario aprenderá la fabricación de gases, fosgeno en especial, fabricacion de bombas de gases y granadas de mano. Aprenderá también fabricación de explosivos, aunque éstos, por su fácil adquisición, no merecen mayor atención. Lo importante para nosotros es formar comunistas con práctica positiva de infantería, artillería y guerra química. Nosotros tendemos a la eliminación absoluta del revolucionario sentimental. El sentimentalismo no nos interesa. Se lo dejamos a los socialistas que son tan bestias que aun después de la experiencia de la Guerra Europea siguen creyendo en la democracia y la evolución. Esto sólo se puede llevar a cabo en el campo. Por eso me gusta el Sur. Nos disfrazaremos de chacareros, instalaremos alguna chacra colectiva, pero nuestros trabajos y nuestros alumnos se encaminarán hacia las especializaciones de guerra. Claro está que en todo lo que le digo hay lagunas de carácter técnico, pero acépteme usted que sólo dando comienzo a los trabajos llegaremos a algo positivo.

—¿Y el dinero?

—Ahí está. El dinero lo proporcionarán los prostíbulos.

—Es una barbaridad.

—Qué le hemos de hacer... Aunque es menos barbaridad de lo que usted se cree. Entre que las ganancias que rinda un prostíbulo se las gaste un macró jugando a las carreras, es preferible que las susodichas ganancias se empleen en formar tipos capacitados de revolucionarios técnicos que serán útiles a la sociedad. Fíjese bien lo que le digo: una célula desconocida para el conjunto, manejará los prostíbulos. Dichas ganancias servirán para financiar el sostenimiento de la academia de técnicos revolucionarios. Yo, aun no he elegido el punto del interior... me falta presupuesto... Erdosain tiene que entregarme los planos de la fábrica de fosgeno.

—¿Usted cree en Erdosain?

—Sí, creo en él y lo aprecio mucho.

—Siga.

—Si nosotros llegamos a montar la Academia Revolucionaria, no importa que esté plagada de defectos; habremos dado un gran paso hacia adelante. Buscaremos técnicos, dividiremos nuestro tiempo de trabajo.

—¿Para qué?, me preguntó. ¿Usted no tiene esperanza en que el comunismo se infiltre en nuestro ejército?...

—Tengo confianza en todo. Pero procedo como si no tuviera confianza en nada. La habilidad de un organizador, no de derrotas, sino de triunfos, consiste en pensar que los hombres y los sistemas son diez veces más inconquistables de lo que en realidad son. Si yo partiera del principio de que en el ejército el comunismo se puede infiltrar positivamente, con la rapidez necesaria, no tendría objeto que estuviera preparando lo que le explico. Las funciones de la academia de técnicos revolucionarios son más elevadas. Nosotros con los prostíbulos, quiero decir con las rentas que nos proporcionen los prostíbulos, podremos enviar alumnos a la escuela civil de aviación. Costearles la carrera. Hacerles buscar prosélitos allí. Claro está, inteligentemente, prudentemente. Con las fábricas de fosgeno nos armamos del poder práctico más indispensable y enérgico que se conoce actualmente. Nuestro ejército no está ni remotamente preparado para afrontar una lucha con gases.

Involuntariamente en el Abogado se desenvuelve un sombrío paisaje de usina, gasógenos rojos y grises, tuberías forradas de corcho, hombres titánicos que se mueven en un piso totalmente cubierto de amarillo polvo de azufre, y sonríe pensando en lo imposible de la empresa.

—En cuanto entremos en acción simultánea..., no se ría... con diez mil kilogramos de fosgeno líquido podemos exterminar todos los regimientos de Buenos Aires.

imagínese un automóvil tanque desparramando, en un día tibio, fosgeno líquido en redor de la Casa de Gobierno, del Departamento de Policía, de los cuarteles. El fosgeno se evapora a los veintisiete grados de temperatura. Basta respirar una partícula de gas fosgeno para quedar fuera de combate. Usted me dirá... este hombre fantasea al estilo de Julio Verne. Piense que Julio Verne se quedó corto en cuanto a imaginación. Yo planteo problemas de carácter positivo tremendo. Sólo un imbécil puede encogerse de hombros y decir que yo fantaseo. Basta que media docena de hombres con diez mil pesos de capital se reúnan y trabajen para fabricar fosgeno, para que puedan... fíjese bien... con diez mil pesos, destruir íntegra la población de la ciudad de Buenos Aires. Si usted no me cree, diríjase a un militar y explíquele mis puntos de vista, y verá lo que le contesta ese hombre: El Astrólogo tiene razón.

El Abogado reflexionaba.

El Astrólogo continuó:

—El día que tengamos preparada una brigada de técnicos en gases, una brigada de aviadores, unos expertos en ametralladoras, unos hombres que sepan explicarle tranquilamente y claramente al proletariado en lo que consiste el comunismo, la división de la tierra, la tierra para el que la trabaja, las industrias fiscalizadas por el Estado; el día que tengamos, no pido mucho, cien hombres capaces cada uno de organizar una célula que sea un reflejo de la Academia Revolucionaria, con sus procedimientos científicos... ese día podemos hacer la revolución...

—Todo eso es inverosímil a simple vista...

—Sí... Usted me recuerda... Vea: el año 1905, en el congreso de Ginebra, los comunistas dijeron a los delegados reunidos que ellos jamás pagarían las deudas que la Rusia zarista contraía con los otros Estados. Los delegados se reían de esos que llamaban "un montón de locos", y hoy... hoy, querido amigo... todavía andan corriendo los franceses para cobrar los mil millones que le prestaron a Rusia en el año 1905. ¿Sabe por qué a usted todo esto le parece inverosímil? Porque usted está contagiado de la cobardía natural, la inercia natural a casi todos los pobladores de estos países sudamericanos. Le digo a usted que cien hombres pueden hacer la revolución en la República Argentina. Cien hombres decididos, con diez mil kilogramos de fosgeno a la vanguardia, destruyen el ejército, desmembran el resto, organizan el proletariado, van a la nubes...

—¡Cien hombres!

—Cien hombres... ¡Sí! Cien hombres... ¿Cuál sería la táctica?... Vea, no tengo reparos en explicársela. Ataque simultáneo con gases a las zonas militares. Ataque con gases a los centros de aviación. Los aviadores que sobrevivan al ataque se encargarán de desmembrar el resto del ejército. Se les responsabiliza de todo accidente. Se les castiga durísimamente. Obedecerían. Desmembramiento del ejército. Degradación de la oficialidad. Reorganización de la suboficialidad. Se arman inmediatamente ejércitos proletarios. Se ejecuta automáticamente a todos los políticos. El poder al proletariado. Claro... Cien hombres preparados como yo quiero, conscientes del poder que traen entre sus manos. Es decir, ya no son cien hombres, son cien técnicos. Cien técnicos trabajando casi impunemente. Lo que impide la acción práctica es la falta de impunidad. Pero cien técnicos es distinto. ¡Diablos si es distinto! Cien técnicos, le insisto, pueden destruir nuestro ejército. ¿Sabe usted el entusiasmo, el delirio que en la multitud proletaria provocaría este fenómeno? Esos cien técnicos de la mañana a la noche se convertirían en cien héroes que la multitud no terminaría de admirar. Pero son necesarios cien técnicos. Estos cien técnicos hay que prepararlos, adiestrarlos...

Se escuchan pasos en el cuarto que comunica con el escritorio.

—No es nada.

Los pasos se alejan, y él prosigue:

—Eso sólo se puede obtener con la academia. En la academia tendrán que aprender a fabricar gases, y con qué precauciones... cualquier descuido puede ser mortal; tendrán que entrenarse en usar caretas, en trabajar envueltos en gas. ¿Usted cree que estamos conversando para distraernos? Le estoy hablando de realidades terribles, de las cuales la más insignificante provoca instantáneamente la muerte por lesiones gravísimas. Así como suena. Cien hombres entrenados en este trabajo peligrosísimo, creo que se pueden tomar en cuenta, ¿no?

—Así es.

Y el Abogado entrecierra los ojos. En el aire dorado por la luz le parece distinguir hombres envueltos en impermeables empapados de aceite, con embudos frente al rostro. Anillados tubos de goma penetran en carteras suspendidas en las espaldas por triples correajes sobre el pecho, tal cual lo ha visto en las fotografías de posguerra.

—Nadie se resistirá. ¿Usted cree que el ejército, la policía, alguien se atrevería a resistir? No dudo de que la gente, tratándose de cañones ametralladoras, haría el ensayo; pero contra el gas, ¿quién se atreve a luchar? Piense usted que a medida que se desparrama, las víctimas caen como moscas... igual. El efecto psicológico... que hay que contarlo en estas circunstancias, es espantoso. Los sobrevivientes de las ciudades huirían aterrorizados; simultáneamente toda actividad se paralizaría, los más enconados enemigos del comunismo levantarían los brazos al cielo reclamando piedad.

Eso lo conseguiremos con la Academia Revolucionaria. Allí se estudiará estrategia, sistemas de ataque, ataque con fosgeno a distintas temperaturas, con distinta velocidad de viento. Un hombre que sepa manejar gases, ametralladoras y obuses es invencible. Si podemos costearle a los alumnos un curso de aviación en una escuela civil de aquí o de los países fronterizos, tenemos el problema resuelto. Pero, sea sensato, querido doctor, ¿de dónde sacaremos el dinero? Nosotros no podemos pedirle ayuda al gobierno, supongo... —aquí se echó a reír—. Ni hacer colectas públicas. El negocio hay que basarlo entonces en los prostíbulos.

—¿Y los inocentes que caerían bajo los gases?...

—Dios mío, ya empezamos la palinodia sentimental. Los inocentes que morirían por efecto de los gases, querido doctor...

—No me llame doctor.

—Querido doctor, durante la guerra europea, para satisfacer las ambiciones de un grupo de capitalistas, bandidos rusos, alemanes, franceses e ingleses, murieron doce millones de hombres... Supongo que estos doce millones de hombres no eran culpables de ningún crimen... Es decir, eran inocentes...

—¿A usted le interesa la destrucción del ejército?

—Partiendo del punto de vista de que el ejército es defensor del régimen capitalista, no queda otro remedio que preconizar su sistemática destrucción. Además, nuestro ejército, examinado con un criterio técnico, no sirve absolutamente para nada.

—¿Ha hecho vida militar usted?

Un trueno semejante al sordo estampido del paso de un tren escuchado bajo un puente metálico estalla afuera.

—¡Diablos!... ¡Va a llover!...

—Todavía no... pero a su pregunta le contestaré con otra: ¿Podemos nosotros entablar una guerra con un país vecino? ¡No! Estados Unidos no lo permitiría. Y si con un estado limítrofe es imposible toda guerra, ¿quiere explicarme usted para qué necesitamos este ejército? Además, y observe usted que es una objeción de carácter científico, nuestro ejército completo puede ser destruido por una escuadrilla de cincuenta aviones de guerra. En verdad, lo único positivo de los ejércitos sudamericanos son sus cuerpos de aviación. De igual modo nuestra escuadra de guerra. ¿Sirve para algo? ¿Podría hacer frente a la escuadra de Estados Unidos? ¡No! ¿Y entonces?... Ahora, si nuestro estado capitalista mantiene a esos excelentes muchachos de familia es sencillamente porque el estado capitalista no puede sostenerse oprimiendo al proletariado sin el inmediato auxilio de la fuerza. Pongamos un caso contrario... imposible casi de ocurrir. El que una democracia sensata, con sentido común, quisiera suprimir estos dos parásitos que absorben la mitad de las finanzas del Estado: ejército y marina. ¿Qué ocurriría? Lo siguiente: no faltaría un general audaz que en defensa de los intereses económicos de su clase diera un golpe de estado... lo cual, desde un punto de vista humano, es tan lógico como lógico es mi deseo de propagandista rojo de que el ejército sea despiadadamente destruido. Como ve usted, son dos lógicas un poco encontradas...

pero que tienen la ventaja de ponerle en un aprieto a usted, doctor en leyes.

Un zigzag celeste revela afuera un cielo más plano que muralla de plomo. El apagado quejido del viento roza las maderas y vidrios de la ventana.

—Por lo demás, es ridículo sostener un ejército. Los países europeos no lo han suprimido porque a las clases capitalistas no les conviene y a las clases militaristas menos; pero consulte usted con un técnico y verá lo que le dice: la guerra futura es aérea y química. Los ejércitos desempeñarán papeles secundarios. Los ataques se llevarán a los centros de población civil que abastecen con su producción de guerra a las tropas del frente. ¿Qué dice usted a todo esto?

—No sé... Tengo la cabeza hecha un cencerro. Me parece que usted divaga en exceso.

El Astrólogo repuso casi violento:

—¡Ustedes quieren paz!... ¡Ustedes quieren evolución!... Es absurdo todo lo que pretenden ustedes... mezcla infusa de socialistas, demócratas, etc., etc. ¿Y sabe usted cuáles son los revolucionarios más tremendos que hoy pisan el suelo de la humanidad? Los capitalistas. Una mujer puede fabricar un hijo en nueve meses: un capitalista puede fabricar mil máquinas en nueve meses... Mil máquinas que dejan en la calle a mil hijos de mujeres que tardaron nueve mil meses en concebirlos. Y yo quiero la revolución. Pero no una revolución de opereta. La otra revolución. La revolución que se compone de fusilamientos, violaciones de mujeres en las calles por las turbas enfurecidas, saqueos, hambre, terror. Una revolución con una silla eléctrica en cada esquina. El exterminio total, completo, absoluto, de todos aquellos individuos que defendieron la casta capitalista.

—¿Y después?...

—Después vendrá la paz.

—¿Y usted cree que llegará "eso"?

—Llegará.

El Astrólogo pronunció la palabra con tanta suavidad, que el Abogado lo miró sorprendido.

—Llegará "eso", amigo mío: sí que llegará. Estamos distribuidos en todas las tierras, bajo los climas. Somos hombres subterráneos, algo así como polillas de acero. Roemos el cemento de la actual sociedad. Lo roemos despacio, pacientemente. Por cada encarcelado, por cada hombre martirizado en las soledades de las celdas policiales brotan diez oscuros hombres subterráneos. En todas las clases, querido amigo. Sí, en todas las clases. Hay ya sacerdotes comunistas, militares comunistas, ingenieros comunistas, químicos comunistas, literatos comunistas. Nos hemos infiltrado como lepra en todas las napas de la humanidad. Somos indestructibles. Crecemos día por día, insensiblemente. Nuestra odisea roja atrae hasta a los hijos de los capitalistas. Cuando los padres los oyen hablar sonríen con una cobarde sonrisita de suficiencia, pero los hijos palidecen de entusiasmo en la posibilidad de la epopeya definitiva. ¿Y sabe lo que quiere decir esa sonrisa de suficiencia? Miedo a la carnicería. En el más sórdido pueblo de nuestra más ínfima provincia encontrará un hombre que secretamente desparrama la promesa de la destrucción. Revestimos mil aspectos. Somos los omnipotentes. La juventud se siente atraída por nuestra amenaza. Ahora también dirigiremos a las mujeres... Lentamente, querido amigo, lentamente... Y un día, acuérdese, no habrán pasado diez años, el edificio social oscilará bruscamente, los que sonreían con tímidas sonrisas cobardes mirarán en redor espantados... Entonces, querido amigo, se lo juro seriamente, cortaremos más cabezas que racimos en tiempos de vendimia. Cortaremos cabezas, y sin odio. Con serenidad. ¡Guay de los que estuvieran en contra nuestra! ¡Guay de los que nos persiguieron! Maldecirán el día en que nacieron y el día en que engendraron hijos.

A medida que el Astrólogo hablaba el semblante del Abogado enrojecía. Aquél, sin mirarlo, continuó:

—Se lo juro. Cortaremos cabezas en cada esquina. Cabezas de hombres y de mujeres.

Hablando así, el Astrólogo había vuelto las espaldas al Abogado, que se puso de pie. Cuando giró sobre sus talones el Astrólogo encontró a su visitante de pie, observándolo sombríamente.

—¿Qué le pasa?

Por toda contestación el Abogado descargó en su cara

una tremenda bofetada. La boca del castrado se abrió en absorción de aire. Tras este golpe, el visitante descargó un cross de izquierda a la mandíbula del endemoniado, mas éste rápidamente se cubrió el rostro con el brazo, en un ángulo tan violento, que cuando el golpe llegó el Abogado retrocedió con un terrible gesto de dolor: se había roto la mano.

El Astrólogo lo miró fríamente, ligeramente empalidecido. Sonrió despacio, descubriendo los dientes, y al cruzarse de brazos la piel de su frente se cubrió de estrías.

Durante un instante los dos hombres se midieron silenciosamente. Una increíble sensación de asco descomponía lentamente el semblante del Abogado.

Los ojos del Astrólogo se dilataban progresivamente. Sus hombros estaban encogidos como los de una fiera dispuesta a dar el salto mortal. Luego su cuerpo potente se enderezó, y tomando el sombrero del Abogado, le dijo:

—Váyase.

Este no parecía dispuesto a retirarse. Su rostro continuaba crispándose en la sensación de repugnancia. Buscaba un insulto más efectivo; sus labios se encogieron, chasqueó la lengua y antes de que el Astrólogo pudiera evitarlo recibió un salivazo en la mejilla.

—Nunca vi palidecer a un hombre de esa manera —diría más tarde el Abogado—. Creí que el Astrólogo iba a matarme, pero levantó el brazo, se enjugó la saliva del rostro, echó la mano al bolsillo, sacó un reloj, y consultándolo, con voz calmosísima me dijo: "Es muy tarde. Hoy he hablado mucho. Es mejor que se vaya." Y entonces yo me fui.

HIPÓLITA SOLA

A pesar de disponer de dinero, Hipólita ha alquilado una mísera pieza amoblada en un hotelucho de ínfimo orden.

Después de cerrar la puerta asegurándola con la llave y de extender una toalla sobre la almohada, tiró los botines a un rincón, y en enaguas entró en la cama. Apretó el botón de la corriente eléctrica y su cuarto quedó a oscuras. Entre los resquicios de una celosía distingue una claridad verdosa, proveniente de un cartel luminoso que hay en la fachada frontera. Hipólita se frota las sienes.

Sobre su cabeza gira un círculo pesado. Son sus ideas. Adentro de su cabeza un círculo más pequeño rueda también con un ligero balanceo en sus polos. Son sus sensaciones. Sensaciones e ideas giran en sentido contrario. A momentos, sobre las encías siente el movimiento de sus labios, que fruncen impaciencia, cierra los ojos. La cama, que conserva soso olor de semen resecado, y el balanceo lento del círculo de sus sensaciones la sumergen en un abismo. Cuando el círculo de sensaciones se inclina, entrevé por encima de la elíptica el círculo de sus ideas. Gira también un vértigo de espesura, de recuerdo, de futuro. Se aprieta las sienes con las manos y dice despacito:

—¿Cuándo podré dormir?

Hay un guiño de dolor en sus rótulas; las piernas le pesan como si toda la pesantez de su cuerpo hubiera entrado a sus miembros. El Astrólogo, a la distancia de dos horas de conversación, está más lejos que su infancia. Sufre, y ninguna imagen adorada toca su corazón. Y sufre por ese motivo. Luego se dice:

—¿Cuántas verdades tiene cada hombre? Hay una verdad de su padecimiento, otra de su deseo, otra de sus ideas. Tres verdades. Pero el Astrólogo no tiene deseo. Está castrado. "Reventaron mis testículos como granadas", resuena la voz en sus oídos, y la visión del eunuco pasa ante sus ojos: un bajo vientre rayado por una cárdena cicatriz.

Una sensación de frío roza el oído de Hipólita como saeta de acero. Le taladra los sesos. Cada vez es más lento el balanceo de sus sensaciones. Arriba de su cabeza puede distinguir casi el círculo de sus ideas. Son proyecciones fijas, pensamientos, con los que nacen y mueren un hombre y una mujer. En ellos se detiene el ser humano, como en un oasis que el misterio ha colocado en él para que repose tristemente.

¿Qué hacer? Cierra nuevamente los ojos. El esposo loco. Erdosain, loco. El Astrólogo, castrado. ¿Pero existe la locura? Busca una tangente por donde salir. ¿Existe la locura? ¿O es que se ha establecido una forma convencional de expresar ideas, de modo que éstas puedan ocultar siempre y siempre el otro mundo de adentro, que nadie se atreve a mostrar? Hipólita mira con rabia la fosforescente mancha verde que brilla en las tinieblas. Quisiera vengarse de todo el mal que le ha hecho la vida. Células revolucionarias. El Hombre Tentador aparece ante sus ojos, sentado en la orilla del cantero, deshojando la margarita. No puede más. Murmura:

—¿Dónde estás, mamita querida?

El corazón se le derrite de pena. ¡Ah, si existiera una mujer que la recibiera entre sus brazos y le hiciera inclinar la cabeza sobre sus rodillas y la acariciara despacio! Busca con la mejilla un lugar fresco en la almohada y pone atención a su pecho que despacio se levanta y baja, en la inspiración y espiración. ¡Ah, si esa oblicua de la almohada coincidiera con la pendiente por la que se puede resbalar al infinito desconocido! Ella se dejaría caer. Claro que sí, mil veces sí. Una voz de adentro pronuncia casi amenazadora: ¡El hombre! Y ella repite furiosamente, en pensamiento: el Hombre. Monstruo. ¿Cuándo nacerá la mujer que venza al monstruo y lo rompa? Sobre las encías siente el rasponazo de los labios que tascan saliva. Y nuevamente una voz estalla: "Reventaron mis testículos como granadas." Mas ¿para qué sirvió eso? ¿Dejó de ser un monstruo? Claro, estará siempre solo, sin una mujer en el lecho. Bruscamente Hipólita vuelca su flanco hacia la derecha. En el cuarto hay un terrible hedor a humedad. El tabique deja pasar el ruido del taco de las botas de un hombre que se desviste. Un punto amarillo luce en el tabique. Es luz del otro cuarto. Piensa: aquí espían. Se acuerda de que el cuarto tiene el tapizado rojo, y se dice: Quizá saquen fotografías pornográficas. Se muerde los labios. Allí al lado hay un desgraciado. Yo podría pasar, entrar a su pieza y hacerlo feliz. Y no lo hago. Él pondría los ojos grandes cuando me viera entrar, se arrodillaría para besarme el vientre, pero después que me hubiera poseído la cama le parecería demasiado chica para dormir los dos. Reciamente, Hipólita gira sobre sí misma. Aquel circuito amarillo le es intolerable. "Células femeninas revolucionarias." Es cierto entonces. Todo es cierto en la vida. ¿Pero dónde se encuentra la verdad que pide a gritos el cuerpo de uno? Y de pronto Hipólita exclama:

—¿Qué me importa a mí la felicidad de los otros? Yo quiero mi felicidad. Mi felicidad. Yo. Yo, Hipólita. Con mi cuerpo, que tiene tres pecas, una en el brazo, otra en la espalda, otra bajo el seno derecho. ¡Qué me importan los demás si yo estaré así, siempre triste y sufriendo! Jesús, Jesús era un hombre—. Hipólita sonríe; le causa gracia una idea. —Jesús no tenía pinta de "cafishio". Lo seguían todas las mujeres. Él la hubiera podido hacer "trabajar" a la Magdalena—. Se ríe despacio, tapándose la boca con la almohada. —¿Qué dirá el de al lado?— Luego, temerosa de haber concitado alguna ira misteriosa y alta contra su cabeza, dice: —Uno no tiene la culpa de pensar ciertas cosas. En realidad, se ha reído porque ha pensado en el escándalo que hubieran provocado esas palabras si las hubiera lanzado en una asamblea de mujeres devotas.

El cansancio la aplana lentamente en la cama. Su rostro queda otra vez más rígido. ¿Y por qué no? ¿Por qué no hacer la prueba? Sublevar a las mujeres. Tiene fuerzas para ello. Repite: —Tengo sueño y no puedo dormir. Pero ese maldito tampoco tiene sueño. Todavía no apagó la luz. En efecto, el disquito amarillo continúa en el muro. ¿Quién será? ¿Algún viejo ladrón que no encontró a quién robar? ¿Algún asesino? ¿Algún pederasta? ¿Algún muchacho que se fugó de su casa? ¿Algún marido desdichado? Hipólita se levanta. La cama está tan gastada que ni rechina el elástico. En punta de pie avanza hacia el muro. Encoge el cuerpo. Pone un ojo a la altura del agujero.

Es un viejo que permanece sentado a la orilla de una cama. Las puntas de sus pies casi tocan el suelo. Se ha quitado una media. La otra, rota, sirve de fondo rojo al amarillo pie desnudo. Hipólita mira la cabeza. Tiene sobre el cogote la nuez de la garganta aguda, el perfil con la mandíbula caída, la frente desmantelada, un ojo inmóvil y globuloso, los labios despegados. Con un pie descalzo, el hombre, sin pestañear, mira a su frente. La luz de la lámpara suspendida del techo cae sobre su espalda encorvada. Las vértebras dorsales marcan anfractuosidades en la lustrina del saco. La nuez de la garganta, el labio despegado, el ojo caduco. Hipólita mira, cierra los ojos, los vuelve a abrir y ve el pie desnudo, calloso, inmóvil sobre el dorso de la media roja. Hipólita se siente anonadada ante la inmovilidad de ese cuerpo, separado de ella por el espesor de un tabique de madera. Tendrá cincuenta años, sesenta. ¡Vaya a saber! El hombre no se mueve, mira a su frente con fijeza de alucinado. Hipólita siente que en la superficie de su cerebro estallan burbujas de ideas que al hundirse en ella se ahogan. Le duelen las espaldas de estar tanto inclinada. ¡Pero cuándo ha hecho el hombre ese movimiento que ella no vio! Sin embargo, estaba mirando y no ha visto que el viejo apoyaba en la franela de su camiseta el cañón de un revólver niquelado.

—No —susurra rápidamente un fantasma en el oído de Hipólita. El ojo globuloso y el labio despegado continúan inmóviles mirando el muro del cuartujo, la mano que soporta el revólver se separa despacio del pecho, cae sobre la pierna y el hombre entrecierra lentamente los párpados, mientras que su cabeza cae sobre el pecho. A Hipólita le parece comprender ese deseo del hombre de dormirse para siempre, sin morir, y se arrodilla. Instantáneamente ha pensado:

—Sufriría menos por él si se hubiera matado.

Ha pronunciado la oración sincera. Piensa: "Si estuviera Erdosain, comprendería." No quiere ahora mirar por el agujero. Lo ha visto todo. Se le cae la cabeza de fatiga. Como si hubiera girado mucho sobre sí misma. Las tinieblas dan grandes barquinazos en el vértice de sus ojos. Con las pupilas deslumbradas y con las manos extendidas en la oscuridad, se deja caer en su cama. Una náusea profunda solivianta su estómago. ¡El viejo ha tenido miedo de matarse! La frente de Hipólita suda. Una fuerza misteriosa la inclina horizontalmente de pies a cabeza con tan suave vaivén que el sudor frío brota ahora de todos los poros de su cuerpo. Sus brazos yacen caídos, vacíos de energía. En el estómago le golpean blandamente viscosidades repugnantes. Y se sumerge en la inconsciencia pensando:

—Mañana le diré que "sí" al Astrólogo.

TARDE Y NOCHE DEL DÍA SÁBADO

LA AGONÍA DEL RUFIÁN MELANCÓLICO

El sol se filtra por la persiana entreabierta de la sala del hospital. Un sol oblicuo que le baña la cara. Inútilmente Haffner intenta levantar un brazo para espantar las moscas, cuyas antenas hormiguean en sus labios; los miembros le pesan como si estuvieran tallados en bronce, y con la cabeza torcida sobre la almohada y una raya de neblina entre los párpados entreabiertos, agoniza.

De pronto, alguien dice a su lado:

—¿Quién fue que te tiró? ¿El Lungo o el Pibe Miflor?

El Rufián Melancólico quiere abrir los ojos, contestar, pero no puede. La sed, una sed terrible. le ha sajado la lengua, mientras que el sol centellea a través de sus párpados una espesa neblina roja. La neblina, como el reverbero de una fragua, penetra a través de su cráneo y le punza el bulbo. Ávidamente recuerda un charco de agua sucia que había al pie de un poste en la herrería en la que jugaba cuando tenía pocos años. ¡Ah, si tuviera ese charco al alcance de su boca! Y sin embargo, le es imposible mover un brazo.

Otra vez la misteriosa voz, meliflua y autoritaria, insiste en su oído:

—Hablá. ¿Quién fue? ¿El Lungo o el Pibe Miflor?

La sed le llega hasta los intestinos resecos como cordeles. El charco de aguas y orines, donde herraban los caballos, a poca distancia de la fragua, reaparece ante sus ojos. Haffner lo desea ansiosamente en pensamiento; quisiera arrastrarse de rodillas hasta allí, de rodillas sorber a tragos, pegando la nariz al agua. Le duele el pulmón, pero eso ¿qué importa? Sabe que va a morir, mas su quebranto nace de esta sed que está apergaminándole la carne, curtiéndole la boca con sequedad de salitre.

¡Y su brazo, que era tan potente, y derribó tantas mujeres a bofetadas, ahora ni se puede mover para espantar las moscas!

En realidad, en su cuerpo flota el recuerdo como el gas dentro de una campana. Comprende que va a morir, pero esta certidumbre no le causa ningún temor. En cambio, el sol, que a través de sus párpados desplaza neblinas rojas, le aturde como si estuviera meciéndose en la cresta de una nube.

La misteriosa voz repite de nuevo en sus oídos:

—¿Quién fue que te tiró? ¿El Lungo o el Pibe Miflor? ¿Es cierto que vos te llevaste la mujer del Pibe Miflor?

Y otra voz, más ronca, rezonga:

—A estos hijos de puta habría que ahorcarlos a todos.

El Rufián Melancólico entreabre fatigosamente un párpado. El vidrio de la ventana brilla como una lámina de planta incandescente. Una gran sombra negra está detenida a su lado, es como un maniquí negro que dice:

—¿No te acordás? Soy el auxiliar Gómez; Gómez de Investigaciones. ¿Quién fue el que te tiró? ¿El Lungo o el Pibe Miflor?

Haffner termina por comprender. Lo están interrogando los "tiras". Con un solo ojo enneblinado el macró hace un tremendo esfuerzo y termina por reconocerlo al auxiliar. Es Gómez, el tísico Gómez, explotador de ladrones, cómplice de ladrones, torturador de ladrones, que ha hecho su carrera prensándoles las manos a los que interrogaba; el verdugo del Departamento de Policía, pequeño, compadre, violento, melifluo.

El párpado del Rufián Melancólico cae otra vez y deja de pensar. El recuerdo abre una compuerta en su pasado y se ve a sí mismo en un rectángulo encalado de la división Seguridad Personal, un cuarto que tiene un único ventanuco de vidrio esmerilado y en el centro una mesa barnizada. Le es visible el tintero sin tinta y la lapicera con la pluma oxidada que había cubierta de polvo allí.

Lo habían detenido en indagatoria del asesinato de Lulú la Marsellesa. Y es Gómez el que lo interroga, es el mismo, pero ya no le pregunta, sino que mientras dos pesquisas lo retienen por las esposas, Gómez descarga lentamente puñetazo tras puñetazo sobre su rostro. Es un trabajo frío y horrible. Gómez está junto a él, descarga el puño sobre su nariz y luego despaciosamente retira la mano mientras dice con voz muy suave:

—Batí, nene, ¿quién la mató a Lulú?

Haffner entreabre nuevamente el párpado. Sí, el que está allí es el auxiliar Gómez; pero ahora no le pega, sino que, inclinándose sobre la cama, acercando la boca a su oreja, repite infatigablemente:

—Decí, ¿quién te tiró? ¿El Lungo o el Pibe Miflor?

El Rufián Melancólico no contesta. Por su carne se extiende una sábana de rencor, pero el auxiliar persiste:

—Contestame, que te hago dar agua.

Un sudor helado cubre la frente del moribundo. Ya no tiene sed. Le parece que las enrejadas puertas del cuadro quinto se han cerrado definitivamente tras de su espalda.

Cae la tarde; el bombero de guardia se pasea con el máuser al hombro frente a la caverna rectangular y él se acuerda de la "merza" que a esa hora toma el vermut en la Terraza o en el Ambos Mundos. Seguramente se prepara un "escolazo" para la noche en Belgrano bajo o al Sur de Boedo, o en Vicente López, y como fantasmas pasan ante sus ojos los contertulios de la ladronera de los hermanos Trifulca, reducidores y batidores.

—¿Por qué no hablás? —insiste la voz.

Haffner se acuerda. El sol cae en la pradera, y bajo un sauce con mantel de pasto y techo de cielo corre la alegría de un picnic "mafioso": siete perdularias con sus siete hombres, todos revólver al cinto, sombrero empinado sobre la frente y la cara blanca y tierna de fomentos al vapor.

Alguien ha tomado la guitarra. Una vidala suena triste, y el porrón de ginebra embadurna los labios de fuego y los ojos de coraje. Las "milongas" entornan los párpados y retoban las caderas en pujo de baile; luego el moreno Amargura desenfarda el bandoneón, y en el pasto verde se destrenza el tango, negro ritmo de carnaza sensual y angurrienta.

Un fuego de ginebra corre por la garganta. Ante sus ojos se detiene el charco de agua y orines.

La pregunta repiquetea en sus oídos:

—¿Por qué no batís? ¿Quién fue? ¿El Lungo o el Pibe Miflor?

La voz meliflua del hombre de terrible mirada aceitada perfora continuamente sus oídos como un berbiquí:

—¿Por qué no hablás, Nene? ¿Quién fue que te baleó? ¿El Lungo o el Pibe Miflor?

Guarda silencio el Rufián. Su imaginación se desploma en el calvero de un bosque fresco. Se ha sentado bajo un árbol descomunal, de cuya cúpula se desprenden lianas multicolores. En redor, embrujados, danzan perfiles de gato, de cabra, de perros, de gallinas y de ocas. Mueve la cabeza intentando apartar los ojos del castigo de esa chapa de plata incandescente que, traspasándole los párpados le envía hasta el más recóndito filete nervioso del cerebro, un espolonazo de fuego. A instantes, la multitud misteriosa hace tal ruido en la sala que le parece van a estallar sus tímpanos bajo la presión de chillidos de figles, quejas de bandoneón, rataplán de tambores.

Y la voz misteriosa y meliflua insiste, terca:

—¿Por qué no hablás?... ¡si podés hablar!...

Lo sacuden tan brutalmente que la boca se le llena de un cuajo de sangre. La voz meliflua ruge sordamente en sus orejas:

—Hablá, hijo de puta.

El Rufián Melancólico entreabre el párpado y lo mira al auxiliar. Se acuerda de los golpes que éste le descargó en el rostro, de los puntapiés que le dio en el estómago y con un soplo arranca de sus entrañas este insulto sordo:

—Canalla...

El auxiliar sonríe parsimoniosamente:

—Por fin hablaste, nene. Estás cabrero. No seás así, viejo. Con los amigos no hay que ser así. ¿Vos le robaste la mujer al Pibe Miflor, no? Mirá, vas a reventar de un momento a otro. Hablá que te ganás el cielo, viejo. ¿También fue el Pibe Miflor el que la mató a Lulú?

Una mujer alta y escuálida se detiene frente a la cama de Haffner. Tiene grandes manchas de sudor en las axilas. El rouge se derrite en sus mejillas amarillas descubriendo agrietadas placas sifilíticas. Los ojos grises, casi podridos, bajo los párpados ennegrecidos le lanzan amenazadoras miradas al Rufián. La meretriz coloca una mano en su cintura, e inclinando el flaco torso sobre el moribundo le arroja la injuria más atroz entre la "gente de ambiente".

—*Nom de Dieu, va t'en faire enculer...*

Los dientes de Haffner crujen como los de un chacal. ¡Oh! si la pudiera patear a la hembra impúdica. Y el otro, que resopla la nauseabunda cantilena:

—¿Por qué no hablás, nene? ¿Quién te fajó? ¿El Lungo o el Pibe Miflor?

Haffner gime dolorosamente. El infierno se ha dado cita a la orilla de su cama. Un rectángulo negro gira ante sus ojos, y alguien escribe con una tiza:

cos. a + i sen. a

El pizarrón se desvanece. La penumbra proyecta conos oscuros en sus tejidos. Desde una altura invisible llueve papel picado. Un reflector gira haces de luz violeta y amarilla. Pasan ante sus ojos espaldas desnudas. Damiselas que "hacen la vida". Sin medias y con zapatos rojos. La pollerita diez centímetros más arriba de las rodillas. Vinchas en la frente, y en los labios pintados un corazón. El insulto resuena otra vez más cercano:

—*Nom de Dieu, va t'en faire enculer.*

La hembra maldita debe estar escondida por allí. Hurga con su mirada, pero el paisaje siniestro se lo ocúlta un negro motudo, cráneo de melón, que baila con una rubia: 10 bacilos por campo. Haffner quisiera gritarle al negro:

—Chau, Amargura —pero la voz queda retenida en su garganta por un sabor salado y hediondo que brota de sus entrañas. Sonríe levemente, de placer. Mantones negros con amapolas rojas centellean bajo el reflector verde, que se transforma en amarillo y luego en violáceo. Una expresión de ausencia y fatiga sobrehumana se disuelve en el semblante del Rufián Melancólico. Hipa sordamente y se enjuga los labios con la lengua.

La voz misteriosa le promete ahora:

—Mirá, en cuanto me digas te hago dar un refresco de horchata. Si se ve que tenés sed.

Haffner cierra el ojo, adolorido de tanta luz. A lo lejos distingue el charco de agua y orines, y el peón cojo del herrador que le tomaba la nariz a los caballos con un suncho de cuero corredizo en un garrote, y luego le retorcía el hocico a la bestia para que permaneciera quieta y se dejara herrar.

El auxiliar es infatigable:

—¿Por qué no hablás, nene? ¿Quién fue, el Lungo o el Pibe Miflor?

Como un escorpión en un círculo de llamas se retuerce el "fioca". Tiene la sensación de que hace un siglo está esa voz suave y esa terrible mirada aceitosa hurgándole la memoria y arrastrándolo por el sufrimiento y los cabellos hacia el trágico momento de la noche oscura en que los "otros" le desfondaron el pecho de un balazo. Algo parecido a un razonamiento, oscila una chispa de lógica en su entendimiento. Si se salva, lo coserá a puñaladas. Y si no, morirá en su ley. ¿Para qué "batir"? Si le parece que es ahora cuando se hizo besar los pies por el Pibe Miflor. Y en su imaginación el tiempo corre, está curado, y de pronto lo ve al Pibe arrinconado. Él lo faena, y su cuchilla penetra en la tierna carne del vientre del otro, como una daga en la pulpa de una banana...

—¿Te llevaste la mujer? ¿Fue el Pibe Miflor?

Por primera vez en los oídos del moribundo encuentra eco la palabra mujer. Como en un film, en el que la máquina hace marchar demasiado despacio la película alargándose perpendicularmente todas las palabras, esta vez la palabra "mujer" se alarga en su tímpano, extraordinariamente.

—¿Así que las "paicas" eran mujeres?...

Una fuerza tangencial se apodera de su memoria, en ángulo se desplaza el alma fuera de su cuerpo, y de pronto una fisonomía lejana avanza en engrandecimientos sucesivos hacia su última hora. Una carita pálida y alargada, enmarcada por un sombrerito de esterilla verde, y la nariz quizá un poco larga. Y por primera vez, el "fioca" se dice:

—A ésa no debí pegarle.

Ahora se desploma en un pozo negro. La nada.

El auxiliar de investigaciones ronda sombrío el lecho

del moribundo. Clava una penetrante mirada en el rostro del moribundo y soliloquia:

—No sale de la tarde este hijo de puta. ¿Quién le habrá tirado? ¿El Lungo? No es probable. Pero el Lungo debe saber. El Pibe Miflor es una fija que "está metido en el baile". La que debe saber del Pibe Miflor es la mechera Julia. Donizzetti la vio varias veces con el Pibe Miflor. Si el Pibe Repoyo hubiera sabido algo habría ya telefoneado. ¡Qué "merza", mi madre!

El Rufián Melancólico entreabre un párpado. Vertiginoso, el auxiliar Gómez se inclina sobre él y susurra:

—Nene... te hago traer una horchata si "cantás". Una horchata heladita.

Haffner tuerce la cabeza, penosísimamente.

Una canción distante llega hasta sus oídos. La conoce. Levanta el párpado, pero no distingue a nadie, mientras que la voz sonora canta en la sala:

O' Mamri, o Mamri,
Cuando sonna agul perse pe tu
Fammi durmi una notte abbraciattu cutté.

El Rufián Melancólico galopa en pleno recuerdo. La canción evoca el carrito de verdura que un chico vecino suyo arrastraba junto al padre. El padre llevaba un clavel rojo tras la oreja, y la mató de un puntapié en el vientre a su esposa, la que llevaba arrancadas amarillas, como gitana, entre el pelo renegrido y que también cantaba a veces en la batea la canción aguda como el canto de un gallo en un mediodía de oro:

Fammi durmi una notte abbraciattu cutté.

¡Ah! También cantaba esa canzoneta Pascuala, gorda como una marrana y que regenteaba la casa del napolitano. Carmelo. Carmelo se levanta frente a sus ojos con los rulos de cabello negro sobre el cogote rojo, mientras que cinchándose la enorme tripa con una faja verde le grita en el oído al Rufián Melancólico.

—*La vitta e' denaro, strunsso.*

Como una culebra de fuego, la sed se adentra en las entrañas del macró. Y nuevamente, sin saber por qué, se dice:

—A ésa no debí pegarle.

Porque las castigó a todas. Desahogando en ellas la ferocidad de su aburrimiento, una rabia persistente y canalla que estallaba en él por cualquier insignificancia. Sí, se acuerda, aunque está por morirse. ¿No la tuvo toda una noche de invierno encerrada en la parte exterior de un balcón a la Coca? Y sin embargo, a través de los vidrios se escuchaba el ulular del viento. Más tarde diría, comentando ese suceso:

—Y tan bestia era esa mujer, que no reventó.

Y con Juana la Bizca. A ella le decía:

—Te pego por principio; porque un hombre siempre tiene que pegarle a su mujer.

¡Si hizo atrocidades! La domesticó a la Vasca; la Vasca, que tenía el perfil de cabra y el pelo rizoso y bravío como la crin de un toro. Tan feroz era la bestia que para que no lo mordiera la tuvo un mes atada a una cama de bronce, y durante treinta días la desmayó a bastonazos. Y como era pecosa, para afinarle el semblante le daba al atardecer una ración de aceite castor, poniéndole un embudo entre los dientes. Después descubrió que no sabía caminar, y para impedir que diera pasos largos le ató los tobillones con una cadena, de modo que la fiera se acostumbrara a dar pasos cortos. Cuando la mujer escuchaba el eco de sus pasos el rostro se le quedaba sin sangre.

¡Qué atrocidades cometió con la bestezuela trotacalles! Y sancionando su conducta, las resonantes palabras de su compañero Carmelo, "el dueño de casas":

—*La vitta e denaro, strunsso.*

Nuevamente resurge ante él la meretriz taciturna, que bajo los ennegrecidos párpados grasientos le lanza por los ojos relámpagos de odio. La proxeneta se inclina sobre él, y muy junto a su cabeza, descubriendo una boca taladrada de chancros indurados, escupe gangosa el insulto atroz:

—*Nom de Dieu, va t'en faire enculer.*

Haffner quiere morir. Se dice casi lúcido: ¿Por qué tarda tanto en llegar? Sufre como si estuviera sobre un lecho de fuego. Una arena candente circula por sus pulmones.

Sin embargo, ahora que está agonizando algo le dice adentro del corazón que no debió pegarle a Eloísa, la dactilógrafa. Y a ésta la castigó con más rudeza que a las otras, y no con lonja, sino con cabitrenzado. No se olvidará ni en el sepulcro de esa tarde en que le dijo a la muchacha:

—Andá a la calle. Traé plata.

No puede precisar qué gesto hizo la muchacha, pero en él se renueva la sensación de salto de tigre que dio cuando la muchachita se negó. También distingue un rostro que se cubre con las manos, soslayando los golpes, unas rodillas que se doblan, y después él, con la trenzadura, descargando inexorablemente golpe tras golpe sobre el flaco cuerpo inanimado, que quedó señalado de verdugones violetas. Y aquella tarde, antes de salir, al ir ella a dejar la pieza, se detuvo en el umbral, y volviendo la cabeza le preguntó dulcemente mirándolo con una expresión extraña a él que estaba recostado en el sofá con los botines puestos y las manos en asa tras de la nuca:

—¿Voy?

Él no se dignó contestar. Inclinó la cabeza en señal de asentimiento. Ella salió.

Tres días después la recogieron flotando entre los perros ahogados y las balsas de paja y de corchos en la salida del Riachuelo.

—Decime, ¿quién fue el que te tiró? ¿El Lungo o el Pibe Miflor?

Un sacudimiento ha estremecido la carnaza del macró. La boca se le entreabre en un afán de tragar aire y el pesquisa retrocede sombrío, penetrantes sus ojos aceitosos.

El Rufián Melancólico se estremece. Una figura augusta ha entrado en la sala. Es alta y terrible, pero el Rufián no tiene miedo. La mujer enlutada, con un vestido cuyo ruedo se atorbellina junto a las piernas, avanza por la sala, rígido el rostro largo y terrible. Una mueca de dolor se inmoviliza en este semblante de mármol. Camina con los brazos extendidos frente a sus senos, palpando el aire. La voz gime dulcísima:

—Haffner... mi pobre Haffner querido.

Lejana la voz, tiembla su magulladura ardiente.

—Haffner... mi pobre Haffner.

Lo envuelven unos brazos. Haffner tiende la boca entreabierta al brazo fresco.

Gime.

—Mamita... Mi Cieguita...

—Haffner...

Se siente apretado contra la dulzura infinita de un pecho. Una mano le recoge el cabello sobre la frente sudorosa.

—Haffner...

Los ojos del moribundo se han dilatado. Un frío glacial sube hasta su cintura. Una dulzura infinita lo adormece sobre el pecho de la Ciega. Sonríe incoherentemente, refrescada la mejilla por el brazo frío que lo soporta, y deja de respirar.

EL PODER DE LAS TINIEBLAS

Convento de las Carmelitas.

En el locutorio encalado, las dos monjas de mejillas regordetas y rojas permanecían sentadas en el banco, junto al muro, como si estuvieran en un cuartel. Tiesa en la orilla del otro banco, permanece la monja Superiora. En su semblante estriado de arrugas los ojos fijos de la Superiora semejan dos planchas de plata muerta. Con los labios apretados, mantiene las pupilas fijas en el rostro de la esposa de Erdosain.

Elsa permanece sobrecogida, sin saber qué decir, con las manos sobre las rodillas. Un terror suave penetra en capas sucesivas a su alma, cuando al volver la cabeza sorprende a las dos hermanas que se guiñan los ojos para no reír. Las envuelve en una mirada alternativamente severa y tímida, y luego dirige los ojos en imploración hacia la Superiora. Ésta no aparta de ella sus ojos blancos. Permanece en el centro del locutorio, inmóvil, como si la deslumbrara un arco voltaico. Y su cara color de avellana, arrugada como una nuez, es más inexpresiva y espantosa que aquellos dos guiños que cambiaron las monjas de pálida frente y mejillas regordetas y rojas.

—¿Usted es católica? —pregunta por fin.

—Sí, hermana.

—Usted abandonó a su esposo.

—Sí, hermana.

—¿Por qué cometió ese pecado?

—Por tristeza, hermana. Estaba muy triste. Me hacía sufrir mucho.

Nuevamente aquellos ojos blancos, inmóviles, la sondaron como un escalpelo. La monja Superiora hizo una señal a sus dos compañeras y ambas salieron. Elsa quedó sola, sentada en el banco, frente a la vieja terrible que parecía hipnotizada en su tiesura de expectativa. Ésta movió los labios y sopló:

—Justifíquese.

Elsa inclinó la cabeza. Hacía dos horas que había abandonado al Capitán, y ya la vida se precipitaba sobre ella más violenta que un aluvión de fango. Si hubiera cometido un crimen su futuro no se le presentaría más sombrío. Cerró los párpados; al abrirlos dos lágrimas se le desprendieron de las pestañas y corrieron por sus mejillas.

La monja Superiora, inmóvil frente a ella, dejaba estar sus ojos blancos. Elsa hizo un esfuerzo y sobreponiéndose a su deseo de desplomarse sobre una cama y dormir, habló.

Mi familia siempre se opuso a que me casara con Remo, porque su pobreza no les parecía compatible con la fortuna que yo había heredado de mi padre, y que era escasa para un hombre que no tuviera conocimientos comerciales para duplicarla. Nuestro noviazgo fue en consecuencia duro, breve y no tuvimos tiempo de conocernos como es necesario que entre novios ocurra. Sin embargo, yo creía firmemente en las condiciones de Remo para desenvolverse en la vida, y lo quería. Lo quería mucho, pues de otra manera no me hubiera casado con él. Una muchacha de mis condiciones estaba en situación de elegir partido. Sin embargo, contra todos los consejos que me dieron y las presunciones de que sería sumamente desdichada con él, me casé.[1]

[1] *Nota del comentador:* Dada la extensión del relato de Elsa Erdosain, el comentador de esta historia ha creído conveniente

Recuerdo, como si fuera hoy, que el día que contrajimos matrimonio él comenzó a hablarme de la pureza, del ideal, y no recuerdo de cuántas cosas más. Yo lo miraba asombrada dándome cuenta de que me había casado con una criatura. Cierto es que lo quería... pero había algo en él inadmisible, estúpido, si se quiere. Al otro día de la noche de bodas le propuse que trabajara de dependiente en una ferretería; de este modo, con el capital de que yo disponía podíamos instalar más tarde una ferretería. Recuerdo que se indignó como si le hubiera propuesto un comercio vergonzoso. Él quería ser inventor. No hacía nada más que asombrarse, y de pronto se puso a reír a gritos. ¿Se da cuenta usted? Yo me sentí ofendida. ¿Pretendía él vivir a costa de mi dinero? No aceptó, y entonces, a pesar de que ya había cumplido veintitrés años, le propuse que estudiara en el Colegio Nacional. Podía recibirse de bachiller, y luego ir a la facultad y cursar farmacia. Los farmacéuticos ganaban mucho dinero instalándose en el campo por su cuenta. Esta propuesta lo enfureció como la anterior. Creía que se podía vivir de amor. Yo un día le dije:

"Mirá, nosotros nos queremos, y se terminó. Lo que tenés que hacer es pensar en trabajar." Y traté de convencerlo de que entrara en un almacén. Podía hacer práctica hasta conocer bien el precio de las mercaderías, y luego instalarse por su cuenta. ¿No había hecho de esa misma manera su fortuna mi padre? Él era inteligente y podía enriquecerse más rápidamente aún. Cuando le propuse lo del almacén se disgustó de tal forma que durante quince días no me dirigió la palabra. Entonces busqué otro trabajo más en consonancia con sus gustos, y le propuse la instalación de una fábrica de ravioles. Él tomaría oficiales competentes, y no tendría más trabajo que atender la caja. ¡Qué serio se puso! Yo vi bien que estaba sufriendo. ¿Pero qué es lo que quería? Pasarse los días leyendo libros de mecánica, o hablando de los rayos beta. Tenía algo de idiota, del hombre que no en-

reducirlo a los hechos esenciales, dándole sólo en los episodios de importancia el carácter de diálogo entre los diversos personajes que intervinieron en el drama.

tiende las cosas, que no se da cuenta de que la vida no son besos en las manos, pues con los besos en las manos no se come. Por fin se resignó a emplearse. Yo me puse contenta. Tenía esperanzas de convertirlo poco a poco en un hombre de provecho. Mas tiempo después observé que Remo insensiblemente cambiaba, cambiaba en algo. A veces lo sorprendí mirándome con una expresión extraña en la mirada, pero como si me estuviera estudiando o pesando.

Y yo, que nunca fui a recibirlo con un beso, cuando sentí un día necesidad de ir a su encuentro para abrazarlo recibí de él estas palabras frías:

—¿Para qué quiero tus besos?

Me extrañó, pero no le dije nada. Supuse que estaba disgustado de que la noche antes lo retara por traerme diez pesos menos del sueldo que había cobrado. No porque yo fuera avara, sino porque ninguna necesidad tenía de gastar dinero afuera, ya que yo le daba todos los días para cigarrillos y para dos cafés. ¿En qué había gastado los diez pesos? Luego observé que todo principio de mes estaba un no sé qué de irónico y burlón. Me desperté alarmada. Se había sentado en la casa y se reía con risitas reprimidas y convulsas, las risitas de un loco que ha hecho una travesura. Cuando le pregunté qué le pasaba, me contestó:

—¿Qué te importa? ¿O es que ahora pensás también administrarme la risa?

Entonces le dije que no se ofendiera, y que gastara todos los meses diez pesos de su sueldo, si así lo quería; pero eso no lo consoló como yo esperaba.

Tenía algo. Algo que... ¿Por qué no habló? Nunca entonces anduvo tan silencioso. Llegaba de la fábrica a las doce y media, almorzaba con la nariz metida en su libro de física, y luego se tiraba encima de la cama. Por lo general no dormía sino que se quedaba mirando un rincón del cielo raso. A veces, una arruga gruesa como una vena le cortaba la frente. Si se le hablaba en esas circunstancias daba un salto, como si lo hubieran sorprendido cometiendo un delito. Y yo que lo dominaba como quería, ¡no sé por qué en esos momento sentía tal respeto por él, que lo hubiera abrazado y apretado fuertemente! Pero su mirada hosca me paralizaba todo impulso de amor. No sé si él se daba cuenta de lo que en mí pasaba, pero tenía la impresión de que aunque su cuerpo se movía, en el fondo de él su alma quedaba inmóvil, acechándome como un enemigo. Sí, porque me acechaba. Hasta creo que durante un tiempo pensó en matarme. No sé por qué, pero me parece. Conversábamos un día de un crimen que había tenido resonancia; estábamos precisamente en la mesa, la sirvienta había salido, y él contestó:

—Realmente, el asesino ha sido un estúpido. Con haber preparado un cultivo de bacilos y dárselo en la sopa... (precisamente yo estaba tomando la sopa), en el café, quiero decir —agregó él—, la cuenta estaba liquidada.

—¿Y vos serías capaz de hacer tal cosa, de asistir a una agonía lenta?

Aunque se reía a carcajadas sus ojos estaban serios. Me contestó:

—¿A una agonía? Y a diez... si fuera necesario. No me conocés, querida mía —la voz le temblaba como si lo estremeciera el odio. Luego agregó: —¿Por qué no? Naturalmente, antes de cometer un crimen habría que familiarizarse con la idea, pensar en él, de manera que en la conciencia de uno "eso" dejara de ser un crimen para convertirse en un asunto vulgar.

—¿Pero vos serías capaz? —insistí yo.

—Creo que sí.

Ese "creo que sí" lo dijo pensativamente, con tanta tristeza y resignación que de pronto me dio una lástima enorme, me puse pálida, y con lágrimas en los ojos, adorándolo como nunca, me abracé a su cuello y le dije:

—¿Pero qué te pasa que estás así tan triste? ¿Qué te pasa? ¿Por qué no hablás?

Con frialdad se separó de los brazos, y sonriendo cínicamente, me contestó:

—¡Estás loca! No tengo nada, mi hija. ¡Qué divertida que sos!...

Desde entonces adoptó conmigo una conducta reservada, fría. Cuantas veces quise acercármele y avanzaba ligeramente, me detenía en el impulso el choque con la atmósfera helada que rodeaba su cuerpo, y que parecía escaparse del brillante mirar de sus ojos fijos. Era como pasar del sol al sótano de un frigorífico.

Desde la cama donde él estaba tendido dejaba caer los ojos hacia mí, pero con tanta indiferencia, que a medida que yo trataba de penetrar en su silencio, su silencio se hacía en la profundidad cada vez más denso, como el agua que en el fondo del océano debe tener la consistencia del acero.

Y yo comprendía que sus primeros silencios eran a los silencios que vendrían después, como su semblante de criatura respecto a esta otra, su cara presente, cortada desde los pómulos en mejillas de planos tumultuosos, con la arruga del ceño más hinchada, y los párpados, el ceño y los vértices de la boca crispados en finas arrugas de sufrimiento.

A veces he pensado que debía odiarme profundamente y que sólo se quedaba a mi lado para martirizarme. Y sin embargo él era el mismo hombre. El mismo hombre que un día me había acariciado con manos tímidas de rubor, el mismo hombre que apoyaba la cabeza en mis rodillas, sentado a mis pies, y a quien yo entonces miraba con asombro mezclado de burla, porque al fin y al cabo, era una mujer como otra para merecer tan exagerada adoración.

Ahora, en cambio, cuando él no se daba cuenta me entretenía en espiarlo, buscando en las contracciones de su semblante y en esas luces fugitivas del perfil de la pupila la naturaleza de sus sentimientos; pero era inútil. Yo estaba junto a él, y sin embargo no me pertenecía.

Era mi marido de nombre... eso... de nombre. En el fondo quizá me estimara. El odio en él estaría mezclado por la estima que se siente hacia las personas a las que se hace sufrir injustamente... nada más.

Y es que no me quería. Yo observaba que no me quería, porque toda observación que le hacía respecto a nuestros intereses la acogía con una frialdad respetuosa, asintiendo por completo a mi voluntad, no rebelándose nunca, anteponiendo una especie de atención a sus pensamientos y egoísmo. De tal manera que su flamante amabilidad era un cristal interpuesto entre su alma y la mía. Cada vez que yo quería acercarme a él, mi frente chocaba con ese invisible cristal. Y si yo le hubiera pedido que se tirara a un pozo posiblemente lo hiciera, con esa misma indiferencia con que a fin de mes me entregaba su sueldo completo, tal cual se lo habían colocado en el sobre.

Más tarde, cuando ocurrió un gravísimo suceso entre nosotros, observé esto: renunciaba con una especie de indiferencia burlona a todo lo que le era más querido y que le había costado esfuerzos inmensos para obtenerlo. ¿Cómo explicarse esa conducta? Se reía hoy de aquello que ayer le había costado lágrimas... y que seguiría haciéndolo llorar mañana. Buscaba ya el sufrimiento. Dios solo sabe lo que ocurriría en el fondo de aquella pobre alma. A medida que pasaban los días lo quería más. Lo quería como una mujer, lo quería con toda mi feminidad más dulce, más complaciente, más humillada, y yo, que por él nunca me había preocupado de mi tocado, comencé a cuidar el detalle. Cuando él volvía de la oficina me encontraba vestida como para salir, linda si se quiere, y no terminaba de transponer el umbral cuando yo me había cogido de su brazo, y colgada casi de él lo acompañaba hasta el comedor, pero él fríamente me besaba en una mejilla, y con esa voz lejana y clara con que conversamos con las personas que no nos interesan contestaba a mis preguntas, cuidando de que fueran precisas, como si se tratara de uno de los tantos informes que redactaba en su oficina. Y yo, que nunca me había pintado, lo esperé un día con los labios y las mejillas teñidas, y al verme así, sonriendo irónicamente, dijo por todo comentario:

—¡Qué curioso! Las prostitutas, cuando llega el "marido", hacen todo lo contrario de las mujeres honestas. Se despintan.

¿Por qué me humillaba así? ¿Acaso porque le había pedido un día que instalara una fábrica de ravioles? Le contesté:

—¿Y qué sabés vos de esas mujeres?

Silenciosamente incliné la cabeza sobre el plato y mis lágrimas se mezclaron con el rouge.

¡Qué días, Dios mío!

Tenía la impresión de que algo horrible se estaba elaborando en él. Su silencio era cada vez más espeso, lo envolvía como una neblina que le sirviera para disimular sus propósitos. Ahora, cuando entraba a la casa, no parecía él, sino otro hombre; otro hombre que con su mismo rostro había adquirido sobre mí no sé qué derecho, y que se me imponía con el misterio de su vida callada, sin explicaciones, sin rumbo.

Algunas veces, cuando yo me recostaba, de pronto, sin que su actitud se explicara, sentábase a la orilla de mi cama, y con una lentitud de extrañeza me acariciaba el cabello sobre la frente, con la yema de los dedos me alisaba las pestañas, los párpados, ponía la cálida palma de su mano sobre mi garganta y de pronto me besaba en la boca con esa frialdad brutal de los hombres que tratan a bofetadas a las mujeres y hacen de ellas lo que quieren. Yo trataba de resistirme a ese salvaje modo de su ser, pero era imposible. De pronto el alma se me llenaba de una misericordia enorme: él era quien tanto me había querido; y entonces yo levantaba mi mano hasta su rostro, mis dedos se detenían en sus ásperas mejillas frías o le apretaba la boca; sus ojos estaban muy próximos a los míos y de pronto ocurría algo horrible: él sonreía cínicamente, y dándome la espalda se retiraba a su cuartito, donde, estirado en la cama, se quedaba pensando, con las manos en asa debajo de la nuca.

¿Por qué no le hablé desde el fondo de mi corazón? Un falso orgullo me retenía las palabras sinceras que quizá nos hubieran salvado. Yo misma era la víctima de la desesperación interpuesta en nuestras vidas, y que se hacía cada día más fuerte. Hubo semanas en que no nos dijimos una palabra. Vivíamos en silencio, y era inútil que el sol alegrara los árboles y que las tardes fueran tan delicadas como una seda color turquí. Un día, no sé cómo, dijo él: "Más tristes no están los leones entre las montañas cuando se mueren de hambre". Y el sol, que para los otros era sol de fiesta, lucía para nosotros en lo alto, fúlgido y siniestro. Entonces yo cerraba los postigos de las piezas, y en la oscuridad de mi dormitorio me quedaba pensando en ese muchacho distante, mientras que una mancha amarilla corría lentamente por las flores del empapelado.

Un día recibí una sorpresa extraña, que me dejó mucho tiempo preocupada. Era domingo. Yo iba por la calle Rivera, cuando de pronto me detuve asombrada.

Junto al vidrio de un café de cocheros, un vidrio lleno de polvo iluminado por el sol, estaba él, tristemente apoyada la mejilla en la palma de la mano. Miraba la cornisa de una casa frontera, pero sin verla, con la frente arrugada, vaya a saber pensando en qué. Yo me detuve para observarlo. Era mi esposo. ¿Qué hacía allí, en ese lugar repugnante, con la mejilla casi apoyada en el vidrio sucio, y una franja de sol iluminando la galera de los cocheros que hacían círculo en torno de las mesas? En la puerta del café un japonés conversaba con un hombre de pierna de palo. El alma se me encogió de tristeza. Yo lo miraba a él como si fuera otro; otro que hacía mucho tiempo que se había perdido en mi vida, y que de pronto el azar me lo presentaba desnudo de toda máscara en un antro espantoso.

Se veía que la gente que allí estaba hacía un ruido tremendo. Golpeaban con los puños las mesas, pero él, como si estuviera sordo, permanecía en su desagradable postura, la mejilla en la palma de la mano, las pupilas fijas en un punto invisible de la cornisa marrón, los labios contraídos en un mohín de sufrimiento y de voluntad. Su taza de café era una colmena de moscas, pero él no veía nada. Y, sin embargo, era mi esposo, el mismo que un día fuera tan tímido en ademanes dulces y que apoyaba la cabeza en mis rodillas. Y ahora estaba allí. Sólo le faltaba estar dormido o cabecear frente a un vaso de vino para que su aspecto derrotado fuera más horrible. De pronto comprendí que si me quedaba un minuto más frente a ese lugar me echaría a llorar, y me fui... me fui sin atreverme a llamarlo.

Luego hubo una época en que pareció tener miedo, desconfiarme. Recuerdo que una mañana, en circunstancias en que se estaba poniendo el cuello frente al espejo, de pronto soslayándome, dijo:

—¿Te acordás de Lauro y Salvatto? Sí, eran pescadores, y llevaban un clavel en la oreja. Con ellos lo hizo asesinar a su marido la Guillot. ¿Te das cuenta? Se enamoraría de verlos pasar por la mañana en la calle, con un clavel tras de la oreja y cantando alguna canzoneta napolitana.

Agudo como el canto de un gallo fue el tono con que lanzó una estrofa napolitana. Luego continuó:

—Mirá qué interesante sería que vos también me hicieras asesinar por un pescador que llevara un clavel en la oreja.

Indudablemente, estaba loco.

—Lo extraño es que todavía no me hayas engañado, sin embargo. Sería interesante. Pero te faltan condiciones. No naciste para eso. Sos demasiado burguesita.

Y después de reírse solo frente a frente del espejo y de observar el efecto de su corbata sobre la pechera de finas rayas rojas y grises, continuó:

—No soy mal mozo. Lo bueno es que si te quedás viuda te casarás con un tendero. ¿Qué te gustaría más?... ¿Un confitero? Vos atenderías la caja y cuidarías que los mozos no le robaran a tu marido, de cincuenta mil pesos ni una masa de cinco centavos. En fin, la vida es divertida, ¿no te parece, mi amor? —Y sonriendo cínicamente se acercó para besarme. ¿Se da cuenta?... ¡Para besarme! Lo rechacé y entonces me preguntó: —¿Está disgustada la confitera? —Y se marchó cantando.

Me ultrajaba porque sí. Llevaba en el corazón una alegría siniestra, que le encandilaba los ojos. Y, cosa que nunca hizo, comenzó a cuidar su elegancia. ¿De dónde sacaba el dinero? No lo sé. Posiblemente ganara a la lotería, porque poco antes de nuestra ruina encontré en un cajón un mazo de billetes. El caso es que se compraba camisas de seda, medias caras, en fin, hasta se bañaba todos los días. Con eso lo digo todo.

Sin embargo, su siniestra alegría no lo distraía. Tenía momentos más oscuros que una fiera amaestrada.

Fermentaba ferocidad. No buscaba nada más que pretextos para estallar. Así, la retaba injustamente a la sirvienta por no cuidar más de los muebles, y exclamaba, con un tono de voz que hasta los vecinos podían escucharlo:

—Estos muebles cuestan dos mil pesos. Esta alfombra cuesta cuatrocientos pesos... —Y como el más vil rastacuero enumeraba el precio de las cosas, mientras que la criada lo miraba roja de indignación. Y yo sabía que todo ese interés por las cosas que me pertenecían era falso, que a él se le importaba un ardite el valor de los muebles y de las alfombras, y que esos furores de advenedizo eran la explosión de sentimientos desviados, de ansiedades no satisfechas y de aquel misterio que su alma escondía con más pudor que si fuera un cáncer.

Y que lo nuestro no le interesaba mayormente lo comprobé más tarde, cuando sobrevino nuestra ruina. Por consejo de un hermano entré en negocios con una empresa comercial; yo quería duplicar nuestra fortuna, para que él se pudiera dedicar a sus estudios de electricidad, lo único que le interesaba, y algunos meses después de haber invertido el dinero que tenía en acciones la casa fue a la quiebra y quedamos en la calle.

Para mí, aquél fue un golpe terrible. En cambio, él permaneció impasible, como si no hubiera ocurrido nada. Yo trataba de hacerle comprender la importancia de lo sucedido, pero qué... no he visto mayor indiferencia en mi vida que aquella que demostraba él por todo aquello que no se refiriera a sí mismo. Con dinero o sin él ese hombre era siempre el mismo, indiferente y triste.

Yo lloraba desesperada; la tranquilidad para nuestro porvenir había desaparecido. Incluso se negó a informarse y a hacer trámites para recuperar algo de lo perdido. Una vez llegué a pensar que Remo se alegraba secretamente de la desgracia que nos había ocurrido. Iba y venía como de costumbre, observando una conducta hermética, hasta que descubrí algo repugnante.

No sé cómo me puse a revisar los bolsillos de su saco. De pronto me llamó la atención un pliego duro; entré la mano al bolsillo y saqué una fotografía.

Era en el fondo de un parque. Sentada a su lado, con una cartera de colegiala, estaba una criatura de trece años a lo sumo, el cabello en rizos escapándose de un gorrito de paja, y el delantal plegado sobre la cartera. Él, cruzado de piernas, el sombrero sobre la coronilla, la sonrisa desvergonzada, miraba hacia el frente, mientras que la criatura tenía vuelto el semblante hacia él.

A mediodía, mientras tomaba la sopa, le dije:

—¿Quién es esa criatura con la que te has retratado?

Sin enojarse, con una sonrisa cándida me contestó:

—Una chica que está en tercer grado y hacemos el amor. Esa mañana se hizo la rabona.

—¿Cuántos años tiene?

—Va a cumplir doce el mes de agosto.

—¿Y no te da vergüenza? ¿No te das cuenta de que sos un canalla?

—¡Ajá!

Luego se levantó y salió.

Un anonadamiento espantoso me aplastaba en esa casa mía, pero que ya no lo era, porque en ella me sentía perdida. Recién había visto el monstruo que existía en él. ¿Cuándo se despertó? No lo sé. Pero él era un monstruo, un monstruo frío, un pulpo. Eso, un pulpo envasado en el cuerpo de un hombre... un hombre que era él... y que no fue, porque me acuerdo cuán torpes eran sus ademanes, y con qué pena de amor me besaba las manos y me tomaba los dedos, y quería inclinarme la cabeza sobre su pecho. ¡Cómo cambió de niño que era! Su alma inmóvil, tiesa allí abajo, como la de un condenado a muerte a quien ya le han rapado la cabeza, esperaba no sé qué ajusticiamiento.

En esa época vivió más frenéticamente que nunca.

Una noche llegó bastante tarde. Serían las nueve y media. Todo en él vibraba, como después de una acción heroica. Tenía los ojos brillantes, las mandíbulas se apretaban, mientras que las fosas nasales aspiraban profundamente el aire. No terminó de quitarse el cuello, que ya decía:

—¿Sabés? Acabo de escupirle en la cara a una modistilla. Al chasquear los labios lanzándole el salivazo, fue como si hubiera estallado ante mis ojos un petardo de dinamita. Ella se torció como si le hubieran dado un hachazo en la cabeza.

Y continuó con voz estremecida:

—¡Ah, si la hubieras conocido! Es la criatura más insolente que he conocido. Y fea, ¿sabés?, una de esas fealdades que hacen que un hombre se avergüence de ir por la calle en su compañía, porque todos lo miran con asombro. Imagínate tú una criatura bajita, de piernas cortas, un vestido de mala muerte, las articulaciones de los dedos con callos; mirándola de frente parece jorobada, tan levantados tiene los hombros; la nariz con caballete y tan larga que podía decirse que entre el mentón y la nariz se podría romper una nuez; y agregale a eso un feo aliento. ¡Ah, si la hubieras conocido! No te imaginás cómo me tiranizaba. Yo la observaba curioso. Quería ver hasta qué punto llegaba o podía llegar el dominio de una criatura inferior sobre un hombre superior. Y le aguantaba todo, a ella a quien el último tendero de barrio se hubiera avergonzado de acompañar por una calle medianamente iluminada.

Yo lo escuchaba encuriosada. Él continuó:

—¡Había que oírla hablar! No se puede pedir nada más ridículo. Por ejemplo: si se sonreía y yo le preguntaba el motivo me contestaba, viniera o no a cuento: "Sonrío cuando me hieren". ¿Te das cuenta? Otra frasecita que le gustaba largar era ésta: "Tengo frío en el alma". ¿Te das cuenta? Daban ganas de pegarle. Cuando viajábamos juntos no hablaba palabra, miraba para la calle; yo me limitaba al estúpido papel de pagar el boleto. Y cuando conversaba, a veces tenía que hacer un esfuerzo para no volver la cabeza. Su aliento era nauseabundo. En fin, eso llegaba al absurdo. Me citaba a una hora y llegaba cuarenta minutos más tarde, y en vez de disculparse decía: "¿Por qué me esperó? Se hubiera ido..." Y yo bajaba la cabeza y tímidamente le decía palabras idiotas, porque encontraba un placer angustioso en tolerar la insolencia de esa mujer monstruosamente fea. Y si nos peleábamos, me buscaba; entonces no descansaba hasta que volvía a su lado, y las lágrimas corrían por su nariz enrojecida, mientras que con sus manos desportilladas me atraía hacia su cuello. En fin, eso era el acabóse. Yo estaba harto; comprendía que por ese camino le iba a terminar por dar de bofetadas cualquier día en un lugar público.

Debido a la lluvia, hoy a la mañana no la vi. Esta noche estuve una hora esperándola bajo la garúa, en el sitio donde sabía que bajaba. Por fin llegó. ¿Te pensás que se emocionó de ver que la esperaba? Se limitó a decir: "¡Usted por aquí!" ¡Ah, si supieras qué curioso! Estaba resuelto a continuar la comedia, a dejar que me humillara hasta donde le alcanzara la imaginación, pero el caso es que de pronto perdí la paciencia, y tomándola de un brazo, con tal fuerza que casi se pone a gritar, le dije:

—¿Vos sabés lo que te merecés? Pues que te escupan a la cara.

—Yo no le he dicho que me esperara —replicó furiosa la viborita, y entonces fue cuando estalló el salivazo. Ella se torció; de pronto comprendí que tenía que ultrajarla más, ya que un salivazo para una bruta como ella poco o nada significaba, y entonces manteniéndola agarrada del brazo, para que no se escapara (estaba ella a dos cuadras de su casa) me incliné hasta el suelo, recogí un puñado de fango inmundo, y sin que ella se resistiera (estaba como muerta) le restregué la cara, pero tan acertadamente, que a la luz del foco sólo se veía un plastrón de fango verde. Luego la empujé, chocó contra un árbol, y me fui.

—¿Qué edad tiene ella?

—Veinticinco años.

—¿Y la querías?

—Quería las humillaciones que me proporcionaba.

—¿Pero no sentías amor hacia ella?

—Yo nunca sentiré amor.

—¿Y ella?...

—Ahí está. Esa mujer me ha querido. Sabía perfectamente que estaba casado. Ahora yo supongo esto: llegó un momento en que perdió la confianza en su fuerza de voluntad, y entonces todas las insolencias que me hacía eran para ver si conseguía perderme y así no perderse, pero si ése era su fin, ya ves, lo ha conseguido. No se puede quejar, no.

Se veía que estaba contento de su infamia. Gozaba con ella, la exprimía como una naranja regustándola ferozmente, con tanta agudeza que de pronto se le escapó la frase definitiva:

—Ahora comprendo por qué hay asesinos que dan catorce puñaladas a un cadáver. Y que si los dejaran continuarían ensañándose. — Los ojos se le habían paralizado, mientras que los párpados, encapotados, parecían querer descubrir una visión lejana.

Y esto no fue lo último que me hizo, no. A momentos pienso si ese hombre no estaba loco, porque de no estarlo ¿pueden explicarse sus actos? Un mes antes de que me enterara de su defraudación en la Azucarera, una noche, pero ya muy tarde, me despertaron los pasos de Remo, que se paseaba nerviosamente de una pieza a otra.

El comedor y el dormitorio se comunicaban por una puerta. Para poder pasear más cómodamente, Erdosain entornó la puerta de manera que iba y venía de un cuarto a otro sin obstáculo alguno, y disponiendo de un espacio suficiente como para descargar, caminando, su nerviosidad.

Indudablemente, estaba sobreexcitado. Ignoro si los motivos había que buscarlos en la defraudación a la Azucarera, pero en aquellos momentos no eran éstos los esenciales. Lo preocupaba un problema grave.

Aunque yo me desperté, continué con los ojos cerrados. Cuando Erdosain volvía la espalda a la cama le observaba entreabriendo los párpados. La conducta de mi esposo hacía tiempo era anormal, mas ahora el presentimiento me decía que "algo tenía que ocurrir". Erdosain caminaba con paso muy firme. Esto me hizo pensar que deseaba despertarme, pues, por lo ordinario, Remo evitaba molestarme cuando dormía. Se había quitado el cuello. Así, iba y venía, el rostro contraído por una preocupación que terminó por vencerlo. Se acercó a mi cama, e inclinándose corrió la cobija de manera que me dejó descubierto el hombro. Hecho esto, comenzó a sacudirme por el hombro llamándome despacio:

—Elsa... Elsa...

Entreabrí los ojos.

—¡Ah!... ¿Qué querés?...

—Despertate. Elsa... Despertate, que tengo que decirte algo muy importante... importantísimo...

Para fingir que me despertaba en ese momento, me restregué los párpados. Remo se sentó a los pies de mi cama y mirándome con ardor, como si estuviera bebido, me dijo:

—¿Estás bien despierta?

—Sí.

—A ver... dejame que te mire... Bueno... escuchame bien...

Caviló un momento, como si fuera muy grave lo que tenía que decirme, y después dijo despacio:

—Elsa, tenemos que salvar un alma... Elsa, si vos me querés, tenés que ayudarme a salvar un alma...

—Usted comprende[1] —argüía más tarde Elsa— que despertarla a la una o las dos de la madrugada para comunicarle "que hay que salvar a un alma" es para sorprenderla, incluso a la más despierta. Me di cuenta en seguida que Remo había bebido, pero no en cantidad suficiente para estar ebrio, sino excitado. Eso: estaba muy excitado. Pocas veces en mi vida lo he visto así.

—¿Qué sucede?... Contame —le dije.

—¿Estás bien despierta?...

—Sí.

—Bueno, escuchame... Tenés que ayudarme a salvar un alma. ¡Qué cosa más terrible he visto esta noche, Elsa! Algo que no tiene nombre. Un alma hundiéndose en el infierno. Eso... Imaginate una muchacha rodeada de un círculo de bebedores que la emborrachan riéndose..., y ella mirándome triste, como si me dijera: "¿Ves? Es por tu culpa, por culpa de todos los hombres que yo estoy perdiéndome". Te juro que es algo espantoso, Elsa. Si la conocieras, le tendrías lástima. Tendrá veinticuatro años. Sí, veinticuatro años, me dijo el otro día. Trabaja de prostituta... pero no en un prostíbulo, no... "Hace la calle", como dicen ellas. Eso es más honorable que pasarse el día encerrada en un lenocinio. Hacer la calle es caminar por la calle buscando hombres. ¿Te das cuenta? Y es linda. Tiene los pies rotos de tanto caminar. Fijate que escribió en un cuaderno, no sabiendo que yo lo iba a encontrar... porque nos encontramos una vez y luego dejamos de vernos. Mirá, escribió en ese cuaderno: "¿Dónde estás Remo, alma noble? Pienso en ti día y noche". ¿Te das cuenta? ¿Una prostituta? Camina como si estuviera ciega. Es muy corta de vista. Esperá que te cuente. Yo estaba una tarde en un café, triste como siempre, cuando la vi pasar. Parecía una sonámbula. Eso...

[1] *Nota del comentador:* Más tarde, con motivo de los sucesos que se desarrollaron y que ocuparon las partes posteriores de esta crónica, tuve oportunidad de conversar con Elsa, por cuyo motivo he adoptado en esta parte de la crónica el diálogo directo, que puede ilustrar mejor al lector, dándole la sensación directa de los acontecimientos, tal cual se desarrollaron.

Eso mismo... Una sonámbula, por la manera como caminaba. Iba y venía. Yo la miré y me dije: ¡Qué mujer más rara! Entonces me acerqué y le dije: "¿No quiere que la acompañe, señorita?" Y ella me dijo: "Sí". Extrañado, le pregunté: "¿Por qué usted acepta con tanta naturalidad que la acompañe?" Y ella me contestó: "No se da cuenta que soy una..." ¡Si te imaginaras la pena que me produjo!

Sentí una lástima enorme por ella. La vi sola, triste, rodando de mano en mano... Te prevengo que tengo el corazón duro, pero hay momentos en que me dejaría hacer pedazos por el primer desgraciado que se me cruza al paso. Pasamos la tarde juntos. Yo la escuchaba adolorido. ¿Por qué la vida trataba así a los pobres seres humanos? ¿Por qué los rompía a pedazos? Pensaba que alguna vez esa mujer había tenido cinco años... Jugaría con otras chicas, y nadie en esos momentos se imaginaba el destino que le esperaba. ¿Te das cuenta si es horrible? ¡Cuántas veces he pensado, mirando las criaturas que juegan en las plazas! ¿Cuál dentro de algunos años será un asesino? ¿Cuál de éstas una prostituta?... ¡Dios mío!... Hay momentos en que dan ganas de matarse.

—¿Y la muchacha ésa?...

—Luego la perdí de vista... Pasaron como unos quince días, cuando una mañana que andaba cobrando me la encuentro. ¡Si vieras qué alegría; qué contenta se puso!... Me llevó a su cuarto... Imaginate un cuarto chiquito en un hotel de prostitutas y ladrones en la calle Libertad. Cuando subimos nos lo encontramos al negro Raúl que bajaba una escalera con una escupidera en la mano. El negro me saludó enfáticamente. ¡Lo hubieras visto a Raúl, con su cara de chocolate, envuelto en una asquerosa "robe de chambre"! Subimos un montón de escaleras y llegamos arriba, a un cuartito pintado de azul, un azul claro, sucio. En un rincón estaba su camita. El espectáculo me desconcertó. Te prevengo que no nos acostamos, no. Nuestras relaciones son purísimas. No muevas incrédulamente la cabeza. Son purísimas. Yo me recosté en la cama y ella también. Entonces me enseñó el cuaderno. Había empezado a escribir el diario de su vida, y no te imaginás la impresión que me produjo cuando leí eso: "¿Dónde estás, Remo, alma noble?" Me conto su vida. Era hija de vascos. Había estado en un convento. Fijate que es instruida. Ha leído el Quijote. Desde entonces nos encontramos todas las tardes. ¡Qué vida la suya! Mirá, la he visto acompañada de hombres, y nunca me produjo mayor impresión; pero esta noche, al verla en un cafetín de la calle Esmeralda rodeada de un círculo de perdularios que la emborrachaban, me dio una pena horrible. Entonces me dije: ¡Es necesario salvar esta pobre alma! Porque es buena, Elsa, es buena... Fijate: una tarde en la pensión le digo: "Tengo ganas de tomar mate..."

—¿Cómo se llama esa mujer?...

—Aurora... Aurora Juanco... Bueno; como te decía, le digo: "Tengo ganas de tomar mate." "Esperá un momento", me dice, y sale. Yo quedé recostado en la cama. Enfrente había un reloj despertador. Eran las dos y media, más o menos. A esa hora se levantaba todos los días. Pasó un largo rato, y no venía. Me llamó la atención, y para entretenerme me puse a leer una revista. Al mismo tiempo pensaba en vos. Otra vez volví a mirar el reloj. Eran las tres. Yo me preguntaba qué diablos habría ocurrido, cuando a las tres y diez aparece ella, cojeando, con unos paquetes entre las manos. Fijate que tenía los pies lastimados de caminar, con tales llagas, que para poder sacarse las medias tenía que remojarse antes las medias. Bueno; había ido a comprar, para satisfacer mis ganas de tomar mate, una pava, una bombilla, yerba, factura, y estaba pálida del dolor que sentía en los pies. Todo por mí. ¿Te das cuenta, Elsa? Hay que salvarla. Y vos tenés que ayudarme.

¿Con qué impresión podía yo escucharlo? Él, mi esposo, me venía a contar a mí sus relaciones con una prostituta. Y lo más grave era que estaba enamorado. Prescindo de que esa mujer fuera o no una depravada. Mientras él hablaba, yo me decía: ¿Qué es lo que querrá de mí este hombre? No está contento con haberme humillado, porque me humilló muchas veces. Incluso me contó que había tratado de corromper a una criatura en una estación de ferrocarril, y ahora traía esta nueva novela de "un alma que hay que salvar". Sin embargo, por el tono con que hablaba me daba cuenta de que estaba enamorado. Hasta qué punto llegaba su pasión por esa mujer no podía establecerlo, pero la verdad es que estaba enamorado. De otro modo, ¿hubiera venido a contarme todo?

—¿Y qué es lo que querés de mí?—le dije. Vaciló un momento y me contestó:

—Mirá, la única forma de salvar esa alma sería sacarla de ese mundo en que se mueve. Si la dejamos allí, se va a perder. En cambio, si vos me dieras permiso, yo la traería aquí, ella te ayudaría a trabajar, y poco a poco... (A esta altura de su relato la esposa de Erdosain no se pudo contener, y exclamó, indignada:)

—¿Se da cuenta qué loco es mi marido? ¡Ah, Dios mío!... ¡Qué hombre!... ¡Qué monstruo! Un monstruo, sí, un loco; no puedo decir otra cosa. ¡Si usted supiera todo lo que pasé después! ¡Y luego se dice que hay mujeres que engañan a sus maridos! Sin embargo, yo en esos momentos me dominé perfectamente. Tenía conciencia que mi relaciones con Erdosain habían llegado al límite, que me iba a jugar mi felicidad de esposa en la contestación que tenía que darle, porque él estaba enamorado con locura de esa mujer,[1] y le dije:

—Lo que vos querés es traer aquí, a esta casa, a esa mujer. ¿No es así?

—Sí.

Decirle que no, hubiera sido enardecer su pasión. Yo no la conocía a esa mujer. Podía ser buena. Era un deber cristiano ayudarlo a "salvar un alma". Tener celos de "ésa" era demostrarme que yo me consideraba inferior a ella. Pensé un minuto todas estas cosas, pensé en mi poquita felicidad, en mi casa, y le contesté:

1 El cronista de esta historia encuentra absurda la creencia de Elsa respecto al enamoramiento de Erdosain por la prostituta. Elsa no conoció jamás a su esposo, Erdosain, y utilizo aquí uno de sus términos, se "regocijaba inmensamente" cuando podía originar situaciones grotescas que hubieran escandalizado a sus prójimos, de conocerlas. Refiriéndose al episodio de la prostituta, Erdosain explicó: "Elsa se equivocaba groseramente suponiendo que yo estaba enamorado de esa mujer. Sentía por ella una lástima enorme, que degeneró en deseo cuando nuestra situación se convirtió en anormal. Con un poco más de dominio de mí mismo, ese acto, aparentemente innoble, hubiera sido puramente cristiano. ¡Pero es difícil ser puro!"

—Bueno, traela a esa muchacha. La voy a tratar como si fuera mi hermana.

¡Hubiera visto! Me besaba las manos de agradecimiento.

Dijo que jamás olvidaría ese gesto mío ayudándolo para "salvar un alma"; y luego él se acostó, pero yo no pude dormir. Fue una de las más tristes noches que pasé en mi vida. Habíamos llegado al límite. ¡Traer una prostituta a su casa! ¿Se da cuenta? Para no perder la cabeza, me puse a rezar fervientemente. A momentos tenía ganas de abandonarlo, dejarlo solo, pero el corazón me decía que si lo dejaba solo se perdería. Sí, como se perdió después... Mas, ¿cómo resistir?... ¡Viera lo que pasó luego!...

Al día siguiente Remo salió temprano. Estuve toda la mañana inquieta. Él llegaría a las dos de la tarde, más o menos, porque se entrevistaría con esa mujer para ofrecerle su ayuda, y aunque yo dudaba del éxito, llegó a las tres de la tarde en compañía de ella.

La muchacha me impresionó lamentablemente. Yo estaba en la puerta de mi casa y los vi llegar. Era una mujer delgada, de regular estatura. Cojeaba al caminar, un poco, pues llevaba zapatos demasiado grandes para ella. Además, tenía lastimados los pies. Su vestido negro estaba ribeteado de una trencilla violeta; de cerca, comprobé que estaba manchado y muy usado. A medida que se acercaba discernía perfectamente el rostro de la mujer. Era un tipo vulgar: la nariz muy larga y en caballete, los ojos como cubiertos de una neblina, y el cabello sumamente renegrido. Su tez era muy blanca. Erdosain caminaba cohibido junto a ella. Yo los esperé serenamente. Cuando estaban a pocos metros salí al encuentro de ellos, y estirando la mano saludé a la muchacha. Desde ese momento dejé de ver en ella la prostituta para considerarla como una infortunada que necesitaba mi ayuda. La muchacha parecía tímida. En efecto, estaba muy avergonzada de su situación anormal, y sonrió con cierta turbación cuando se sentó en el comedor y yo le dije:

—Usted, señorita, tiene los pies muy enfermos, parece, ¿no?

—Sí, señora —me contestó.

—Bueno, espere un momentito —e inmediatamente fui a la cocina, puse agua caliente en una palangana, y la llevé al comedor. Aunque ella se resistía le saqué yo misma los zapatos, y puso los pies a remojarse, sin quitarse las medias, sumamente manchadas en los lugares de las llagas.

Estas atenciones la emocionaron; quiso besarme la mano, mas yo no lo permití. La muchacha estaba conmovida. Omití toda pregunta sobre su vida anterior, y le dije:

—Remo me explicó su situación actual. Nosotros somos pobres, pero usted aquí va a estar bien. Mucho trabajo no hay; en lo que pueda me ayudará. ¿Usted tiene ropa interior?

—No, señora...

—Bueno, entonces le voy a prestar ropa mía hasta que usted se haga algo. Yo aquí tengo máquina de coser.

—Como usted guste, señora.

—¿Quiere tomar algo?

Y es que yo, en previsión de que pudiese llegar, había preparado chocolate. Observándola, me causó la impresión de estar mal alimentada.

Remo no encontraba palabras para agradecerme las atenciones con que yo obsequiaba a su protegida. En un momento que salimos, me abrazó diciéndome:

—Sos una gran mujer, Elsa...

Pues verá cómo correspondió más tarde a mis actos de "gran mujer".

A todo esto, la muchacha pudo por fin quitarse las medias. Me horroricé. Sus talones estaban despellejados, en carne viva. Resultaba difícil explicarse cómo en tales condiciones podía caminar esta mujer, y más aún, dedicarse a ese oficio infame. Después me explicó que caminaba por día un término medio de diez y doce horas "buscando hombres". Como ella creía que para no fatigarse era necesario tener zapatos holgados, se había comprado aquellos botines, que terminaron por destrozarle los pies.

Fui al almacén y le compré zapatillas para que pudiera estar cómoda. A la vuelta hice que se quitara su vestido y la ropa interior que traía, y le di un batón y ropa mía, pues eso era todo lo que yo podía hacer por ella en esos momentos, y estaba obligada a hacerlo por deber de caridad.

La muchacha se reanimaba a medida que pasaba el tiempo. Mi esposo salió nuevamente, y entonces yo procedí a estudiarla con sumo tacto. Traté de establecer si era digna o no de nuestro auxilio, pues yo estaba completamente dispuesta a socorrerla, o si se trataba simplemente de una aventurera que explotaba la debilidad sentimental de mi marido para introducirse en nuestro hogar y provocar una catástrofe.

En pocos días me puso al tanto de su vida. Era hija de un lechero. Se había criado poco menos que en un corral. Desde muy joven había mantenido relaciones sexuales con los que se le acercaban, y en su interior no le daba ninguna importancia al hecho de prostituirse. Recuerdo que una tarde, a los dos días de llegar, conversando me dijo: "Las mujeres casadas son iguales que nosotras". Ella, a su vez, me observaba a mí. Me di cuenta, y entonces le di a entender, con falsedad, por supuesto, pues quería ver hasta donde llegaba, que efectivamente ella tenía razón. No hacíamos más que conversar, y poco a poco establecí que no tenía ningún respeto por Remo; por el contrario, lo juzgaba un loco. Más aún, comprobé que ella, de saber que yo, su esposa, era una mujer sensata y segura de mí misma, nunca lo hubiera acompañado en la aventura de "salvar un alma". Traté entonces de darme cuenta si prefería la actual vida sosegada a mi lado a la de la calle pero me convencí pronto que a su criterio la vida anormal era idéntica o preferible a la honesta. Cuando hablaba del pasado lo hacía con animación y entusiasmo, casi, refiriéndome las costumbres íntimas de sus clientes y demás pormenores de su vida innoble. Si esta profesión le parecía "molesta" era por los riesgos que se corrían, nada más. En cuanto a la moral, ni remotamente concebía que pudiera vivirse de otra manera. Las mujeres casadas eran para ella "hipócritas que simulaban querer a un hombre para pasarse la vida sin hacer nada", aunque a ella en mi casa le constaba todo lo contrario.

Llegué a preguntarme con qué interés permanecía entonces con nosotros. A ella regenerarse no le preocupaba en absoluto. Trabajar honestamente, menos. Cuando mi esposo volvía del empleo yo evitaba cuidadosamente dejarlos solos. Aurora no perdía oportunidad en nuestras conversaciones (a veces distraídamente) de ponerse siempre de parte de mi marido. Lo elogiaba y adulaba con suma discreción. No transcurrieron muchos días sin que ocurriera lo inevitable. Remo se encontraba entre la espada y la pared. ¿Con quién se quedaría? ¿Con ella o conmigo? Yo observaba este problema, porque Erdosain al llegar, si Aurora se encontraba presente, evitaba besarme, en fin, me trataba con las consideraciones que se estila con una mujer con quien no se tienen relaciones íntimas.

En esos días ocurrió un hecho curioso. La muchacha empezó a trabajar la tierra. Había en nuestra casa un pedazo de tierra que formaba el fondo. Pues Aurora, tres días después de llegar a mi casa, se levantó temprano una mañana, pidió una pala prestada a un vecino, y cuando yo me desperté, una parte del terreno estaba completamente removida. Trabajaba con tanto entusiasmo que las manos se le ampollaron por el roce de la pala. Esto no fue obstáculo para terminar de "puntear" todo el fondo, lo que me hizo pensar que era un poco insensible al dolor físico. Decía que era una lástima no sembrar de tomates y lechugas tal extensión. Salvo esa aislada muestra de actividad era perezosa en lo que se refiere a la ejecución de trabajos domésticos. De su estada en el convento le había quedado el gusto por bordar, y a pesar de ser sumamente corta de vista se pasaba las horas tejiendo en un punto tan corto que no pude menos de asombrarme de esa muestra de habilidad. Al final, llegué a sospechar que bordaba con el fin de evitar conversaciones conmigo, pues no le agradaba que yo profundizara en ella.

Preocupaciones serias no le descubrí sino una: deseaba estudiar la magia negra para dedicarse a la brujería. No sé dónde había leído algo de espiritismo, y aunque era reservada, en cuanto se tocaba este tema su rostro se transformaba de entusiasmo. Hablaba de un primo sacerdote, el cual entendía de conjuros y magia. Es posible que así fuera. Lo evidente es que la muchacha era una endemoniada, que terminaría por perder el poco seso que le quedaba si se hubiera metido de lleno en esas ciencias, incomprensibles para mí. Más aún: recuerdo que una tarde la sorprendí como hipnotizada, en el dormitorio a oscuras, contemplando un vaso de agua. Le pregunté qué hacía, y me contestó que mirando durante largo tiempo, fijamente, un vaso de agua, aparecían en forma de figuras los sucesos de que se componía el futuro de uno.

Le dije que se dejara de tonterías y que fuera a la cocina a preparar el té. ¡Qué días ésos! Sí, yo estaba aparentemente tranquila; por dentro, en cambio, vivía extraordinariamente inquieta. ¿En qué terminaría esa aventura? Remo pensaba buscarle empleo, pero la muchacha no era mujer de resignarse a ganar un sueldo miserable para vigir honradamente. "¿Con qué ventaja?", decía ella. Por las noches yo no dormía casi. Ella se preparaba una cama en el comedor. Inevitablemente, nuestros cuartos se comunicaban. Cierto es que yo cerraba la puerta central con una vuelta de llave, pero esto no impedía que estuviera intranquila, enormemente triste, cuando llegaba la noche. Muchas veces, poco antes de acostarme, sorprendía sobre mí los ojos de esa muchacha que me miraba como si quisiera hacerme daño. En cuanto la observaba, sonreía tímidamente con sus labios finos. A veces se quedaba silenciosa en un rincón. Con su cabellera encrespada, la nariz larga y los ojos como cubiertos de una neblina, me producía la impresión de que tenía al lado una joven asesina.

Una semana después de llegar a casa ocurrió el hecho repugnante. Nos habíamos acostado. Era muy pasada la medianoche. Yo me desperté bruscamente, como si me hubieran llamado. Al acordarme, me da frío todavía. Alargué el brazo y Remo no estaba en la cama. En el otro cuarto se escuchaban ciertos quejidos débiles. No sé cómo hice para dominarme. El corazón me daba en el pecho golpes tremendos. Pasó media hora. Remo entró de nuevo al cuarto, despacio, sin hacer ruido. Yo no dije una palabra. No me moví. Poco después él se durmió, pero yo vi llegar el amanecer. Estaba mortalmente tranquila, como si tuviera que morir de un momento a otro. Remo se levantaba temprano; esa mañana la prostituta también se levantó temprano. Yo me di cuenta de que iban a reunirse en la cocina; ella, con el pretexto de preparar el café para él, que tenía que salir a trabajar. La cocina tenía pared medianera que no estaba aún terminada, de manera que todo lo que se hablaba allí podía escucharse desde afuera. Salí descalza, escondiéndome tras el muro. Tuve la sensación de que se abrazaban; luego, hablaron, y entre otras palabras ella dijo:

—Tenés que elegir, Remo... Yo no puedo vivir así. Tengo el presentimiento de que ella nos escuchó anoche. Es muy zorra esa mujer.

No quise oír más, y me volví al dormitorio. Antes de salir, Remo vino a despedirse de mí con un beso. Lo miré perpleja. ¿Ese era mi marido? ¿El hombre que quería "salvar un alma"? Hay circunstancias en la vida en que las palabras más santas se convierten en tan grotescas, que una no sabe realmente si llorar o reír.

Momentos después entró la prostituta a mi cuarto, trayendo una taza de café con leche. Observé que no se atrevía a mirarme en los ojos; no le dije una sola palabra; se acercó temblando, me alcanzó la bandeja, y entonces, serenamente, tomé la taza, la miré sonriendo, y sin decirle una palabre le tiré la leche a la cara.

Ella retrocedió sorprendida, me observó, luego inclinó la cabeza y dijo:

—Usted tiene razón, señora. Su marido es un loco.

La miré, sin decirle una palabra. Salió del cuarto, sentí cómo se lavó, vistió, luego entró a mi cuarto y dijo:

—Perdóneme, señora; su marido es un loco. Yo me voy. Perdóneme.

Y se fue.

A mediodía llegó Remo. Yo continuaba en la cama. Tenía fiebre. No viéndola a la prostituta, me preguntó:

—¿Y Aurora, dónde está?

—Se fue para siempre —le contesté.

Nunca me sorprendió tanto como entonces. Yo creía que él se indignaría, que preguntaría algo; pero no. Se puso a reír a carcajadas, al tiempo que decía:

—Esto sí que es notable. En fin, has procedido muy bien, Elsa. Esa mujer iba a terminar por provocar un desagradable lío entre nosotros.

¿Puede explicárselo usted a este hombre, que una noche llega casi llorando, desesperado por "salvar un alma", y a la semana siguiente se encoge de hombros con la más absoluta de las indiferencias frente a las desgracias que ha provocado? Yo me tomé la cabeza, pidiéndole a Dios que me ayudara.

Sin embargo, estaba curiosa por conocer los móviles de su conducta esa noche, y él se explicó con tanta claridad que no me quedó ninguna duda respecto a la sinceridad de su relato.

Remo despertó, avanzada la noche, "bruscamente". El hecho de despertarse "bruscamente" lo impresionó extraordinariamente. Como tardaba siempre mucho tiempo en conciliar el sueño, cuando se dormía podía hacerse en redor de él los ruidos más estrepitosos sin que se despertara. "Me desperté bruscamente, como si se me hubiera terminado el sueño, y sin embargo no hacía dos horas que me había dormido, y estaba muy cansado."

"Me desperté bruscamente, sentándome en la cama, de un modo automático. Luego, como si me hubieran llamado, sin vacilar, sin temor a ser escuchado, me levanté, abrí la puerta de comunicación con el dormitorio de Aurora y entré. Ella, sentada en la cabecera de su cama, me esperaba en la oscuridad con los brazos extendidos, como si hubiéramos convenido un encuentro en tal actitud. Sin decirnos una palabra, nos abrazamos tan ansiosamente que yo casi me desmayé de felicidad."

Yo misma quedé maravillada de semejante coincidencia triple, pues si Remo se había despertado anormalmente, encontrando en la misma actitud a la prostituta, a mi vez yo también desperté bruscamente como si me hubieran llamado. Más tarde recordé mucho a esa mujer, diciéndome que no estuve equivocada cuando al mirarla la definí mentalmente como la "joven asesina". Posiblemente la naturaleza la había dotado de un intenso poder magnético que ella conocía. Tres días después que se marchó de mi casa recapacité: "¡Con razón que le interesaba tanto la magia negra y el espiritismo!" y aunque no soy supersticiosa tengo la certeza de que Remo dijo la verdad, y por eso lo perdoné. Después de este suceso Erdosain se tranquilizó aparentemente durante dos o tres semanas. Iba y venía de su trabajo sin darme motivos de disgusto. Sin embargo, lo observaba a veces, preguntándome "¿Qué nuevas barbaridades preparará este monstruo?"

Elsa Erdosain cierra los ojos y se desploma en el fúnebre diálogo de una noche. ¿Quién es el culpable si no él, Remo, su esposo?

Todavía entrevé la cónica brasa del cigarrillo que ilumina con resplandores rojos el demacrado perfil de Erdosain. La mano del demonio corta lentamente las capas de oscuridad con el tizón rojo. Las palabras brotan ácidas de su boca invisible, vacilan un instante en la superficie de las tinieblas, y luego se sumergen como gotas de corrosivo en el alma de Elsa:

—Es horrible, pero nosotros nos queremos... Y sin embargo, pienso que si te he hecho sufrir era porque te quería. Mas si te quería era porque sentía necesidad de humillarte. Cuando te atormentaba, el remordimiento me acercaba a vos...

Elsa trata de dominar el furor subterráneo que le encrespa el alma, y aparentemente fría responde:

—Es inútil... tenés que caer en algún pozo. Entonces te acordarás de mí... y de todo lo que hiciste... pero ya no estaré a tu lado... no... no estaré...

Comentaba más tarde, Elsa: ¿Cree usted que mi contestación lo enterneció? Por el contrario, reflexionó tranquilo:

—Hace tiempo que pienso lo mismo. Tengo que caer en algún pozo sin nombre. ¿Te pensás que no lo sé? Claro que lo sé. ¡Hace tantos años que lo sé!

Su tono se hizo confidencial y dijo:

—Mirá, nunca te conté este sueño que tuve antes de casarme con vos. No fue un sueño, sino una visión en pleno día, ¿sabés? Me veía viejo, te había abandonado para seguir a otra; luego, una noche de tormenta, volvía solo, roto como un atorrante... y vos me esperabas... hacía muchos años que me esperabas.

—¿Y lo que pensás vos tratás después por todos los medios de que se realice? ¿Te creés que no lo sé?

Pocas veces Erdosain se expansionaba, mas esta vez descubrió un recoveco de su alma:

—Pero decime... ¿Por qué esto... siempre esto? Es

un dolor que no se calma... un sufrimiento extraño. Te he recordado siempre al lado de cualquier mujer. Mirá... Aun de las que quise... Me besaban... y en ese momento en que me besaban, tu cara pasaba por mis ojos... Ellas me miraban a los ojos... Yo no... al vacío... en el vacío miraba tu cara, como si estuviera apenas dibujada en una película de vidrio.

—Sí... sí...

—Si alguien me preguntara por qué he sido así de cruel con vos, no sabría qué contestarle.

Y el tizón de su cigarrillo describió una curva bermeja en las tinieblas. El demacrado perfil de Erdosain se iluminó de relieves rojos. Continuó:

—Necesito atormentarte. Cuando estoy a tu lado me es indiferente verte sufrir; cuando te tengo lejos padezco una angustia enorme. Pienso que estás sola, con tu pobre vida hecha pedazos; pienso que tenés esposo, pienso que envidiás a las mujeres que son felices, a las que se pasean del brazo de sus maridos, a las que tienen muchos hijos... ¡Uuuuh, los pensamientos!... Los pensamientos que dan vuelta adentro. ¿Qué sabés vos de mi vida? Nada, nada, nada. ¿Qué podés saber? ¡Ni te imaginás lo que te quiero! ¡Cuántas veces te he imaginado casada con otro hombre! Serías una mujer dichosa; pasarías a mi lado y ni me mirarías... tendrías hijos... recibirías a tus amigas; así, en cambio, estás sola, como una bestia mal herida... ¿O te piensas que no era consciente de cuánto te hacía sufrir? Pero hubiera querido verte sufrir más, verte humillada ante mí, arrancarte un grito... ese grito que nunca has lanzado... Decime... ¿no será ése el secreto de mi conducta? Tu dignidad. El no decir nada. El callártelo todo. Sola. ¿Por qué no contestás? ¿Por qué las otras mujeres no te quieren? ¿Por qué nadie te quiere? Es que se sienten inferiores a vos. Es que comprenden que sos distinta. A tu lado hasta he experimentado curiosidades infames... Si hubieras tenido un amante, no te reprocharía nada... Te hubiera observado. Hasta he llegado a desear que lo tuvieras...

—Callate, monstruo...

—Sí... ¡Cuántas veces lo pensé! Me decía: Sería quizá más feliz que conmigo. Pero, ¿por qué no hablás? Las otras mujeres son estúpidas a tu lado. Uno las ofende como se le da la gana y luego las tira... y no le queda ningún remordimiento adentro. En cambio, de vos no se sabe lo que se puede esperar. ¿Qué es lo que se puede esperar de vos, decime... se puede saber?... Me pregunto muchas veces si serás capaz de matarte... Quizá no lo hagas... quizá tengás adentro algún pedacito de esperanza todavía...

—Algún día te arrepentirás. Pero será tarde...

—Es posible. Lo creo. ¿Te pensás que no lo creo? Sí, Elsa... claro que lo creo. Y eso me produce una angustia nueva. ¡Si supieras lo que pienso en vos! Mirá... a veces entro a algún café solitario...

Instantáneamente, Elsa lo revé a Erdosain en aquel café de cocheros, junto al vidrio cubierto de polvo, tristemente apoyada la mejilla en la palma de la mano. Miraba él la cornisa de la casa frontera... quizá pensaba en ella. ¿Pensaba en ella como se lo estaba diciendo ahora?

—...pido un "exprés" y me pongo a cavilar en nosotros. En nuestro futuro. ¿Qué soy en ese futuro? No lo sé. Quizás un atorrante, quizás un perdido... (bajando la voz). ¿Sabés lo peor que puede ocurrirme? Caer en un pozo... conocer alguna mujer terrible que me envilezca y me haga arrastrar un cochecito que tenga en su interior un chico enfermo...

—Tengo sueño... Dejame dormir...

—Hablemos. ¡Es tan lindo poder hablar con confianza!... (Irónicamente.) Parecemos hermanos... Inútilmente he tratado de analizarte. Hasta he observado el timbre de tu voz cuando hablás de mis amigos. Sé que algunos te son simpáticos, porque los nombrás por su nombre... Las personas que no te son simpáticas las nombrás por sus apellidos... Aquellos que a vos te son simpáticos... a mí, antes de que vos los conocieras, me eran antipáticos... ¿No es raro esto de que estimemos tipos fundamentalmente distintos?... Te lo digo porque cuando un hombre y una mujer se quieren estiman caracteres iguales... Por eso te dije antes que no conocés mi vida...

—Te he dicho que tengo sueño... ¿Querés dejarme dormir?

La cónica brasa describe un curva en el aire. Se reaviva un instante, y su fulgor escarlata soslaya una órbita, con el ojo fijo en un punto de las tinieblas.

—Yo no sé lo que pensás. Me equivoco a veces, pero no importa. Si a momentos no soy yo, sino vos. Sé qué vida hubieras deseado. Qué cariño. En cambio, estamos ahora aquí, el uno al lado del otro, como dos enemigos... espiándonos...

—¿Y qué harías si me encontraras por la calle con otro?...

—¿Qué haría?... Preguntarte si sos feliz.

—¿Pero vos podés creer eso?...

—No sé. ¡Qué sé yo! Sé que siempre he estado triste a tu lado. Triste con una tristeza sin nombre. Es algo que no se puede definir.

—¿No será remordimiento?...

—¿Sabés que me preguntás algo raro? Remordimiento... remordimiento. No sé, ni quiero saberlo. Me encuentro raro de un tiempo a esta parte. Es algo satánico. ¿Te acordás de esa muchacha que te conté... ésa a quien escupí a la cara porque me faltó el respeto?... La encontré el otro día en el tranvía. Vieras cómo cambió de color cuando me vio. El tranvía estaba lleno de gente. Me acerqué a ella naturalmente, le di la mano, no se atrevió a negármela y entonces le dije: "¿Te acordás de esa noche en que te ofendí? Te doblaste como una caña, así, para un costado... Pero mirá... aquí tenés una oportunidad para desquitarte. ¿Por qué no me das una cachetada delante de toda esta gente? Mirá qué linda oportunidad. ¿Por qué no la aporvechas?"...

—¿Le dijiste eso?...

—En ese momento todas las potencias del mal estallaron en mí. Me parecía haberme elevado a una altura prodigiosa; el alma se me volaba por la garganta, grandes ruedas de luz daban vueltas ante mis ojos. La tomé de un brazo y apretándoselo fuertemente, le dije: "Te doblaste como una caña. ¿Por qué no me devolvés ahora esa cachetada, mujercita cobarde?" Me pareció que el mundo se hacía chico para mí. Nunca en la vida experimenté una voluptuosidad tan terrible. Las arterias me daban martillazos en las sienes, de los ojos me salían chorros de luz. Y entonces ella, delante de todos los pasajeros, levantando la mano me acarició dulcemente la mejilla y me dijo: "Te quiero mucho."

—¿Y vos buscás eso en mí... no?... Pero estás equivocado...

—No... en vos no. A vos te quiero mucho. ¡Si supieras cuánto te quiero! Posiblemente seas la mujer que nunca tendré. A vos te quiero contra mi voluntad. Decime si no es algo terrible esto. Cuántas veces he tratado de escaparme de vos... inútilmente. Hasta le he declarado amor a una negra.

A una negra, aunque no lo creas. Sí a una negra. Ella me miraba estupefacta, pero como yo le hablaba seriamente, me dijo: "Caballero, diríjase a mi padre". El padre era cartero. Lo conocí. ¡Si supieras lo que me he reído! El negro quería que le diera informes de mi posición social. Era cosa de morirse. —Y Erdosain lanza tales carcajadas en el dormitorio a oscuras que Elsa, repugnada, le advierte:

—Mirá... Si no te callás la boca, me visto y me voy.

Erdosain continúa, implacable:

—Ya ves. Me he hundido en todos los pozos. Nadie sabe qué longitud tiene el camino de la perversidad, pero siempre, al lado de cualquier monstruo, lindo o feo, me he acordado de tu vida desdichada, y cuanto más creían tenerme junto a sí, más junto a vos me sentía...

—No digás esos disparates.

—Te hablo de cosas interiores. De angustias y de lágrimas.

Elsa estalló indignada:

—Tus lágrimas son agua sucia. Tus angustias son malos placeres que buscaste. Porque vos has buscado todo... incluso mi perdición... para sentir una emoción nueva..., pero escuchame... no te daré nunca esa emoción, ¿sabés?... nunca... aunque tenga que morirme de hambre. Aunque tenga que ser sirvienta, nunca me tiraré a ningún pozo, ¿sabés, canalla?... no por vos, que no lo merecés... no... sino por mí, por respeto a mí misma...

Erdosain calló.

Pasó esa noche y después otra. El carácter de Remo se hizo más sombrío que el de un demonio. Un día perdí la cabeza casi involuntariamente. Quería hundirlo, humillarlo, tomarme una venganza de todas las indignidades que cometiera, y busqué quién tuviera coraje de cobrar por mí lo que él me había hecho sufrir. No sé si he hecho bien o mal. Que Dios me perdone.

Así habló Elsa.

Durante las tres horas que duró su relato permaneció la monja Superiora tiesa en el centro del locutorio, como si la deslumbrara un arco voltaico. Ni un solo músculo de su rostro, más arrugado que una nuez, se estremeció. Con las manos cruzadas sobre el crucifijo de bronce pendiente de su cintura por un rosario y los labios apretados tercamente, mantuvo inmóviles sus pupilas de plata muerta fijas en el afiebrado rostro de la mujer.

Cuando Elsa terminó de hablar, ella dijo austeramente:

—¿Usted no tiene adónde ir?

—No.

—Usted necesita soledad, ¿no?

—Sí.

—Entonces usted se quedará aquí mientras lo necesite. Venga —y levantándose le señaló reverentemente a Elsa la puerta que del locutorio conducía al interior del convento.

LOS ANARQUISTAS

Erdosain y el Astrólogo cruzan el Dock Sud. Las calles parecen bocas de hornos apagados. De distancia en distancia un bar alemán pone en la oscuridad el rectángulo rojo y amarillo de su vidriera. La carbonilla cruje bajo los pies de los dos hombres.

Marchan silenciosos, dejando atrás silos de portland agrupados como gigantes, oblicuos brazos de guinches rebasando las cabriadas de los talleres, torres de transformadores de alta tensión erizadas de aisladores y más enrejadas que cúpulas de "superdreadnaught". De la boca de los altos hornos se escapan flechas de gas azul, la comba de una cadena corta el espacio entre dos plataformas de acero, y un cielo con livideces de mostaza se recorta sobre las callejuelas que más allá de los emporios ascienden como si desearan fundirse en un camino escoltado de pinos.

El Astrólogo comenta la muerte del Rufián Melancólico:

—Es inútil... ya lo dice el proverbio: Quien mal anda, mal acaba.

Erdosain casi suelta la carcajada. El Astrólogo continúa gravemente:

—Tenía una hermosa alma el Rufián. Recuerdo: una vez conversábamos sobre el coraje, y Haffner me contestó: "Soy un civilizado. No puedo creer en el coraje. Creo en la traición." Qué hermosa alma tenía. Y qué vengativo era. Nadie le pegaba más cruelmente a una mujer que él. De la primera pobre diabla que dejó su casa y la máquina de escribir para seguirlo hizo una prostituta. Naturalmente, para eso tuvo que suministrarle una paliza extraordinaria.

—¿La otra no lo abandonó?

—No... nada de eso... sin embargo este hecho le causó una profunda impresión al Rufián.

—Más impresión debe haberle producido a ella.

—No haga chistes. Cuando por primera vez la dactilógrafa salió a la calle a ganarse la vida, el pelafustán estaba acostado. Eran las cuatro de la tarde. Conozco estos detalles por él. La muchachita, el sombrero ya puesto, se detuvo en el umbral, y con una mano olvidada en la jamba lo miró entristecida al tiempo que decía:

—¿Voy?... —y el siniestro pelafustán, sobreponiéndose a su emoción, asintió con un gesto... La chica salió a la busca. Pero al tercer día de "ejercer", desde un puente del Riachuelo se tiró al río, partiéndose la cabeza en las piedras del fondo. La recogieron hinchada, entre perros ahogados que arrastraba la corriente. Este suceso lo preocupó un tiempo al Rufián. En verdad, la primera mirada que le dirigió la jovencita al salir a la calle estuvo siempre clavada en él, como un terrible reproche. A veces decía:

—¿Qué objeto tiene la vida? —¿Se da cuenta usted de los problemas del siniestro pelafustán? Además, pensaba siempre en la mirada que ella le arrojó, como una súplica, antes de salir a la calle. Una tarde, sin decir palabra, sin tocar uno de los tres mil pesos que había en la mesa de luz, después de meditar algunos minutos en la verdad que había descubierto, "la vida no tiene objeto", se disparó un tiro al corazón, pero el proyectil, al tropezar con una costilla, se desvió. Dos meses después, al salir del hospital, su primer acto fue instalar en Mercedes un prostíbulo en sociedad con un rufián napolitano llamado Carmelo.

Erdosain no comenta el suceso. ¡Qué le importa que el Rufián haya muerto! Él tiene también sus problemas terribles. Además, camina extrañado, como a través de una ciudad desconocida. Algunos techos, pintados de alquitrán, parecen tapaderas de ataúdes inmensos. En otros parajes, centelleantes lámparas eléctricas iluminan rectangulares ventanillas pintadas de ocre, de verde y de lila. En un paso a nivel rebrilla el cúbico farolito rojo que perfora con taladro bermejo la noche que va hacia los campos.

—Le dije que era ferozmente vengativo... y es cierto. Le contaré un hecho. Se lo pintaré de cuerpo entero. Un macró le robó una mujer, por la que Haffner se interesaba. Aunque ella no se había "apalabrado" con él, lo evidente es que el otro procedió con más rapidez, y el Rufián perdió una bonita renta. Hay cosas que sin decirlas dos hombres las entienden. Y usted comprenderá que esas cosas que precisamente se archivan en el fondo del alma son las más intensas. Indiscutiblemente, el Rufián estuvo aguardando la oportunidad en silencio. El otro recelaba, porque evitó durante un tiempo, prudentemente, frecuentar los sitios por donde barruntaba podía andar Haffner. Un día se encontraron: el Rufián, aparentando absoluto olvido de lo sucedido, se dio por completo de amigo del otro, aunque el otro no ignoraba que esas jugadas jamás se perdonan. Se embriagaron juntos, pero el Rufián estaba, siempre que le convenía, ebrio un cuarto de hora antes de estarlo realmente. Y esa conducta es muy útil para guardar los propios secretos e investigar los ajenos.

De pronto suena una llamada de ronda, reglamentaria, y en la pared de madera de un caserón se mueve la sombra del caballo de un oficial inspector que recorría el paraje.

El Astrólogo prosigue:

—Bueno, como le contaba, dos años después de este suceso, ambos concurrieron... cómo la llamaríamos... a una fiesta campestre que organizaron los rufianes y sus mujeres en los bajos de San Isidro. En ese paraje se citaba la espuma de nuestro bajo fondo... manágeres de boxeadores, entrenadores, corredores de automóviles, toda una crema, amiga en particular de Haffner. Estaba también la mujer aquélla, la que casi estuvo por "apalabrarse" con el Rufián. Nada hacía presumir lo que iba a suceder. Quiero anticiparle un detalle. Esta canalla respeta a sus mujeres entre sí, como nosotros los civilizados acostumbramos hacerlo en sociedad.

El Astrólogo y Erdosain se detienen a pocos de los rieles del ferrocarril. Con jadeo lento pasa un tren de carga por el desvío. Las ranas croan en los charcos, y tintinean los eslabones de las cadenas del convoy. Más allá, un lanchón se balancea en la aceitada superficie de las aguas. La puerta de un bar enquistado en una callejuela paralela a la línea del ferrocarril se entreabre y por la trocha de carbón avanza una mujer gigantesca. Se engalana con un sombrero de torta encajado sobre los moños, y la sigue un hombrecillo flaco, de espalda encorvada. El Astrólogo continúa:

—Cuando la fiesta estaba en su apogeo Haffner desenfundó el revólver, lo encañonó al otro macró, se desprendió los pantalones, y descubriendo sus órganos genitales dijo fríamente:

—Decile a tu mujer que me los bese... o te limpio los sesos.

—Usted comprende que esta actitud no es rigurosamente social. El macró encañonado por el Rufián no se movió. Haffner, tranquilamente, aguardaba. Miró el reloj pulsera en su muñeca y dijo: —Tenés medio minuto.

—¿Y el otro?...

—El otro adivinó que el Rufián lo iba a matar. Que había ido allí con ese exclusivo fin: a matarlo... que sólo podía salvarlo de la muerte esa humillación espantosa...

—¿Y?...

—Antes de que pasara el medio minuto, roncó: "Besalo, Irene."

—¿Y?...

—La mujer obedeció. Entonces Haffner, antes de que la mujer se humillara ante él, la tomó de un brazo y dijo:

—Vos desde hoy sos mía.

—¿Y el otro?

—¿Qué iba a hacer el otro? Irse. En estos asuntos de vida o muerte, amigo, las venganzas se trabajan despacio. No me extrañaría que fuera ese tipo el que lo "liquidó" por la espalda al Rufián.

—¿El Rufián no dijo lo que habría hecho si el otro se hubiera negado?

—Lo mataba... tal es así que en previsión de ello tenía, desde hacía diez días, preparado un pasaporte con nombre falso.

—¿Sabe que es extraordinario?

—Era un verdadero discípulo de Maquiavelo. Hablando con él me decía que lo que hacía temible a un hombre era la memoria de las ofensas y la paciencia en aguardar la revancha. Vivía sobre aviso, como en un campo de batalla. En el tranvía, en el café, en la calle, podía usted asegurar que ese hombre estaba siempre colocado en el punto o ángulo donde menos blanco podía ofrecer al revólver de un enemigo. Catalogaba de una mirada a las personas. Instintivamente establecía el grado de peligrosidad de cada individuo que se le acercaba. Era curioso. Desde las periferias de los parajes donde se encontraba tiraba hacia él radios de ataque y defensa. Semejante composición de lugar, instantánea casi en él, le aseguraba un dominio perfecto sobre los demás.

Calla el Astrólogo investigando en la oscuridad una franja de pampa casi virgen, colindante con poblados siniestros formados por cubos de conventillos más vastos que cuarteles. Es aquella una sucesión de cuartujos forrados de chapas de cinc, donde duermen con modorra de cadáveres cientos de desdichados, calles con baches espantosos, donde se descuadrilaría una carreta para montaña. El Astrólogo marcha silencioso con las manos sumergidas en los bolsillos de su gabán. De pronto exclama:

—¿A que no se imagina lo que me pasó anoche?
—No sé...
—Pues después de abofetearme, me han escupido a la cara.
—¿Qué dice?
—Sí, así como usted lo oye —e inmediatamente el Astrólogo le narró a Erdosain la escena ocurrida entre él y su visitante, el Abogado.
—¿Y usted...? No termino de comprender su actitud.
El Astrólogo chasquea una risita desagradable:
—Querido amigo: la explicación del suceso es fácil. El Abogado me escuchó con tranquilidad hasta que un residuo de sentimientos burgueses, enquistados en el fondo de su conciencia, estalló, superando su fuerza de control. Si ese hombre hubiera tenido allí un revólver, en ese momento me mata como a un perro. Yo, a mi vez, también lo hubiera asesinado... me limité a ponerle un codo frente al puño y se rompió la mano; entonces pensé que matando a ese mozo enérgico no ganaba nada. Por principio, acepto únicamente el asesinato que reporta utilidad social... Cuando el brazo le cayó a un costado, podía devolverle el golpe... pero, ¿para qué?... si ese hombre estaba desarmado. Al comprenderse impotente frente a mí trató de obligarme a ejecutar un acto que después me avergonzaría... y me escupió la cara. Continué mirándolo tranquilo, y él debe estar ahora profundamente molesto con su actitud. Además, tarde o temprano, ese joven será de los nuestros. Es apasionado y digno. En el fondo, un idealista desorientado, consecuencia ello de la educación capitalista. Cuando los hombres que la educación capitalista ha deformado quieren lanzarse a la acción, se encuentran deformados internamente, de manera que lo prefieren todo... todo, menos el comunismo.
—¿Y usted le guarda odio?
El Astrólogo replicó asombrado de la pregunta de Erdosain:
—¡Odio! ¿Y por qué? No. Al contrario... le estoy agradecido de que me haya dado oportunidad de presentarme ante él como un hombre cuyo temple está por encima de las pequeñas reacciones humanas. Además, posiblemente yo le tendría odio al Abogado si me consi-

derara físicamente inferior a él. No lo soy, y nuestras cuentas están ya canceladas.

El camino que siguen marcha a través de campos y está sembrado de carbonilla; a veces el viento trae un olor de alfalfa húmeda; luego el camino se bifurca y entran nuevamente en la zona de las barracas que desparraman hedores de sangre, lana y grasa; usinas de las que escapan vaharadas de ácido sulfúrico y de azufre quemado; calles donde, entre muros rojos, zumba maravilloso un equipo de dínamos y transformadores humeando aceite recalentado. Los hombres que descargan carbón y tienen el pelo rubio y rojo se calafatean en los bares ortodoxos y hablan un imposible idioma de Checoslovaquia, Grecia y los Balcanes.

El Astrólogo epilogó:

—Indiscutiblemente, el Abogado es un hombre bueno. En otros tiempos hubiera ido lejos, pero las teorías sociales no las ha digerido todavía.

Al fin, se detuvieron frente a una chacra. Un letrero de chapa de cinc, colgado de un poste que sostenía la puerta de tablas, rezaba un aviso:

Se benden guebos y gayinas de raza

El Astrólogo, sin llamar, entró. Bajo la galería, a la luz de una lámpara eléctrica, dos hombres jugaban a los naipes. Uno era delgado, pálido, pomuloso, de pelo crespo y ojos negros. El otro, grueso, de barbilla reluciente, ojos verdosos, cabello rubio, vestía un traje azul de mecánico. Los desconocidos clavaron los ojos en Erdosain, y éste, sin saber por qué, se sintió cohibido. En el fondo del patio una mujer joven, con una criatura en el brazo, detenida en el marco de una puerta, lo examinó también. Erdosain se sintió molesto por la persistencia de las miradas, y el Astrólogo dijo: [1]

—Este es uno de los "nuestros", que recién empieza... Erdosain...

[1] *Nota del comentador:* Refiriéndose Erdosain más tarde a esta visita, cuyo objeto no comprendió en los primeros momentos, me manifestó que pensando luego en el hombre de los ojos verdosos se le ocurrió que podía ser el anarquista Di Giovanni, mas prudentemente se abstuvo de hacerle ninguna pregunta al Astrólogo.

Los dos hombres le estrecharon la mano, y la mujer con el chiquillo en brazos arrimó una silla de estera de paja. El hombre flaco entró al cuarto, saliendo con otra silla, y los cuatro hombres formaron círculo en torno de la mesa.

—¿Quieren que cebe mate? —dijo la mujer.

El hombre de la barbilla reluciente y ojos verdosos miró cariñosamente a la mujer y le dijo:

—Bueno, pero dame el nene.

Lo sentó en su falda, y ella se dirigió a la cocina.

El hombre flaco sacó del bolsillo un paquete de billetes, y dijo:

—Sírvase, están contados. Son diez mil pesos justos.

El Astrólogo, sin contarlos, se los pasó a Erdosain y dijo:

—Guárdelos —y dirigiéndose al hombre flaco preguntó: —¿Han impreso los volantes?

El hombre rubio, que mecía a la criatura en sus brazos, contestó:

—Ya se mandaron.

El Astrólogo continuó:

—Hay que preparar más. He recibido esta carta de Asunción.

—¿De Paraguay?

—Sí.

El hombre del traje de mecánico leyó la carta, luego la entregó a su socio; éste se inclinó sobre la mesa, la leyó atentamente y, devolviéndosela al Astrólogo, dijo:

—Era de esperar. ¿Y usted continúa con su idea?...

—Sí.

—Es absurda...

—Más absurdo es falsificar dinero...

Los dos hombres lo miraron a Erdosain:

—¿Usted se prestaría para hacer circular billetes falsos?

Sorprendido, examinó Erdosain al hombre de traje azul. Reflexionó un instante, y mirando la juntura de los ladrillos del suelo contestó:

—No.

—¿Por qué?

—Simplemente... porque me parece absurdo hacer circular moneda falsa.

—No es una razón...
—Sí que lo es. Tanto lo encarcelan a uno por limpiar las cajas de un banco como por falsificar moneda. Entre que me detengan por andar con papel impreso prefiero que sea por haber substraído legítimo...
—¿Qué quiere hacer usted por el momento?
—Nada...
—¿Usted sabe que nosotros estamos?...
—No me diga nada. Yo no quiero saber lo que ustedes hacen ni dejan de hacer. Si tienen que conversar cosas reservadas, me retiro...
—¿Y el trabajo de imprenta no le interesaría aprenderlo?
—¿Para?
—Para colaborar en la preparación de la Revolución Social... Nosotros necesitamos hombres que lleven la revolución a todas partes. Unos lo hacen con la acción descubierta y franca, para lo cual usted no sirve; otros, subterráneamente, astutamente. Hay que hacer manifiestos para los trabajadores del campo. Repartirlos subrepticiamente. Si usted aprendiera el trabajo de imprenta podría hacerse cargo de una imprenta rural. Una imprenta clandestina, se entiende. ¿Quiere pasar a ver la nuestra?
—Sí, eso me interesa.
—Venga.
Erdosain lo siguió al hombre flaco. Entraron a un cuarto. Un ropero ocupaba un ángulo, y una cama de dos plazas el centro de la habitación.
—¿Quiere ayudarme? —dijo Severo, y comenzó a empujar la cama para un costado. Quedó al descubierto la puerta de un sótano. Severo se inclinó y levantándola bajó por una escalerilla. Giró una llave y se encendió una lámpara. No le faltaban motivos a Erdosain para admirarse. En el sótano de paredes encaladas habían instalado un completo taller de imprenta. Junto a los muros se veían cajas de tipos y matrices, cilindros de caucho y una mesa triangular llamada "burro". A un costado de la escalerilla de madera, sobre una base de mampostería, una minerva a pedal, y al otro lado una pequeña guillotina. Cajones con resmas de papel completaban el

clandestino tallercito de obra. Erdosain se admiró de pronto al mirar un fusil, cuyo cañón terminaba en un tubo de tres diámetros, del calibre del arma, y longitud de quince centímetros. Preguntó:

—¿Y ese fusil tan raro?

—Un fusil con silenciador...

—¿De dónde lo sacaron?

—Entró de contrabando.

—¿Y no se oye nada la explosión?

—La amortigua considerablemente. ¿Qué le parece, en total, este conjunto?

—Muy bien.

—Este también es un campo de batalla. Una trinchera de emboscados. ¿Se da cuenta?

—Sí...

—El compañero es el que redacta los manifiestos.

—Pero aquí no pueden falsificar dinero...

—¿Y cómo lo sabe?

—Se ve a simple vista.

—No, pero esperamos la llegada de un práctico... Nosotros falsificaremos dinero paraguayo y chileno, y otro compañero nuestro, desde afuera nos traerá dinero argentino. Es conveniente que el lugar de circulación esté muy distante del paraje de producción.

—Me parece muy bien.

—¿Usted qué clase de ideas políticas tiene?

—Soy comunista.

—Después vendrá el anarquismo... no importa... por el momento éstas son pavadas que no conviene discutir. A propósito: el Astrólogo nos dijo que usted era práctico en explosivos; vea esto: ¿qué le parece?

Severo había abierto un cajón y extrajo un tubo de hojalata revestido de cemento... El trabajo era tosco, informe. Una cápsula de cobre hundía su tubo rojo en el cilindro gris.

—Una bomba...

—Eso...

—Pésimamente construida.

—¿Por qué?

—Es pesada. Irregular. El cemento se fragmenta siempre irregularmente. Poco práctica para llevarla... y poca potencia. ¿Qué carga tiene?

—Gelinita...

—El explosivo es bueno... pero eso no es todo en material destructor.

—¿Usted cómo construiría bombas?

—Yo no soy partidario de las bombas... prefiero los gases. Ustedes, los terroristas, siempre están atrasados en material destructor. ¿Por qué no se dedican a estudiar química? ¿Por qué no fabrican gases? El cloro combinado con el óxido de carbono forma el fosgeno. Insisten en las bombas. Las bombas estaban muy bien en el año 1850...; hoy debemos marchar con el progreso. ¿Qué desastre puede provocar usted con el petardo que tiene entre manos? Nada o muy poco. En cambio con el fosgeno... El fosgeno no hace ruido. No se ve nada más que una cortinita amarillo verdosa. Un pequeño olor a madera podrida. Al respirarlo los hombres caen como moscas. En un tubo de acero, que puede tener la forma de una caja de violín, de un piano... en fin... de lo que quiera usted, puede llevar tal cantidad de gas como para desinfectar de hombres muchas hectáreas.

—¿De modo, por ejemplo, que si usted tuviera que asaltar un banco?...

—El gas es el arma ideal. Lo malo es que aquí vivimos todavía en un país de gente muy bruta y atrasada. Fíjese que en Estados Unidos los guardianes de los furgones blindados que generalmente llevan tesoros están equipados con careta contra gases. Bueno, también allá, los que trabajan de asalto no proceden con contemplaciones.

—¿Y la táctica?

—Simplemente, descargar por cualquier tragaluz, mediante un tubo de goma, algunos litros de fosgeno. Cuando ustedes se dispusieran a "trabajar" tendrían que llevar caretas. No hay necesidad de matar a nadie, porque hasta las pulgas que llevan las ratas, quedan intoxicadas.

—El problema es conseguir fosgeno...

—Yo estoy proyectando una fábrica casera. Es un tipo de usina doméstica o experimental para producir mil kilogramos de gas por día.

—¿Mil kilogramos... y una fábrica así se puede instalar en una casa?

—En un salón de cuatro por ocho... con toda comodidad.

—¿Sabe que es interesante?

—Vaya si lo es... Pienso hacer la prueba en el Sur. Tengo ganas de instalar una pequeña usina química. Fabricar gases. Preparar técnicos exclusivamente en fabricación de gases. Nada más. Prepararlos en serie, como se preparan subtenientes o sargentos. Las bombas constituyen un procedimiento antiguo. Otra cosa es granadas de mano, pero hay que tener máquinas especiales para fabricarlas. Y en cantidad. Una bomba construida individualmente no sirve sino para hacer un poco de estruendo. Las bombas deben fabricarse en serie. Un obrero carga las espoletas, otro las prepara. Máquina para las espoletas. Máquina para los envases. Usted comprende... todo eso cuesta dinero. Hay que prepararse. Aquí ni tratados técnicos se encuentran.

Callaron, y el hombre delgado hizo una señal para que salieran. Cuando subieron al dormitorio el Astrólogo conversaba animadamente con la mujer delgada y el hombre del traje azul.

Erdosain supuso que continuarían charlando, pero el Astrólogo terminó con estas palabras el objeto de su visita:

—¿Quedamos en eso? ¿No es así?

El hombre del traje azul sonrió ligeramente, y el cabelludo respondió:

—¡En fin... veremos!...

Los tres hombres no hablaron más. Se miraron mutuamente y la mujer, que con la criatura en el brazo atendía a la conversación, repuso:

—Son diferencias insignificantes.

—Hay que estudiarlas —repuso el Astrólogo, y extendiendo la mano a los tres anarquistas se despidió.

Silenciosamente, tras él marchó Erdosain. Una congoja profunda le apretaba el corazón. Experimentó algún alivio cuando pensó:

—De cualquier modo, me mataré.

EL PROYECTO DE EUSTAQUIO ESPILA

A pesar de encontrarse Ramos Mejía a treinta minutos de la Avenida de Mayo y la casa de los Espila a siete cuadras de Rivadavia, el sordo Eustaquio y Emilio hacía dos días que no comían. Comer significaba echar algo al estómago. Devorar una cáscara de pan seco, es comer. Bueno, Eustaquio y Emilio llevaban dos días sin echar al estómago ni una sola cáscara de pan seco.

Luciana, Elena y su madre, sitiadas por el hambre, se habían refugiado en la casa de unos parientes hasta que la tempestad amenguara. Cuidando los restos de los muebles, Emilio y Eustaquio quedaron en el reducto. Eso sí, tenían tabaco en abundancia, y Emilio cada cinco minutos encendía un cigarrillo; luego, girando sobre el colchón, se volvía hacia el lado de la pared "para no mirarlo a ese bellaco de sordo". Este, con las piernas suspendidas en el aire, permanecía sentado a la orilla del catre, la gorra enfundada hasta las orejas, y mirando ceñudamente la puerta del cuartujo como si esperara ver entrar por allí a la diosa Providencia cargada de un cesto repleto de costillas de ternera, mazos de espárragos y cachos de bananas o mazos de ananás. Tenía la misma cantidad de hambre que un tigre en ayunas.

Una lámpara de acetileno iluminaba con su fúlgida llama a los dos hermanos silenciosos, en aquel reducto de murallas de cinc que constituía el dormitorio común. El Sordo, haciendo valer sus derechos de sabiduría en matemática y química, ocupaba el catre. Emilio meditaba tristemente, en una colchoneta tendida en el suelo, en los treinta años que contaba de vida, y con las manos bajo la nuca, mirando el cielo raso, se preguntaba si en Ramos Mejía podía encontrarse un desgraciado más famélico que él...

Al mismo tiempo soslayaba con cierto furor al Sordo, como si lo responsabilizara de sus desgracias. El Sordo, impasible, engorrado como un tahúr, esgarraba escupitajos que proyectaba despectivamente tras el respaldar de su catre. Luego con la manga del saco se frotaba el moco prendido entre las barbas, y continuaba examinando caviloso la entrada del reducto.

Emilio sentía crecer su indignación contra el Sordo. Soliloquiaba:

—...Penzar que ezte puerco zabe cálculo infinitezimal, y pareze un bribón ezcapado de la Corte de los Milagroz. ¿Pa ·a qué le zervirá el cálculo infinitezimal? —una racha de aire lo estremeció de frío.

El viento entraba abundamente por allí, moviendo la fúlgida llama de la lámpara de acetileno. La sombra del Sordo, sobre el plano ondulado de las chapas, se meneaba fantásticamente como la de un Bubú de Montparnasse.

Hacía mucho tiempo que Eustaquio y Emilio habían reñido, y ya pasaba de dos años el tiempo en que no se dirigían la palabra. Juntos en las cavernas más absurdas que les servían de refugio, uno tirado en un catre, y el otro tendido en su colchoneta, guardaban silencio de sordomudos.

Lo singular de sus conductas es que tácitamente, sin decirse una palabra, salían por la noche a buscar en la calle colillas de cigarrillos. Silenciosamente saltaba el Sordo del catre, se endosaba la gorra, apretaba las puntas de un arruinado macferlán sobre su pecho, y seguido de Emilio iba a recolectar tabaco. Un hermano por una vereda y el otro por la opuesta. Regresaban, se sentaban en el suelo, colocando de por medio un diario, y rompían la envoltura de las colillas, preparando montones de tabaco que al día siguiente soleaban para que se le evaporara la humedad. Partían equitativamente el grupo en dos partes, y armaban cigarrillos que fumaban con lentitud. "Fumando no ze ziente hambre", decía Emilio.

Cuando algo había que cocinar, cocinaban por turno. Eustaquio era glotón. Emilio comedido. Eustaquio comía con voracidad de bestia. Emilio, revistiendo dignidad de hidalgo que se siente menoscabado en su hombría si revelara sentimientos bajunos. Pero ambos devastaban cantidades prodigiosas de vituallas cuando las había, proporcionadas por las diligencias de Elena o Luciana.

A veces Eustaquio visitaba a un pintor sordo como él, y el pintor y Eustaquio cebaban mate durante largas horas sin cruzar palabra.

Emilio rezongaba silenciosamente al ver aparecer al Sordo en el reducto. Deseaba estar solo, mas el Sordo, sin mirarle se dejaba caer en su catre permaneciendo inmóvil como un faquir. Emilio se desesperaba ante su conducta estática e indiferente.

De noche dormían irregularmente. Eustaquio, antes de cerrar los ojos, suspiraba profundamente. Emilio lo escuchaba resoplar en las tinieblas y sentía ganas de gritarle: "¿Por qué suspirás, bellaco?", pero no decía nada, y el otro continuaba revolviéndose bajo sus cobijas como si estuviera enfermo. A veces encendía la luz, y sin objeto alguno, porque no existía ningún motivo para apresurarse, se afeitaba entre gallos y medianoche. Emilio, fingiéndose dormido, le espiaba, y su malestar crecía, mientras que el Sordo hacía guiños frente al espejo, o con media cara barbada se alejaba riéndose sarcásticamente con cierta alegría bestial "igual a la que manifestaba cundo se comía dos docenas de naranjas él sólo".

Emilio, en tales circunstancias, hubiera querido estar lejos; el dolor de vivir deyectaba en él círculos de sufrimiento, como una glándula enferma. Pensaba, sin saber por qué, en la alegría de llevar contabilidad en un aserradero a la orilla del río, y en visitar a una novia a la que le quitaría sus creencias religiosas haciéndole leer libros de Haeckel y Büchner. Luego se arrebujaba entre las colchas, y trataba de dormir, mientras que el Sordo lanzaba chasquidos de alegría con una mejilla afeitada y la otra empapada de espuma.

Los dos hermanos albergaban ideales distintos. Emilio aspiraba a ser linotipista y ganarse la vida tranquilamente en el campo, en algún pueblo donde se le cicatrizaran las desolladuras que en el alma la miseria enconaba cada vez más.

En cambio Eustaquio, de haber seguido sus impulsos, hubiera sido atorrante. Lisa y llanamente, un atorrante. Esto no le impedía dar algunas clases de álgebra superior a extraviados alumnos que ciertas amistades le recomendaban. También Eustaquio habría aceptado una cátedra de geometría si se la hubieran ofrecido, pero el maravilloso monstruo que le trajera en una bandeja de plata tal canonjía no aparecía jamás, y estirado en su catre elaboraba proyectos que tenían siempre relación con las matemáticas. Por ejemplo, calculaba cuánto podía ganar instalando una fábrica de chorizos. Ni remotamente pasaba por su imaginación la idea de dónde se proporcionaría el capital necesario para instalar la choricería.

Ambos desdichados pasaban de tal manera las horas.

Cuando Emilio sentía que la desesperación lo atosigaba en el reducto de cinc, se largaba a la calle para "estudiar la Vida". Él llamaba "estudiar la Vida" al acto de quedarse tres horas con la boca abierta observando a un truhán que vendía mercaderías milagrosas o específicos infalibles.

Pero ahora que el hambre lo acosaba como a una fiera en su caverna, Emilio lo observaba furiosamente al Sordo. Éste, como si adivinara los malévolos pensamientos que incubaba su hermano, se rascaba socarronamente la ríspida barba de siete días. Además, sabía que a Emilio le molestaba que él escupiera tan abundantemente, y por eso esgarraba cada vez con más fuerza, proyectando los escupitajos con tal violencia contra las chapas del reducto que éstas resonaban como si recibieran pedradas.

Emilio, asqueado, giró sobre su colchoneta, dándole las espaldas al Sordo.

El Sordo se contempla los pies calzados con unos zapatos amarillos, con evidente satisfacción. Al mismo tiempo resopla como un ballenato. El catre cruje lamentablemente, y Emilio se dice:

—Ez lo único que falta. Que ezte animal rompa el catre, para que dezpuéz lo tenga que oír roncando a mi lado. —Su indignación y tristeza crecen simultáneamente. En la base del estómago, siente la presión cálida de una iniciación del vómito... Piensa: "Me eztoy deztrozando el eztómago con la nicotina". Ahora, con las piernas cruzadas y los brazos en asa, con las manos bajo la nuca, cuenta el número de ondulaciones que hay en las chapas del techo, extrañándose de perder la cuenta al llegar a la acanaladura número treinta y siete. Instantáneamente de perder la cuenta lo revisa de una mirada oblicua al Sordo y se dice: "¿Qué eztará tramando eze bellaco?" —luezo recomienza nuevamente: 1, 2, 3, 4, 5, 6, 7 y los módulos del techo pasan ante sus ojos con la velocidad de los postes telegráficos cuando se viaja en tren.

De pronto, la voz del Sordo estalla en el reducto:

—Che, Emilio, tengo un gran proyecto.

Emilio volvió la cabeza. Hacía dos años que no se hablaban. En el ínterin, el Sordo había tenido muchos proyectos, pero en vez de comunicárselos a él se los explicaba a las hermanas, de manera que este proyecto actual tenía que ser realmente importante para que, infringiendo el silencio que mantenía tácitamente, se lo comunicara.

El Sordo insistió:

—Es un gran proyecto, porque no requiere capital y sus resultados son matemáticos. Infalibles. Pediremos limosna.

—¿Limozna?

—Yo me disfrazaré de ciego... pero de ciego de gran guignol. Y me pondré una tarjetita que diga:

> Estoy ciego por los efectos del ácido
> clorhídrico. Compradle caramelos al
> inutilizado en el servicio de la Ciencia.

Te darás cuenta que esta ceguera científica no puede menos que impresionar al público.

—¿Y loz carameloz?...

—Ahí está... Los caramelos son para disfrazar. Las leyes prohíben la mendicidad. Nosotros seremos carameleros... oficialmente carameleros, y bajo cuerda limosnearemos.

—¿Y cómo te vaz a dizfrazar de ziego?

—Me pondré unas gafas retintas, que no dejen ver nada, y vos serás mi lazarillo. Tengo que conseguirme bastón, gafas, y esa valija hay que adecentarla. Allí llevaremos los caramelos. Hay que comprar también una gruesa de estuches de papel de seda para poner los caramelos. Haremos paquetes de diez y veinte centavos. Será casi mejor poner en la tarjeta: Ciego por servir a la Ciencia. ¿Qué te parece? ¿No es mejor? Y abajo de "Ciego por servir a la Ciencia" ponemos: "Vapores de ácido nítrico le quemaron el nervio óptico". ¿Qué te parece? ¿No te convence?

—Zí... algo me convenze... Pero ¿de dónde zacamoz la plata para laz gafaz, el baztón, los carameloz?... Eza valija es indezente. Además, habría que hazer tarjetaz imprezaz.

—Eso cuando el negocio progrese. Ahora me voy a verlo al pintor.

—¿Y la roza de cobre?...

—¡Qué rosa ni rosa!... Se hará después. Ahora tenemos que comer. Además vaya a saber qué le pasa a Erdosain, que no viene.

—¿No le contamoz a Luziana?

—¿Qué?...

—¿Zi no le contamoz a Luziana?

—Otro día andá a verla. Ahora lustrate la valija.

Así terminó la primera conversación que Emilio y el Sordo mantuvieron después de dos años de silencio y dos días de ayuno.

El Sordo se dirigió al espejo, contempló su facha barbuda; luego, con cuatro gestos, se puso el cuello, tres movimientos más de mano invirtió en hacerse el nudo de la corbata, y apretando sobre su pecho las puntas de las solapas del macferlán se lanzó al vano de la escalera, mirando el cielo emplomado de gruesas nubes.

Una vez que el Sordo salió, Emilio apoyó el codo en la almohada, y una mejilla en la palma de la mano. Un mechón de cabello renegrido le caía sobre la frente pecosa, y con mirada displicente comenzó a examinar la valija. Estaba cubierta por una capa de polvo, y de la orilla del catre caía un ángulo marrón: la punta de una manta.

Emilio lió pensativamente un cigarrillo, se tapó los pies con un remanso de frazada y, contemplando pensativamente el cielo, meneó la cabeza con tristeza. El proyecto de ser tenedor de libros en un aserradero a las orillas del río se alejaba.

BAJO LA CÚPULA DE CEMENTO

Erdosain se detiene frente a la casa de departamentos, al tiempo que a pocos pasos un hombre abre la puerta de su casa. Junto al desconocido se ha detenido un gato blanco y negro. El hombre entra, pero el gato no lo sigue. El desconocido cierra intencionalmente la puerta. El gato raspa con una pata en el zócalo, y entonces el hombre que aguardaba abre la puerta, se inclina, le pasa una mano por el lomo al gato. Este atiesa la cola, el desconocido toma por el vientre a la bestia y la puerta se cierra.

Erdosain, adolorido, permanece en la orilla de la vereda. Piensa:

"Ese hombre está satisfecho. Acarició el gato que lo esperaba en el umbral. El gato tendría ganas de pasear, salió, vaya a saber dónde anduvo metido. Para eso es gato. Y al volver, como encontró la puerta cerrada, esperó a su patrón. El gato tiene al hombre... pero al hombre ¿quién le abrirá la puerta misteriosa?"

En su mente se levanta una fachada infinita. Los muros ondulan como una cortina de humo. Desecha el espectáculo. La fachada se aleja como un eco de trompa. Incluso persiste en su carne un ritmo de galope. Luego, más lejos, la muralla de humo. Regresa a la orilla de la vereda. Da un paso. Otro. Uno. Dos. Uno. Dos.

—¿Quién es el hombre? Yo. —Uno, dos—. Yo soy él hombre.— Uno, dos—. ¿Yo? S.O.S. Es notable. —Uno, dos.

—El gato ha lanzado su S.O.S. y el hombre ha esperado tras de la puerta. Realizó varios actos. Uno, inclinarse. Dos, acariciarlo en la espalda. Tres, pasarle la mano bajo el vientre. Cuatro, levantarlo. Pero, ¿a mí? ¿A ellos? ¿A nosotros? Sí, a nosotros, Dios canalla. A nosotros. Te hemos llamado y no has venido.

Se detiene y piensa: "¡Qué dulce palabra!"

—Lo hemos llamado y no ha venido. Lo hemos lla... ma... do... y no... ha... ve... nido. Dulzura única. Lo hemos llamado y no ha venido. Podremos contestar así algún día: "Nosotros lo llamamos y Él no vino". —Erdosain cierra los ojos. Deja que un intervalo de oscuridad penetre por su boca y por sus ojos. El intervalo de oscuridad se agrieta. Deja pasar una réplica.

—Tenemos la culpa. Nosotros lo llamamos y Él no vino. ¡Hum!... esto es grave. ¿Se ha calculado cuántos hombres lo llaman a Dios en la noche? No importa que lo llamen para resolver sus asuntos personales. ¡Y cuántas almas están gritando despacio, despacito: "Dios, no me abandones, por favor"! ¿Se ha calculado cuántas criaturas antes de dormirse rezan a hurtadillas del padre oblicuo en la cama o de la madre detenida frente a un ropero entreabierto: "No nos dejes, Dios, por favor"?

Erdosain se detiene espeluznado. Es como si le encarrilaran el pensamiento en una elíptica metálica. Cada vez se alejará más del centro. Cada vez más existencias, más edificios, más dolor. Cárceles, hospitales, rascacielos, superrascacielos, subterráneos, minas, arsenales, turbinas, dinamos, socavones de tierra, rieles; más abajo vidas, suma de vidas.

—Al margen de Dios se ha realizado todo esto. Y este Dios, decime, ¿qué hiciste vos por nosotros?

La boca de Erdosain se llena de una mala palabra. La mala palabra le deforma las mejillas, le deja los dientes porosos, acidulados...

El insulto estalla:

—¡Canalla!

Cierra los ojos. Camina con los ojos cerrados. Sabe que se desvía, embica nuevamente el centro de la vereda. Le arden las espaldas. Repite:

—Todo es inútil. Si se hiciera un agujero que pudiera llegar al otro lado de la tierra, allí también se encontrarían sufrimientos. Turbinas, cárceles, superrascacielos. Dínamos que zumban, minas, arsenales. Puertas de casas. Hombres que toman amorosamente a su gato por el vientre.

Golpea con el puño la fachada de una casa. Allí hay un tablero color de hígado, seguramente la persiana de un almacén, donde entre velas de sebo se encuentran bolsas de arroz, trozos de jabón y una ristra de cebollas colgando del techo encalado. Golpea con el puño:

—Si me pusiera smoking y galera de felpa sufriría lo mismo. Si pudiera volar a trescientos mil kilómetros por hora... cifras... cifras... Entonces... ¿Y?...—; arruga la frente, se aprieta los dedos haciendo crujir los huesos de los dedos. Toca la oscuridad de la noche alta sobre la ciudad como un océano sobre un mundo sumergido. Podría venir una mujer y besarme... ¿sería más feliz si viniera una mujer y me besara hasta el tuétano? Oro. Pongamos por ejemplo que esta calle se llenara de oro. Tiene cien metros de largo. Veinticinco de ancho. Cinco de altura. Cinco por cien, quinientos, por veinte, diez mil... más cinco... bueno, lo que sea... Oro macizo, cúbico, pesado. Yo estaría sentado arriba en cuclillas, tomándome el dedo gordo del pie. Junto a mi cabeza humearía la boca de una ametralladora. Yo miraría tristemente al mundo. Vendrían hombres, mujeres, ancianos, corcovados en muletas, se acercarían dificultosamente a la vertical amarilla. Arriba humea el tubo de la ametralladora. Inventores, dactilógrafas, mirándome hambrientamente, dirían:

—Danos un pedacito.

Pero yo estaría sordo, tomándome el dedo gordo del pie, mientras humeaba el tubo de la ametralladora. Quizá mirara tristemente el confín del mundo en un atardecer naranja.

—Danos un pedacito, miserable, canalla.

—Hombre hermoso, danos un pedacito. Hijo de entrañas podridas. Canalla.

Pero yo estaría sordo, tomándome el dedo gorde del pie, mientras humeaba el tubo de la ametralladora a la izquierda de mi cabeza.

Todos se romperían las uñas rascando el durísimo bloque, como una ola gris avanzaría la gusanera humana: mujeres con martillos de picapedreros y hombres con navajas cortísimas. Algunos de tanto arañar la base del cubo de oro sólo tendrían muñones, otros al pie del bloque habrían abierto cavernas, y mostrando sus órganos genitales, como bestias andarían en cuatro patas, mientras le arrojan mordiscones a la superficie del oro.

Pero yo no sería más feliz. ¿Te das cuenta, Dios? Ni yo ni nadie. Hasta este hombre que vende arroz podrido y azúcar adulterado con polvo de mármol, lloraría de angustia. Hasta este traficante canalla que duerme mientras yo estoy aquí, a diez metros de su cabeza. Si yo me introdujera al dormitorio donde duerme este comerciante, vil como todos los comerciantes, y me inclinara sobre su cama y le abriera el pecho poniendo al desnudo el corazón de este almacenero, gritaría apenas, expulsando chorros de sangre.

Y si yo me inclinara sobre Elsa y le arrancara el corazón, o sobre el Capitán, también ese corazón aullaría despacio para que no lo escuchara su teniente coronel:

"Sufro". Si yo me inclinara sobre el pecho del juez que me va a condenar, ese corazón diría quizá sudando:

—A pesar de mi jurisprudencia, sufro.

¿Te das cuenta, Dios canalla? No hay boca torcida que no revuelva un ácido de maldición. ¡Uh... uh... uh...! qué grito no combinará la boca sucia del hombre. Decí. Y el otro grito más agudo, como de gato recién nacido ¡ih... ih... ih...! Y el otro que se lanza con el estómago. Y el otro que se asorda en el tímpano dejando la cara torcida de miedo durante un minuto. ¡Eh! ¿qué decís de esto? Y el otro grito de todo el cuerpo del gran dolor de toda la superficie, que es como una chapa arqueada sobre la médula espinal engrampada por los dos extremos humanos, un borde en las vértebras de la nuca y el otro en los talones.

¿Y el grito del vientre, del total ancho del vientre, cuando el corazón se agranda de dolor y hace trepidar la pleura? ¿Y el pobre grito lento de la garganta cuando la cabeza se dobla? ¡Ah... ah...! todos esos rechinamientos de la carne, de los músculos, de los huesos, de los nervios, estallan en el silencio de la noche. Basta inclinar la cabeza hasta el suelo. No querés hacerlo, pero cerrás los ojos y te inclinás despacio. Todos los nervios se te envaran, el cuerpo queda tieso, nada en el dolor. Juntas las manos; es inútil que te aprietes los huesos, aunque te rompas los dedos; es inútil, estás en el dolor... ¿Eh? ¿Qué decís? Vos inclinás la cabeza sobre el piso de la calle, junto a los zócalos de las casas, al lado de la boca cuadrada de los sótanos, meada por los perros, y de pronto cerrás los ojos. Comprenderás que la vida ha perfeccionado la angustia, como un fabricante perfecciona su motor a explosión.

Un vigilante se detiene frente a Erdosain y lo examina detenidamente. Se da cuenta de que el individuo es un visionario a la orilla de un callejón mental, y sigue, encogiéndose de hombros.

Remo entra a la casa de departamentos. Espera encontrarla a la Bizca en su habitación, pero la muchacha no está. Posiblemente se ha quedado dormida.

Ahora, encerrado en su cuarto, le parece distinguir una rata que surge de un rincón. Tras de esa rata, otra y otra. Erdosain soslaya las alimañas grises y sonríe soturno.

—Así correrá la gente si se le habla de los hombres chapados de luz que llevan la frente apretada por una rama de laurel. Y los ojos que al moverse dejan caer rayos como puñados de flores. Y los torsos que se doblan y arquean como ramas de sauce. Y las mujeres tendidas que reciben entre los labios entreabiertos los pétalos que caen. ¿Por qué nadie habla de estas cosas? Me pregunto tristemente, ¿estoy en el planeta que me corresponde o he venido a la Tierra por equivocación? Porque sería gracioso que uno se equivocara de planeta.

El soliloquio se aplana repentinamente. Erdosain mira a un costado y ve numerosas ratas grises que con el rabo a ras del suelo corren a esconderse bajo su piel. Y no abultan. No tocan su sensibilidad.

—¿O es la muerte, que viene despacio, apacigua el alma y la aplasta despacio sobre la tierra, para que se vaya acostumbrando a una definitiva horizontalidad?

Tiene la sensación de que un fantasma le aprieta los brazos, rodeándoselos de refajos de acero. Se sacude bruscamente, como si quisiera desamarrarse de la invisible ligadura, y murmura entre dientes:

—Soltame, demonio.

Y sonriendo murmura.

El rencor se acrecienta en sus músculos. Él quisiera ser enorme para aplastar al invisible enemigo que lo aplasta cada vez más contra el suelo. Frunce el ceño y piensa, como si tuviera que repeler un ataque inmediato:

—Nadie puede defendernos de la Vida ni de la Muerte. ¡Pobre cuerpo nuestro y manos nuestras que sólo pueden tocar de las cosas dos dimensiones! Porque si pudiéramos tocar las tres dimensiones, atravesaríamos las montañas y los filones de hierro y los cúbicos bloques de mampostería donde trepidan los "blues" de las jazzband amarillas, y las dínamos recalentadas de histeria... ¡Oh! ¡Oh!...

Y cada vez que lanza un ¡oh, oh! permanece estático. Camina por el cuarto con la sensación de que junto a la sien, en redor de su cabeza, tiemblan y ondulan flecos de papel. Un viento ascendente levanta los flecos de papel y psíquicamente se siente enloquecido. Corrientes eléctricas se le escapan por las puntas de los cabellos, erizándoselos.

Mira lejos. Su mirada pasa por encima de los tejados, las cuerdas con ropas, las chimeneas, los jardines y los planos horizontales apretados de macizos de orégano y lechuga. Mira, deja de mirar, y se dice con toda seriedad, como si considerara a un postulante que solicita empleo:

—Es necesario ser sincero. ¿Qué es lo que querés?

Involuntariamente mueve la cabeza como los boxeadores cuando están groguis. Alguien descarga trompadas que le rozan con zumbido de viento las orejas.

—Es necesario ser sincero. ¿Qué es lo que querés?

Esquiva dificultosamente, pierde sensación de la distancia y de la luz; todo se enneblina en redor.

—Y gozarás con ser espantosamente humillado (pido secreto, secreto, grita el alma de Erdosain), y con caminar encorvado hacia una cocina donde lavarás pensativamente los platos.

Erdosain siente que varios resortes de su sensibilidad escapan de los gatillos y le estremecen el tuétano de los dientes. (Pido secreto, secreto.)

Te agacharás cada vez más, de manera que la gente podrá caminar encima tuyo, y serás invisible para ellos, casi como una alfombra.

Si Erdosain tirara de la punta de su odio es casi seguro que el carretel se desenvolvería definitivamente; pero él no se atreve, y las puntas de su odio cuelgan allí dentro de la caja de su pecho mientras él no sabe qué hacer.

Se acuerda de los cornudos felices y lustrosos que ha conocido y reitera la pregunta:

—¿Me habré equivocado de planeta?

No quiere confesarse a sí mismo que siente una nostalgia terrible de llanuras con miniadas colinas, que siente la nostalgia de un país donde monte por medio se habla un idioma distinto y se viste un traje diferente. Él vestiría entonces una túnica de buriel, y con una escudilla en la mano limosnearía entre bueyes fajados con mantas y mujeres que manejen rastrillos.

Su amargura crece. Está solo, solo, en un siglo de máquinas de extraer raíces cúbicas y cinema parlante. La distancia se cubre de multitud de cogotes nervudos, gorras aplastadas como platos y jetas pomulosas. Y Erdosain piensa:

—A toda esta chusma se podría liquidarla con un fusil ametralladora y gases lacrimógenos. En uno no puede apoyarse. —Y de pronto acude a él un horror inmenso:

—La Tierra está llena de hombres. De ciudades de hombres. De casas para hombres. De cosas para hombres. Donde se vaya se encontrarán hombres y mujeres. Hombres que caminan seguidos por mujeres que también caminan. Es indiferente que el paisaje sea de piedra roja y bananeros verdes, o de hielo azul y confines blancos. O que el agua corra haciendo glu-glu por entre cantos de platas y guijas de mica. En todas partes se ha infiltrado el hombre y su ciudad. Piensa que hay murallas infinitas. Edificios que tienen ascensores rápidos y ascensores mixtos: tanta es la altura a recorrer. Piensa que hay trenes triplemente subterráneos, un subte, otro, otro y turbinas que aspiran vertiginosamente el aire cargado de ozono y polvo electrolítico. El hombre... ¡Oh!... ¡oh!...

—¿Y para qué todo eso? ¿Para qué los submarinos y los altos hornos y las máquinas? En cada metro cúbico hay un simio blanco meditando con ojo triste en la fragilidad de su tierna piel. La sífilis vive en la salada leche donde flotan los vibriones. Y de pronto el simio blanco se despereza, su ojo triste se inflama y a gatas, con los testículos colgando como los de un león, se arrastra hacia la hembra, que espera triste y enancada entre las columnas de acero de una máquina elevada. Pesadamente cae una gota de aceite en el piso, y un sol blancuzco filtra a través de los altos vidrios de las claraboyas su siniestra claridad de postrimería planetaria.

Erdosain olfatea su pequeña alegría. Algún día así será. Y luego ve al simio blanco que se retira nuevamente a su metro cúbico de mampostería y se queda sentado, con el codo de un brazo apoyado en la rodilla y el mentón en la palma de la mano, mientras que la arrugada piel se mueve sobre la frente inquiriendo el origen de la gotera de aceite. Estos pensamientos lo sobrecogen a Erdosain. Se toma sobrecogido la cabeza. Su dolor es más monótono que el estúpido oleaje del mar. Gris sobre gris, negro sobre negro. A momentos lo sorprende, se dice que este dolor no estaba en él hace algunos años, su sufrimiento se ha multiplicado en castigo, y su desesperación acrecentada renueva su movimiento desde que se despierta hasta que se duerme.

Materialmente, no hay descanso para él. Incluso le parece ver frente a sus ojos, para el lado que se vuelva, escrito este letrero:

Tenés que sufrir.

Mueve la cabeza en infantil negativa:

Tenés que sufrir.

Su mirada adquiere a momentos la vítrea transparencia de los afiebrados. Lo solivianta la locura de padecer. No terminará nunca su dolor. Aun durmiendo, sufre.

Son los suyos sueños turbios, desolados como los cuartos de altos techos algodonados de sombra. Él camina sin despertar un eco y cruza palabras olvidadizas con fantasmas que aún le piden cuentas de sus actos terrestres. Tiene la sensación de estar en puntas de pies sobre la última pulgada de un trampolín que lo lanzará al vacío.

Luego regresa a la conciencia de sí mismo, y el dolor abandonado permanece allí más abrasador, quemándole las sienes, apesantándole los párpados, aplomándole las manos.

Quiere rebelarse contra este hedor de sus entrañas que le infecta la mente, escaparse de su periferia humana. Sabe que le está negado hasta el regazo donde poder llorar desmesuradamente.

¿Hasta cuándo? No lo sabe. Cada día que nace y le despierta es brutal y fiero como el anterior: cada día que nace y lo despierta, se le figura la muralla de una prisión que es siempre la misma muralla para los ojos del preso, que la olvidaron mientras dormía. Se toca el rostro con piedad de sí mismo, se acaricia las manos, se toma la frente, se resguarda los ojos. Su piedad es insuficiente para agotar el sufrimiento de vivir, que ya para él es un castigo sin definición.

Fuego consumidor, se quema despacio en sí mismo.

A veces recuerda otros años que fueron y entonces se dice que fue infinitamente feliz. Ahora, Satán lo posee y lo tuesta lentamente. Cuando alguna palabra que le parece excesiva ha brotado de él se rectifica, como si lo estuviera engañando al destino, y entonces recae que es cierto que el dolor, como un carbón débilmente encendido, lo tuesta y lo seca, sin que este morir sea morir, siendo peor muerte que la otra que sobreviene definitivamente.

Se acuerda de la Ciega. ¿Sufrirán los ciegos? ¿Y los sordos? ¿Y los que no pueden hablar? ¿Qué se habrá hecho de la criatura pálida, que tenía ojos verdosos y rulos negros, en el vagón del ferrocarril?

Sus entrañas vuelcan palabras infantiles. Hay ya palabras que lo obligan a cerrar instintivamente los ojos. Por ejemplo:

Tierra. Hombres. Soledad. Amor.

Aguza el mirar y se dice:

—¿Es posible que se tema tanto a la muerte? ¿Que la muerte preocupe tanto a los hombres, si es su descanso?

Mas en cuanto ha pensado de esta manera, se dice:

—La realidad mecánica ensordece la noche de los hombres con tal balumba de mecanismos que el hombre se ha convertido en un simio triste. A veces los cuerpos, a tres pasos de las máquinas, refugiados en una bohardilla, se inclinan; las manos despojan los pies de las botas, luego caen los vestidos, después los cuerpos se acercan a los espejos, se miran un instante, luego levantan un lienzo, se cubren, cierran los ojos y duermen. A veces un miembro entra en un orificio, vuelca su esperma, los dos cuerpos se separan hartados, y cada uno por su lado duerme sudoroso. Y despacio crecerá el vientre... y esto es todo. Erdosain se siente cogido por un engranaje apocalíptico. La mitad del cielo, hasta el cenit, está ocupado perpendicularmente por una curva dentada que gira despacio y recoge entre sus dientes, anchos como las fachadas de los edificios, los cuerpos que inmediatamente desaparecen entre la conjunción.

—¡Cuántas cosas involuntarias sabe! Y la principal: que a lo largo de todos los caminos del mundo hay casitas, chatas o con techos en declive, o con tejados a dos aguas, con empalizadas, y que en estas casas el gusano humano nace, lanza pequeños grititos, es amamantado por un monstruo pálido y hediondo, crece, aprende un idioma que otros tantos millones de gusanos ignoran, y finalmente es oprimido por su prójimo o esclaviza a los otros.

Erdosain aguza el mirar en las tinieblas. La presión que lo sofoca se hace siniestra y jovial. Siente ganas de reírse. Aguza más el mirar. Tiene la sensación del movimiento del mar, de la frialdad de una cúpula de acero bajo sus pies...

La fuerza... El odio...

Tampoco la verdad está en los cañones...

Regresa a la profundidad cristiana. Pronuncia el nombre:

—Jesús...

Tampoco la verdad está allí.

Baja más. Le parece que tantea la abovedada de una fábrica subterránea. Es inmenso. Hombres con escafandras de buzo, con trajes de impermeables empapados de aceite, se mueven en neblinas de gases verdosos. Grandes compresores entuban gas venenoso en cilindros de acero laminado. Manómetros como platos blancos marcan presión de atmósferas. Los elevadores van y vienen. Cuando se ha disipado la nube verde, la usina amarillea. Cortinas de gas amarillo a través de las cuales los monstruos escafandrados se mueven como grises peces viscosos.

Tampoco la verdad está allí.

Rabiosamente se hunde más. Atraviesa capas geológicas. Enmurado, grita al final:

—No puedo más.

Cae sobre su cama y permanece inerte como un imbécil.

DÍA DOMINGO

EL ENIGMÁTICO VISITANTE

Pocas veces Erdosain retrocedía a los tiempos de su infancia. Ello quizás se debiera a que su niñez había transcurrido sin los juegos que le son propios, junto a un padre cruel y despótico que lo castigaba duramente por la falta más insignificante.

Remo había vivido casi una infancia aislada. Comenzó a estar triste (la criatura en esos tiempos no podía definir como tristeza aquel sentimiento que lo arrinconaba solitario en algún ángulo de la casa) a la edad de siete años. Debido a su carácter huraño no podía mantener relaciones con otros chicos de su edad. Rápidamente éstas degeneraban en riñas. Su exceso de sensibilidad no toleraba bromas. Cualquier palabra un poco disonante hacía sufrir indeciblemente a esta criatura taciturna. Erdosain se recordaba a sí mismo como un chiquillo hosco, enfurruñado, que piensa con terror en la hora de ir a la escuela. Allí todo le era odioso. En la escuela había chicos brutales con los que tenía que trompearse de vez en cuando. Por otra parte, los niños bien educados rehuían su trato silvestre y se espantaban de ciertas precoces ideas suyas, observándolo con cierto desprecio mal encubierto. Este desdén de los débiles le resultaba más doloroso que los golpes cambiados con otros chicos más fuertes que él. El niño insensiblemente se fue acostumbrando a la soledad, hasta que la soledad se le hizo querida. Allí no podía entrar a buscarlo el desprecio de los chicos educados, ni la odiosa querella de los fuertes.

En la soledad, recuerda Erdosain que el chico Remo se movía con agilidad feliz. Todo le pertenecía: gloria, honores, triunfos. Por otra parte, su soledad era sagrada, no se daba conscientemente cuenta de ello, pero ya observaba que en la soledad ni su mismo padre podía privarlo de los placeres de la imaginación.

Sin embargo, esa mañana de domingo, mientras las campanas de la iglesia de la Piedad llamaban a los feligreses, Erdosain, vestido, se quedó recostado en su lecho, fijando su trabajo mental en un recuerdo de su infancia. Sin explicación aparente este recuerdo ennitidece en su memoria a medida que pasan los minutos.

Una criatura con pantaloncito corto, en mangas de camiseta, la cabeza empinada y rubia, abre con precaución la puerta del gallinero.

El chico durante un instante observa encuriosado a las gallinas que picotean restos de comida de la noche desparramados en la tierra. De pronto el niño sonríe. Toma una lata vacía y la llena de agua. Luego se dirige a un rincón del gallinero, escarba la tierra con un palo en punta y amasa barro para "fabricar la fortaleza". Los brazos de la criatura se manchan de fango hasta los codos.

El niño trabajó dichoso, sonriente. Ha olvidado que por la tarde tiene que ir a clase, ha olvidado el horror que le causan esos muros desnudos del aula, envilecidos, con esqueletos de hule amarillo; se olvida del temor al "insuficiente" de fin de mes en la libreta de clasificaciones, y trabaja con barro, levantando murallitas.

Es la fortaleza (generalmente la fabrica de esta forma) un polígono de cincuenta centímetros de diámetro y veinte centímetros de altura. La muralla dentada con troneras y saeteras encierra en su interior miradores, torres, puentes de astillas, calabozos, y, casi siempre, un subterráneo, que el niño excava pacientemente con el brazo bajo la muralla de fango. Así los sitiados podrían huir de los sitiadores.

Defienden las esquinas de la fortaleza torres triangulares, de manera que presenten con el vértice "poco blanco a los proyectiles de las bombardas": El pequeño Erdosain ha observado que las piedras resbalan en el ángulo de los muros y causan menos efecto "destructor" que en las superficies planas.

Las gallinas, que conocen al niño, dejan de picotear el

suelo para mirarlo atentamente. A veces el gallo aplasta el lomo de un ave. Erdosain no le concede mayor importancia a este acto, aunque esta falta de curiosidad no le impide preguntarse de vez en cuando, con cierta indecisión abstraída: "¿Por qué el gallo hará eso?"

Erdosain a los siete años es absolutamente puro. Aborrece instintivamente a los chicos que dicen obscenidades. Quisiera no avergonzarse de escucharlas, pero la sangre sube a sus mejillas cuando se pronuncia una mala palabra.

Ahora, lo que absorbe su atención es la fortaleza, secándose al sol. La contempla con orgullo de arquitecto. Luego cavila un instante. ¿A qué héroe puede convertírselo en habitante de la fortaleza? ¿A un pirata o a un general? Si es general, tiene que vivir en la costa de África. Pero el general no puede ser buena persona, porque si no, él no lo sitiaría en la fortaleza, que va a destruir a cañonazos.

Y es que una vez construida la fortaleza, Erdosain se divierte en destruirla[1].

Desde una distancia de veinte metros "bombardea a cascotazos el castillo sitiado". Después de una descarga de diez o quince piedras el pequeño Remo, con la cabeza engallada, se acerca al fuerte. Con ojos brillantes de entusiasmo estudia el efecto de los ladrillazos sobre las torres de fango. Calcula concienzudamente la resistencia que los muros ofrecen a otra descarga, la dirección de las grietas, acompañado de qué accidentes se ha hundido un puente, cómo se ha desmoronado el mirador.

El juego encierra prodigios de felicidad solitaria para el pequeño Remo.

Como siempre construía la fortaleza en el ángulo formado por dos tapias de ladrillo, las piedras que no tocaban el "castillo" rebotaban en la pared, arrancando nubes rojas de polvo que cubrían la fortaleza de un polvillo achocolatado. El niño, al ver flotar el polvo rojo en el aire, se imaginaba que la nubecilla estaba formada por el humo de la pólvora de una "bombarda" invisible, y arreciaba de

1 *Nota del comentador:* En este acto del Erdosain niño ¿podemos encontrar un símil con la conducta que observa destruyendo casi sistemáticamente aquello que más ama, cuando ya es mayor?

tal manera el "cañoneo", que las gallinas, espantadas, ahuecaban las alas, dando grandes saltos a ras del suelo.

Lentamente, la fortaleza se desmoronaba bajo los proyectiles. Caían las torres descubriendo cimientos circulares, los puentes de madera se incrustaban en los calabozos, los minaretes, a veces, por un prodigio de resistencia, quedaban erectos en la desolación achatada de las troneras y baluartes, espolvoreados de polvo rojo. Cuando la destrucción había sido total, hasta desfondar el techo del subterráneo que le servía para "escaparse al enemigo", el niño Erdosain, sudoroso, sonriente, el rostro salpicado de motas de barro, los brazos achocolatados hasta el codo, se sentaba a la orilla de la fortaleza. Sus ojos se clavaban en el cielo de la mañana y seguía con la mirada las nubes que resbalaban en la tersura celeste de la bóveda. Las gallinas, sosegadas nuevamente, se acercaban a él. La más atrevida, espiando con un ojo al chiquillo y con el otro los escombros, estiraba el cuello y picoteaba las ruinas de la fortaleza. Remo, impasible como un Dios, con la plena conciencia de su superioridad sobre las gallinas, las dejaba hacer, contemplando el espacio. Y es que el pequeño Erdosain había descubierto que el cielo, junto al borde de las nubes, se festoneaba de una franja ligeramente verdosa. Le era sumamente fácil imaginarse que este color verde provenía de cañaverales silvestres a la orilla de un río donde él corría aventuras, sin obligaciones escolares. ¡Ah! si se pudiera vivir en las nubes —pensaba el pequeño Remo— no tendría necesidad de ir a la escuela, de entrar a la horrible aula, pintada de marrón y de blanco cal, de escuchar a un maestro grosero e irritable que señalaba las rótulas del "cadáver" con un puntero oscuro de tan manoseado.

De pronto una voz áspera resonaba en sus oídos:

—¿Hiciste los deberes, imbécil?

Una angustia desgarradora sobrecogía y hacía temblar el alma del niño. El que así le hablaba era su padre.

Súbitamente empequeñecido, humillado hasta lo indecible, iba a lavarse las manos. Sentíase caído, solo, desconsolado, como si le hubieran roto la columna vertebral de un puntapié. Si lo insultaba su padre, ¿cómo no tendrían derecho a insultarlo los otros? Entonces bajaba la cabeza pasando frente al padre, cuya mirada torva sentía que se le clavaba en la nuca, renovando el ultraje del insulto.

Otras veces el padre le arrancaba de sus juegos para hacerle lavar el piso de la cocina. El pequeño Remo, débil frente al hombre inmenso, lo desafiaba con los ojos temblorosos de indignación, y el padre, glacial, le escrutaba con tanta firmeza las pupilas, que el niño, encorvado, iba a la pileta a buscar el "trapo de piso", un fuentón que llenaba de agua y un cepillo de rígidas cerdas limadas.

Mientras fregaba el piso de mosaico de la cocina pensaba en las carcajadas que lanzarían sus compañeros de clase si supieran que él, igual a ellos en la apariencia del traje, lavaba el piso de la cocina de su casa [1].

El chiquillo no podía menos de comparar su vida con la de otros compañeros. Esos niños tenían padres que los venían a buscar a la salida de la escuela, que los besaban. A él su padre no lo besaba nunca. ¿Por qué? En cambio lo humillaba continuamente. Para insultarlo removía la boca, como si masticara veneno, y escupía la injuria atroz:

—Perro, ¿por qué no hiciste esto? Perro, ¿por qué no hiciste aquello? Siempre el calificativo de perro antepuesto a la pregunta. Lustrosos los ojos de emoción, el pequeño Erdosain se inclinaba sobre el fuentón, sumergía los brazos hasta el codo en el agua y retorcía con sus manos enrojecidas el rústico trapo, que le dejaba en la piel estrías bermejas.

Lágrimas candentes corrían por sus mejillas sonrosadas, pero el rodar de estas lágrimas infiltraba un dulcísimo consuelo en su pequeño corazón. "Aprendí así a encontrar felicidad en las lágrimas", me diría más tarde.

Lentas campanadas llegan ahora de la iglesia de la Piedad hasta el cuarto de Erdosain, que permanece recostado en su cama. Los ojos se le han humedecido evocando su niñez destrozada. Murmura:

1 *Nota del comentador:* En estos sucesos podríamos encontrar las raíces subconscientes de ese deseo de Erdosain hombre de contraer matrimonio con una mujer que le impusiera tareas humillantísimas para su dignidad. La sensación de dolor, única "alegría" que recibió el niño, buscaría más tarde en el hombre el equivalente doloroso, por nostalgia de un tiempo de pureza como lo fue el de la infancia de la criatura.

—¡Qué vida horrible! —Su frente se arruga en estrías poderosas. Continúa soliloquiando: —No he tenido infancia, no he tenido compañeros, ni he tenido padre, esposa, ni amigos. ¿No es espantoso esto?

El corazón le late con una delicadeza de órgano que por sí mismo tiene miedo de romperse. Deja de evocar desastres, quedando sumergido, no pudo precisar por cuánto tiempo, en una especie de somnolencia más densa que una siesta.

De pronto recobra conciencia de la realidad. Alguien que ha entrado subrepticiamente a su cuarto le toca con suavidad en el hombro. Sin embargo, Erdosain no se resuelve todavía a despertarse. Trata de localizar con los ojos cerrados de dónde proviene el inesperado hedor de aceite de ricino que ahora llena su cuarto.

La persona que lo llama insiste en su propósito de querer despertarlo mediante suaves toques en la espalda. Erdosain entreabre lentísimamente los párpados. De esta manera puede espiar sin demostrar que se encuentra despierto.

Permanece inmóvil, aunque no puede menos que sorprenderse. Su visitante se ha detenido a la orilla de la cama, y desde allí lo contempla, tiesos los brazos cruzados sobre el triple correaje que cruza su capote. Lo extraordinario del caso es que el desconocido viste el traje de las trincheras. Se cubre con un casco de acero y lleva el rostro protegido por una máscara contra gases. Erdosain no puede establecer a qué modelo de guerra corresponde la máscara. Esta consiste en un embudo negro con dos discos de vidrio frente a los ojos. El vértice del embudo termina en un pequeño cilindro horizontal, de aluminio, con tornillos laterales. De allí parten dos tubos de goma, anillados, que penetran en una cartera suspendida sobre el pecho por un triple correaje que pasando por las espaldas se empestilla en las axilas. La careta da al desconocido la singular apariencia de un hombre con cabeza de oso. Ahora Erdosain levanta la cabeza y, apoyado el cuerpo sobre los dos codos, examina el capote en que se calafatea su visitante, impermeabilizado a los gases por un baño de aceite. El capotón es tan inmenso que su ruedo roza los talones de unos botines increíblemente deformados y cubiertos de fango endurecido.

Remo menea la cabeza, no del todo convencido, y murmura:

—¿Por qué no se quita la careta? Aquí no hay gases.

El desconocido se desprende del casco, descubriendo el cráneo tomado por las tres correas de la máscara; desabrocha las hebillas y delicadamente aparta el aparato adherido por unas pinzas a su nariz. Absorbe aire profundamente.

Erdosain examina el fino rostro del soldado, que con sus ojos amarillos y los finos labios apretados refleja un "espíritu con avidez de crueldad" (uso estrictamente los términos de Erdosain). Sin embargo, el desconocido debe estar gravemente enfermo, pues sus labios y los lóbulos de las orejas aparecen ligeramente teñidos de un halo violáceo.

—Puede también sacarse los guantes —insiste Erdosain—. Aquí no hay gases.

El hombre extrae penosamente sus manos demacradas, de color mostaza, de los guantes impregnados de aceite, como el resto de su ropa.

Mas, en verdad, la única preocupación del desconocido parece ser su aparato de antigás. Busca con los ojos un lugar donde colocarlo, y por fin parece encontrarlo. Dobla los tubos de caucho con suma precaución, ajusta los tornillos del oxígeno solidificado, y conduciendo la máquina con la misma delicadeza que si fuera de cristal la acomoda sobre la mesa. Erdosain, al mirar por las espaldas del desconocido, que está inclinado sobre la mesa, se da cuenta de que lleva colgada de la cintura una gruesa pistola Mannlicher.

A Erdosain no se le ocurre indicarle al enigmático visitante que su uniforme es extemporáneo, pues han pasado los tiempos de guerra. Por el contrario, le parece natural que el hombre se uniforme del mismo modo que los poilús de las trincheras.

El desconocido, con el casco de acero nuevamente endosado en la cabeza, vuelve hacia Erdosain con paso perezoso y elástico de tigre. Erdosain comprende que tiene que hacer algo en obsequio de su desconocido, pero ni por mientes se le ocurre dejar la cama. Con las manos bajo la nuca lo observa de reojo, y al final no encuentra un agasajo más amable que decirle estas palabras, con voz suave:

—Usted parece que está bastante enfermo, ¿eh?

El otro, inclinada la cabeza, frota el suelo con el taco del botín, como los boxeadores que en un ángulo del ring pulverizan la resina con la suela mientras esperan que suene el gong. La visera de su casco de acero le proyecta un semicírculo de sombra hasta los labios.

—Sí, estoy mal. No sé si podré pasar de la noche. Me han gaseado.

—Precisamente, yo estoy estudiando gases.

—¿Quiere empezar el combate?

—Tenemos que terminar. ¿No le parece a usted que ha llegado la hora? ¿Ha visto el mundo en qué estado se encuentra? Jamás ha pasado la humanidad por una crisis de odio como ahora. Podría decirse que estos últimos años del planeta son como la agonía de un libidinoso, que se aferra a todos los placeres que pasan al alcance de sus manos.

—¿Qué gas estudia usted para terminar con esto?

—El fosgeno.

El enigmático visitante sonríe prudentemente con leve encogimiento de labios mientras sus ojos amarillos lanzan destellos de pupila de tigre:

—Sería preferible la "lewisita". El fosgeno no es malo, pero es inestable.

—Vea que en el índice de Haber da 450 de toxicidad...

—No importa. Nosotros usamos al principio el fosgeno. Después lo dejamos por el sulfuro de etilo biclorado. A pocos días de transcurrido el combate las carnes de los gaseados se rajaban como las de los leprosos. También empleábamos el clorosulfonato de etilo, más cáustico que el fuego. Los hombres tocados por el gas parecían haber bebido ácido nítrico. La lengua se les ponía gruesa como la de un elefante, las entrañas se les consumían como si estuvieran disecándose en bicloruro de mercurio. Para variar el juego, los otros introdujeron la cloroacetona. Me acuerdo de un hombre nuestro a quien se le rompieron los cristales de la careta. A las veinticuatro horas tenía los ojos más rojos que hígados. Era, en verdad, un espectáculo triste y extraño el semblante amarillo de aquel hombre con dos hígados rojos fuera de las órbitas, que manaban interminables torrentes de lágrimas. Inútil era ponerle compresas de yema de huevo sobre los ojos. Sus desaparecidas pupilas lloraban ríos de lágrimas. Cuando llegó al lazareto de la retaguardia estaba absolutamente ciego.

Erdosain sonríe imperceptiblemente.

—Lo notable del caso es que todos esos gases infernales los han descubierto honrados padres de familia.

El gaseado, tiritando de frío bajo su impermeable empapado de aceite, repone:

—Ciertamente, casi todos los químicos contraen matrimonio muy jóvenes, como si la química influyera en la tendencia a constituir familia.

Erdosain experimenta increíbles deseos de burlarse de aquel hombre:

—¡Qué verdad notable dice usted! Constituyen familia... Se casan con señoritas serias que por lo general dan a luz tres hijos.

El gaseado repone grave:

—Yo conocí a un químico que le puso estos nombres a sus hijos: Helio, Tungsteno y Rutenio.

Erdosain arguye, pensativo:

—¿Se le ocurrirá a esos químicos que con los gases que ellos han inventado pueden quemárseles en el futuro los pulmones a sus hijos, agrietarles las carnes, vaciarles las órbitas?

Repentinamente, el enigmático visitante pregunta, serio:

—¿Y usted tiene el coraje de entregarle al Astrólogo los planos de una fábrica de fosgeno?

Erdosain podía contestarle: "qué le importa a usted"; pero retiene la grosería, escapándose por la tangente:

—En todas las químicas se encuentran datos respecto a los gases.

—Sí... es cierto...

—En Alemania hay almacenes de caretas contra gases como aquí bares automáticos.

—¿Y ustedes llevarían el ataque?...

—El plan consiste en atacar bases aéreas y arsenales. Apoderarse de los arsenales...

—Caerían inocentes...

—¿Y ustedes en las trincheras eran culpables de algún crimen?

—Sí...

—¡Eh!... ¡eh!... ¿Qué dice usted?

—Claro. Todos los que estuvimos en las trincheras somos culpables de crimen. ¿Por qué tiramos? ¿Por qué no dejamos que tiraran ellos, los generales? ¿O usted cree que la responsabilidad se puede trasponer a otro, como un cheque? No. El soldado que mató en las trincheras es tan criminal como el hombre que mata a su prójimo en la calle y a sangre fría. Ahora, si los generales hubieran estado en mayor cantidad que los soldados, nada habría que objetar.

Erdosain reflexiona unos instantes y dice:

—¿Sabe usted que debe ser divertido ese juego atroz?

El gaseado se restrega nerviosamente las manos azuladas:

—No; no era divertido. Uno no podía menos que asombrarse a veces... Me acuerdo que una noche estalló a mi lado una granada de fósforo. La explosión me arrojó a unos metros; cuando volví la cabeza descubrí un espectáculo extraño. Un trozo de fósforo blanco se había incrustado en el vientre de un soldado y ardía lanzando llamaradas blancas, mientras que el otro daba gigantescos saltos en el aire, intentando arrancarse los intestinos que se abrasaban lentamente en ese agujero luminoso que tenía bajo el estómago.

—Deben haber visto muchas cosas "allá" —arguye pensativo Erdosain.

El gaseado aprieta cada vez más frecuentemente las solapas del capote aceitado, sobre su pecho. Dice:

—El instinto de la guerra está hasta en los niños.

Erdosain se da una palmada en la frente. Recuerda las fortalezas de barro que derribaba con cañonazos de pedradas. Caviloso, comenta:

—Usted tiene razón. Pero al niño le atrae la poesía de la guerra.

El gaseado se ajusta el cinturón que sostiene la pistola Mannlicher. Tose un poco ahora. Evidentemente, el hombre no se siente bien. Los labios se le tiñen de violeta.

Sus pómulos parecen vaciados en cera. Mira con ansiedad su aparato de contragás.

"No sería correcto preguntarle", se dice Erdosain; pero el deseo de averiguar late en él. Por fin se revuelve y dice:

—¿A usted con qué lo gasearon?

—Con Cruz Azul.

Erdosain murmura para sí:

"¡Cruz Verde!... ¡Cruz Amarilla!... ¡Cruz Azul!... ¡Oh, la poesía de los nombres infernales! Jesús está tras de cada cruz: la Cruz Verde, la Cruz Amarilla, La Cruz Azul... Compuestos cianurados, arsenicales... los químicos son hombres serios que contraen enlace muy jóvenes y tienen hijos a quienes les enseñan a adorar a la patria homicida."

El gaseado tiembla en la orilla de su sillón, como si estuviera en una habitación frigidísima. Las campanas de la Piedad llaman a los feligreses a misa. Erdosain examina entristecido a su visitante, que se apoya contra el respaldar del asiento apretando fuertemente las solapas de su capote, empapado de aceite, contra su pecho. El rostro de éste está completamente azulado.

Su compasión se entremezcla a una curiosidad intensa. Como quien no quiere preguntar nada insinúa:

—¿Así que fue con Cruz Azul?

El otro, con el taco de su grosero botín frota el suelo, como los boxeadores en un ángulo del ring la resina de la lona. Se restriega las manos. Y con escalofrío de alucinado, habla despacio:

—Fue en tiro de contrabatería. Hacía dos noches las bombas de fósforo blanco rayaban de cascadas magníficas la noche de Satán. La tierra estaba impregnada de gas. El agua impregnada de gas. Las ropas impregnadas de gas. Los metales no resistían más. Hasta los fusiles se oxidaban. Los lubricantes perdían sedosidad. Trabajábamos en ataque de contrabatería. 70 por ciento de Cruz Azul; 10 por ciento de Cruz Verde. Los filtros de las caretas se habían agotado. Comenzamos a caer en el barro de los reductos mientras arriba se abrían como prodigiosos miraflores cascadas de fósforo, y los hombres, tirados en las crestas de barro; con las piernas trenzadas y los capotes endurecidos, no parecían muertos, sino dormidos. ¡Oh, la poesía de los gases de guerra!

Erdosain se extraña de oírle repetir al otro su oculto pensamiento.

De pronto, el gaseado se pone de pie. Aparece tan prodigiosamente alto que Erdosain se estremece como si contemplara a un dios. El correaje cruza el pecho del desconocido como una amenaza. Camina, lanzando una mirada cruel, que tiene los amarillos reflejos de la pupila del tigre, bajo la visera de su casco...

Soliloquia como si hubiera enloquecido:

"¡Cruz Amarilla!... ¡Cruz Azul!... Iperita... Gas Mustard... Instrucciones de batería en contraataques... 60 por ciento de Cruz Azul... 10 por ciento de Cruz Verde... Al amanecer, el sol rojo se ponía sobre las alambradas de postes torcidos. El viento levantaba nubes de polvo venenoso que sesgaban durante kilómetros y kilómetros la torcida ruta de las trincheras. Los terrones de tierra se cubrían de óxidos amarillos. El sol rojo subía despacio, traspasaba las polvaredas, y los postes torcidos de las alambradas mandaban al fondo de las excavaciones taciturnas sombras escalonadas". Se vuelve a Erdosain e insiste:

—¿Usted le va a entregar al Astrólogo el plano de la fábrica?

Erdosain se defiende:

—Esos datos se encuentran en todas las químicas de guerra.

El gaseado tose convulsivamente. Debe sufrir de cierta ansiedad, porque se aprieta las costillas bajas con los codos al mismo tiempo que, encogiendo el cuerpo, apoya las mandíbulas en los puños. El semblante, que se había descolorido, se tiñe nuevamente de azul hasta los lóbulos de las orejas. Mira ansiosamente su aparato de contragás con los anillados tubos de caucho y la cabeza de oso. Se pone lentamente los guantes. Ajusta su cinturón. Una calma sobrehumana aparece en él. Erdosain lo mira con ojos desencajados de admiración. Quisiera arrodillarse frente a ese hombre maravilloso.

El gaseado mantiene los labios austeramente apretados y permanece tieso, mirando bajo la visera de su casco con los ojos abombados de claridad sobrehumana un siniestro panorama de trincheras. Habla despacio, mientras Erdosain llora en silencio su desconsuelo infinito:

—¡Compañeros míos! ¿Dónde están mis compañeros?

—Despedazados, han quedado por todos los caminos, quemados en los fosos, rotos en las alambradas, gaseados en el fondo de los embudos. ¡Compañeros míos!... ¡Dioses más grandes que mi dolor!...

Erdosain llora silenciosamente, la cabeza apoyada en el brazo. Lágrimas ardientes bajan por sus mejillas.

El gaseado se inclina sobre Erdosain:

—Llorá, chiquito mío. Tenés que llorar mucho todavía. Hasta que se te rompa el corazón y amés a los hombres como a tu propio dolor.

—Nunca —contábame más tarde Erdosain— experimenté un consuelo más extraordinario que en aquel momento. Le tomé las manos al gaseado y se las besé, cayendo de rodillas frente a él. Él no me miraba, tenía los ojos clavados en su distancia terrible. Apoyó una mano en mi cabeza y dijo:

—Cuando eras chiquito jugabas al inocente juego feroz de bombardear fortalezas. Te has hecho hombre y querés cambiar el juego de las fortalezas que bombardeabas en la soledad por el juego de las fábricas de gas. ¿Hasta cuándo seguirás jugando, criatura?

—Yo le besaba las manos. Una angustia atroz me retorcía el alma. Me separé de él y le besé los rotos botines. Él, inmóvil, con el correaje cruzado sobre su pecho, los ojos abombados de una claridad sobrehumana, miraba a lo lejos. Yo le dije:

—Padre, padre mío: estoy solo. He estado siempre solo. Sufriendo. ¿Qué tengo que hacer? Me han roto desde chico, padre. Desde que empecé a vivir. Siempre me han roto. A golpes, a humillaciones, a insultos. He sufrido, padre.

Las palabras se le escapaban a Erdosain entre sollozos ahogados. Estaba ahogado por el llanto.

—No puedo más, ahora. Estoy por dentro magullado, roto, padre. Me han destrozado como a una res. Igual que en el matadero.

Las lágrimas caían del rostro de Erdosain sobre el piso como las gotas de una lluvia.

Súbitamente entró en Erdosain una paz sobrehumana. Cuando levantó la cabeza, el gaseado no estaba ya allí.

Nunca pudo saber quién era el enigmático visitante.

EL PECADO QUE NO SE PUEDE NOMBRAR

La sirvienta color de chocolate, cojeando, entró al cuarto de Erdosain. Erdosain examinó el rostro de la mulata, impregnado de resignada dulzura, preguntándose en el ínterin:

—¿Qué pasará por el alma de esta pobre bestezuela?

—Lo busca una señorita —anunció la coja—. Una señorita rubia y alta.

—Decile que pase. —Y Remo saltó de la cama.

Luciana Espila entra a la habitación y se detiene frente a Erdosain. Él le alarga la mano, pero ella no corresponde a su saludo. Remo se queda con el brazo extendido en el aire, y Luciana, examinándolo, con serena compasión, le dice:

—¿Por qué me humillaste así la otra noche? ¿Querés decirme qué mal te hice?... Quererte, porque eras bueno con nosotros...

Erdosain de pie, enfurruñado, no pronuncia una palabra. Mira insistentemente el suelo, con las manos en los bolsillos.

—¿Por qué no hablás? ¿Qué tenés, Remo? Decime. Hace tiempo te noto raro. Parece que estuvieras enfermo de algo. Sin embargo, no decís nada. Estás más gordo que antes, y, sin embargo, mirás a la gente y parece que te burlaras de ella. Te he observado, aunque te parezca que no. Vos tenés un secreto triste.

Remo entrechoca una risita seca. Su orgullo se debate contra la dulzura que en él suscitan las palabras de la muchacha. Luciana entrecierra lentamente los párpados, se sienta a la orilla del sofá y dice:

—No te digo que me quieras. No. El querer y el no querer no se mandan. ¡Pobres nuestros corazones, si es así!

Erdosain la mira sorprendido.

—Repetí otra vez esas palabras.

—¿Qué palabras?

—Esas últimas que dijiste.

—Si es así: el querer y el no querer no se mandan... ¡Mira si serán de pobres nuestros corazones!

—Es cierto...

—Decime, ¿por qué has cambiado tanto con nosotros?

—Quiero estar solo.

—¿Por qué querés estar solo?

—Porque se me da la gana... Quiero estar solo...

—Sos testarudo como un chico. ¿Por qué querés estar solo, decime?...

—Uff con esta mujer... Quiero estar solo... Decime, ¿no tengo derecho a estar solo?

—¿Para qué? ¿Para atormentarte como lo hacés?

—¿Se te importa a vos?...

—Me preocupa, porque estás triste.

—No tengo ilusiones. Eso no es lo peor. Tampoco podré tener nunca ilusiones.

—Hablá, que te escucho.

Insensiblemente, Luciana se ha arrodillado junto al sofá, apoyando los codos en las rodillas de Erdosain. Remo la observa y se acuerda, como un trozo de panorama visitado, del aserradero a la orilla del agua [1]. Él llevaría la contabilidad y sonreiría mirando monstruosas ratas de agua asomando el puntiagudo hocico entre los montones de virutas de la orilla.

—¿Querés que hable? Pues tengo poco que decirte. No tengo ilusiones. No podré tener más ilusiones. A los otros hombres los mueve alguna ilusión. Unos creen que tener dinero los hará felices, y trabajan como bestias para acumular oro. Y así los sorprende la Muerte. Otros creen que con el Poder serán dichosos. Y cuando les llega el poder, la sensibilidad para gustarlo se les hizo pedazos entre to-

1 El comentador de esta historia le llamó la atención a Erdosain sobre la analogía que tenía su sueño de "trabajar en un aserradero a la orilla del agua" con el deseo de Emilio Espila, que también deseaba encontrarse en análoga situación, y entonces Erdosain le contestó que era muy posible que en alguna circunstancia, Emilio le hubiera narrado ese sueño, que él, involuntariamente, asimiló.

das las bellaquerías que ejecutaron para conseguir el poder.

Los menos creen en la Gloria, y como esclavos trabajan su inútil obra de arte, que el cataclismo final sepultará en la nada. Y ellos, como los otros que se atormentan por el Oro o por el Poder, aprietan los dientes y mascullan blasfemias. Pero qué importa. Trabajando para conseguir el dinero o el poder o la gloria no se aperciben que se va acercando la muerte. Pero yo, ¿en qué querés que ponga mis ilusiones? Decime. Le he escupido en la cara a una muchacha. Esa muchacha algún tiempo después volvió a mí. Le pregunté entonces: ¿estás dispuesta a tirarte a la calle para mantenerme? Y me contestó que sí. La eché porque me daba lástima. He corrompido a una criatura de ocho años. Me he dejado abofetear. He robado. Nada me distrajo. He permanecido siempre triste...

Luciana se incorpora sentándose junto a Erdosain. Le acaricia la frente despacio.

—¿Por qué hiciste todo eso? ¿No sabés que en el mal no se encuentra la felicidad?

—¿Y qué sabés vos si yo busco la felicidad? No; yo no busco la felicidad. Busco más dolor. Más sufrimiento...

—¿Para qué?

—No sé... A momentos me imagino que el alma no puede resistir el máximo dolor que aún no conozco, y entonces revienta como una caldera. Mirá... Me he puesto de novio en esta casa con una chica. Tiene catorce años. La compré... No es otro el término. Por quinientos pesos. Me he metido en un lío repugnante. La madre va a tratar de dominarme. A mí me divierte luchar contra ese monstruo hembra... Me distraigo. Pienso en el día en que entraré a la cocina y le diré: "Doña Ignacia, su hija está embarazada". Entonces la terrible vieja me dirá: "Usted tiene que casarse". Y yo me casaré... ¿Te das cuenta? No me negaré a casarme.

Luciana se incorpora violentamente:

—¿Estás loco?

Erdosain encendió lentamente un cigarrillo:

—Más o menos, tenés razón. No estoy loco, pero estoy angustiado, que es lo mismo.

Y de pronto se echó a reír con fuertes carcajadas.

—¿Te das cuenta, Luciana? Veo el paisaje. La vieja, de pie en la cocina, vigila con cara de deidad ofendida una milanesa que se recalienta, mientras que *in mente* tramita el aborto de la menor. En cambio, la chica, estupefacta, hace extrañas consideraciones sobre aquello que lleva embaulado en el vientre.

Y Erdosain se toma el estómago con las manos al tiempo que lanza carcajadas detonantes.

Luciana no puede menos que mirarlo sorprendida.

—Remo, no te rías... Andate pronto de aquí.

Encorvando las espaldas, se detiene frente a Luciana.

—¿Irme adónde? ¿Querés decirme?

—A cualquier parte... A Norteamérica...

—Y vos, pedazo de ingenua, te creés que en Norteamérica no hay doñas Ignacias que tramitan un aborto mientras recalientan unas milanesas. Sos cándida, querida. Adonde vayas encontrarás la peste hombre y la peste mujer.

Ahora se pasea con las manos en los bolsillos.

—¡Irse! ¡Con qué facilidad lo decís vos! ¿Irse adónde? Cuando era más chico pensaba en las tierras extrañas donde los hombres son color de tierra y llevan collares de dientes de caimán. Esas tierras ya no existen. Todas las costas del mundo están ocupadas por hombres feroces que con auxilio de cañones y ametralladoras instalan factorías y queman vivos a pobres indígenas que se resisten a sus latrocinios. ¡Irse! ¿Sabés lo que hay hacer para irse?... Matarse.[1]

Un suspiro escapa del pecho de Luciana.

1 *Nota del comentador:* Erdosain tenía razón al afirmar semejantes monstruosidades. A la hora de cerrarse la edición de este libro los diarios franceses traían estas noticias de China: Si-Wei-Sen, escritor comunista, secretario del "Shangai Times", fue detenido por los ingleses el 17 de enero de 1931, y entregado al gobierno de Nankin, quien lo quemó vivo en compañía de cinco camaradas. Era autor de una Vida de Dostoievsky. Fen-Keng, escritor detenido por los ingleses en la concesión internacional, entregado por éstos al Kuomintang, fusilado en la noche del 17 de febrero. Autor de una novela titulada "Resurrección". Se había convertido al comunismo desde que el 30 de mayo asistió a una masacre de estudiantes efectuada por soldados ingleses. You-Shih. Escritor. Detenido por los ingleses, entregado al Kuomintang y ejecutado en la noche del 17 de febrero.

—Suspirás porque te digo la verdad. Mirá, otro hombre te hubiera poseído. No me digás que no. Estás en un momento ardiente de tu vida. Es así. Yo he traspasado esa línea. Deliberadamente, entendeme bien, deliberadamente voy hacia el perfeccionamiento del mal, es decir, de mi desgracia. El que le hace daño a los demás, en realidad fabrica monstruos que tarde o temprano lo devorarán a él. Yo vivo acosado por los remordimientos. Escuchame... Dejame hablar. Tengo miedo a la noche. La noche, para mí, es un castigo de Dios. He cometido pecados atroces. Habrá que pagarlos. Creo que todavía alcanzaré a cometer dos o tres crímenes más. El último, posiblemente sea espantoso. Ya ves, te hablo tranquilamente, ¿no? Con sentido común ¿no es así?

—Oyéndolo hablar sentía una lástima infinita por él —diría más tarde Luciana—. Tuve la impresión de que estaba frente al hombre más desgraciado de la tierra.

—Bueno. Nadie puede desviarme del camino de perdición que me he trazado. El fin, mi fin, creo que está próximo. No te asustes. Todavía no me voy a matar... Tengo los ojos secos de lágrimas. Me he divertido, no es otro el término, en hacer sufrir hasta la agonía a pobres seres que, en verdad, el único pecado que habían cometido era ser inferiores a mí.

Luciana lo contemplaba hipnotizada a Erdosain. Este continuó:

—No sé a quién le oí decir que en las Sagradas Escrituras se habla de un pecado que no se puede nombrar. El término teológico es éste: "el pecado que no se puede nombrar". Yo ya lo he cometido. Los teólogos todavía no se han puesto de acuerdo en lo que consiste el "pecado que no se puede nombrar". Sólo el alma es capaz, con su extraordinaria sensibilidad, de clasificarlo... Pero no puede nombrarlo, ¿me entendés? Desde entonces vivo acosado. Es como si me hubieran expulsado de la Existencia. Nadie, además, fijate qué castigo terrible, puede comprenderme. Si en este instante me encarcelaran, de mí los jueces verían únicamente un semblante vulgar, demacrado. Si me acercara a una mujer y no le confesara ni una palabra de todo lo que te hablo, ella me vería únicamente como un hombre con quien puede "contraer enlace". Decí si no es espantosamente ridículo llevar sobre las espaldas una tragedia que no se puede nombrar... que no interesa a nadie... ni aun a la mujer que puede exclamar en un momento de locura: "Te amaré para siempre".

Luciana lo escucha atentísimamente a Erdosain. Este se pasea por el cuarto y habla:

—El alma de nuestros semejantes es más dura que una plancha de acero endurecido. Cuando alguien te diga: he entendido lo que usted me dice, no te ha entendido. Esa persona confunde lo que en la superficie de su alma se refleja con la penetración de la imagen en el alma. Es lo mismo que una plancha de acero endurecida. Espeja en su superficie pulimentada las cosas que la rodean, pero la substancia de las cosas no penetra en ella... Y nosotros, que estamos afuera, lo vemos. ¿Pero por qué me mirás así?

La doncella ha enrojecido hasta la raíz de los cabellos. Se levanta lentamente, camina hasta la puerta, cierra la hoja y gira la llave. El vacío del cuarto se agrisa. Erdosain se apoya en el canto de la mesa. Luciana levanta los brazos, recogiendo los dedos sobre su nuca. Su mirada se queda perdida en el vacío; luego la vuelve a Erdosain y le dice:

—Quiero que me veas... Mirá. —Y de un tirón que da en su bata descubre la blanca comba de los senos.

Erdosain la contempla, inmóvil.

El vestido se atorbellina y cae en redor de las piernas de la doncella. Su camisa, sostenida por un brazo, traza un triángulo oblicuo sobre su cabeza. La blancura lechosa de sus amplias caderas colma el cuarto de una grandeza titánica. Erdosain mira sus redondos senos de pezones rodeados de un halo violeta, y un mechón rubio de cabellos que escapa de su sexo, entre las rígidas piernas apretadas, y piensa:

—Sólo un gigante podría fecundarla.

Luciana se recuesta en el sofá, manteniendo unidas las piernas, y un pie sobre otro. La redondez lateral de un seno se aplasta en el brazo encogido, en cuya mano apoya medio rostro. La rojidez de su rostro degrada sucesivamente en una palidez que convierte en más morados sus labios flojos. Entorna los ojos hacia el rulo bronceado que escapa de su bajo vientre, y dice:

—Mirame. ¿Sabés cuántos años hace que todos los ojos de los hombres que pasan me desean? Quince años, Remo. Mirame. Hace quince años que me desean todos los ojos de los hombres. Y vos sos el primero que me ve desnuda. Yo también estoy tranquila para vos.

Erdosain permanece de pie apoyado en el canto de la mesa, con los brazos cruzados sobre el pecho.

—Me he desvestido para hacerte el regalo de mi cuerpo. No quiero que sigas sufriendo.

La mirada de Erdosain se hace cada vez más penetrante y fría. Por sus ojos resbalan unos rieles dorados de sol, un trozo de llanura verde y el viento envuelve en la garganta de una chiquilla unos tibios rulos negros. Remo sonríe y dice infantilmente:

—Efectivamente... Sos linda, Luciana.

Se acerca tranquilamente a la doncella, le pasa la mano por el cabello y remurmura:

—Sos linda... ¿Por qué no te casás?

Un golpe de pudor le devuelve la conciencia de la realidad a Luciana. Salta del sofá y se envuelve precipitadamente en su ropa. Erdosain se apoya nuevamente en el canto de la mesa, la observa y le repite casi sardónico:

—Sos linda. Debías casarte...

Y tiene que morderse los labios para no soltar una carcajada. Acaba de ocurrírsele la siguiente pregunta: "¿Qué diría doña Ignacia si entrara en este momento y la viera a Luciana desnuda? Pondría el grito en el cielo. Exclamaría: ¿Y usted, desvergonzado, era el que se indignaba de que esa inocente estuviera con la mano en la bragueta de un hombre? ¿Usted que recibe mujeres desnudas en su cuarto? Menos mal qua ha ido a misa, a encomendarle su alma al diablo."

Con vergüenza urgente, Luciana se viste. Evita la mirada de Erdosain. Los labios le tiemblan de indignación. Erdosain continúa:

—Perdoname, pero no te deseo. Vos lo que debías hacer es casarte con un hombre respetable.

El demonio de la Crueldad se apodera vertiginosamente del alma de Remo. Erdosain tiene que morderse los labios y hacer un tremendo esfuerzo de voluntad para no decirle a la doncella:

—Cierto... Vos debías casarte con un hombre respetable que usara calzoncillos de franela y que antes de irse a dormir, para evitar los resfríos, se pusiera vela de baño en las narices.

Sin embargo, alcanza a dominarse, tratando de fingir un continente grave, pero la ironía escapa alegremente por sus ojos.

Luciana se viste en silencio. En su rostro, blanco como su camisa, los ojos relampaguean. Erdosain comprende la tempestad que en el silencio de ella se desencadena, y por fin, haciendo un esfuerzo tremendo, domina a su demonio interior. Y se excusa:

—Querida Luciana, perdoname, pero no te deseo.

La doncella enrojecida, termina de vestirse. Antes de salir, se detiene un instante frente a Erdosain, lo mira de tal manera que parece que sus ojos van a estallar de luz; luego, estremecida por un sollozo que retiene entre sus dientes, abre la puerta y se va.

LAS FÓRMULAS DIABÓLICAS

Son las cuatro de la tarde. Erdosain permanece tieso, sentado frente a la mesa. Si fuera posible fotografiarlo, tendríamos una placa con un rostro serio. Es la definición. Erdosain permanece sentado frente a la mesa, en el cuarto vacío, con la lámpara eléctrica encendida sobre su cabeza.

Afuera luce el sol del domingo, pero Erdosain ha cerrado herméticamente el cuarto, y trabaja a la luz artificial.

Las manos están apoyadas en la tabla. Pero él no mira sus manos. Mira al frente. El muro. Sin embargo, en un momento dado retira de la mesa la mano derecha. La retira con la misma lentitud que emplearía un ajedrecista que acercó su mano a un peón y no se atreve a moverlo. En realidad. Erdosain no trata de mover nada, ni siquiera su mano. De allí esa delicadeza de movimiento. Sus párpados bajan y sus pupilas se detienen en la mano que se movió. La mira con extrañeza. Le parece en ese momento tan frágil, que se extraña de que no se haya roto su mano.

Otras sensaciones se injertan en los entreplanos de sus músculos. Hay momentos en que la expresión de su seriedad se intensifica de tal manera, que Erdosain tiene la sensación de que su carne ennegrece a la luz de la lámpara. Esta tiñe de amarillo los papeles desparramados sobre la mesa.

Erdosain deja apoyadas las manos en la tabla blanca, lanza una ojeada al puñado de apuntes, y escribe después en un cuadernillo de páginas cuadriculadas:

"Llamando P al peso en kilogramos del animal sometido a la experimentación, y p a la cantidad mínima de gas destinado a producir la muerte, tenemos que P sobre p es igual..." Remo tacha nerviosamente lo escrito y redacta nuevamente:

"Llamando Q a la cantidad de gas en miligramos disuelto en un metro cúbico de aire, A al número de metros cúbicos respirado por minuto, y T al número de minutos transcurridos entre la respiración y la muerte del sujeto tendremos:

"Con A multiplicado por T, el número de metros cúbicos de tóxico respirado, o sea:

$$p = Q \times T \times A$$

"Entonces el grado de toxicidad específica de un gas de guerra es igual a

$$\text{Tox.} = \frac{p}{P} = \frac{Q \times A \times T}{P}$$

La Bizca le grita desde afuera.

—Remo, ¿querés venir a tomar mate?

Erdosain se levanta pensativamente y entreabre la puerta. Frente a él está la chica. Desde aquella tarde en que le entregó una suma de dinero a doña Ignacia, la muchacha se ha convertido en su querida. Este hecho coincidió con su aislamiento casi completo. Se entrevistaba escasas veces con el Astrólogo. Para evitarse en la pensión preguntas indiscretas dio por toda razón el pretexto de que "meditaba otro invento". En realidad estudiaba la instalación de la fábrica de gases de guerra. Deseaba entregarle su proyecto al Astrólogo. Después se "iría" a la colonia de la cordillera. Tal pensaba a momentos. Semejante conducta le atrajo la admiración de los otros pensionistas, que le estimulaban incondicionalmente desde que supieron por doña Ignacia que Remo había vendido "su invento" de la Rosa de Cobre a una compañía electrotécnica.

Como esa gente además de bruta era ingenua, no sabiendo a ciencia cierta en qué consistía la meditación, pero impresionada por la oscuridad del cuarto en el que se recluía Erdosain, cuando pasaba frente a la pieza lo hacía con tanto recogimiento como si allí se albergara un enfermo. Erdosain fomentaba este respeto, almorzando y cenando en su habitación, y cuando en el comedor los pensionistas le preguntaban a doña Ignacia qué era lo que hacía Erdosain, ésta respondía con gesto lleno de misterio, bajando la voz:

—Meditar otro invento... Pero no digan nada, porque se lo pueden robar.

—Ese mozo debía irse a Norteamérica —comentaba un vejete castellano, tenedor de libros de una ferretería—. Allá ganaría millones...

—¡Lo que es el talento! —argüía un mozo de café—. Él, con dos patadas, se enriquecerá, mientras que nosotros dale que dale y dale...

El tenedor de libros soslayaba con ojillo rijoso el trasero de doña Ignacia, y se sumergía nuevamente, después de suspirar, en la noticia de los festejos de Su Majestad el Rey en su paso por Cataluña.[1]

—Sí, a tomar mate, Remo.

Erdosain salió del cuarto.

La Bizca estaba, como de costumbre, en alpargatas, obscena la sonrisa tras el cristal de sus gruesos lentes. En cuanto veía a Erdosain ampliaba el escote, y temblantes los senos iba a restregarse en él, entreabiertos los labios, lagañosos los ojos.

Silenciosamente, Erdosain sentóse en un escabel de la

[1] *Nota del comentador:* Obsérvese que esta novela transcurre a mediados del año 1929.

cocina. Los muros estaban allí impregnados de mugre. las cacerolas escurrían el agua del fregado en el oscuro revoque, y doña Ignacia, con su negro cabello anillado, las despedazadas pantuflas, y la cinta de terciopelo negro ceñida al musculoso cuello, sonreía con la posible amabilidad de sus muecas, sin desunir los labios.

La Bizca mimoseaba a Erdosain.

Este sonrió incoherentemente, y mientras doña Ignacia renovaba la yerba en el mate, arrojando los posos a un tacho de basura, Remo continuó, ausente de todo, el soliloquio mental.

"Fórmula Mayer... Fórmula Haber... (Q-E) por T igual a I. Cierto que el experimento de laboratorio difiere del que se ejecuta al aire libre... pero qué diablos, pongamos el fosgeno; 450 miligramos por metro cúbico. Difosgeno, 500 miligramos por metro cúbico. Sulfuro de etilo biclorado, 1.500, suma y sigue. Como el hombre respira en un minuto cerca de ocho litros de aire... fórmula de intoxicación sería... sería... 450 por 8, dividido por 1.000."

Erdosain se queda como un bobo contemplando el espacio, mientras sus labios se mueven en el cálculo de división.

"Exacto. Con cerca de 4 miligramos por unidad de peso... se produce la intoxicación mortal. ¡Qué hijos de puta esos sabios! Lo han dejado chiquito al diablo. Y me jugaría la cabeza de que estos químicos, después de dejar sus probetas y máscaras, regresarán a sus casas y abrazarán a sus hijos. A la hora de acostarse, mientras la mujer, desvistiéndose, muestra el trasero en el espejo, le dirán: 'Tenés que ver cómo progresa la arquitectura atómica de ese gas.' ¡Qué hijos de puta! Nada más que cuatro miligramos por metro cúbico. Y el hombre se desmorona como una mosca. Si esto no es economía satánica, que lo diga Dios. Ideal. Mayor toxicidad a menor cantidad. 'Descúbrame usted, caballero, un veneno que pueda intoxicar cien mil metros cúbicos de aire con un miligramo de gas, y le levantaremos una estatua', le dicen a sus químicos los jefes de Estados Mayores. Y el hombre, que por la noche le acarició dulcemente las nalgas a su mujer, se enquista al amanecer en el laboratorio a buscar la nueva construcción atómica que extermine el máximum de hombres, con el mínimum de gasto. ¡Qué canallas!"

Los símbolos revolotean en la imaginación de Erdosain, mientras doña Ignacia le pasa un trapo al mate, emporcado con residuos anteriores.

"CH3. CO. CH2. Derivados de la cloracetona. Derivados de la serie aromática. Hijos de... La serie aromática. Cloruro de benzilo, bromuro de benzilo, bromocianuro de benzilo, arsinas aromáticas..."

Doña Ignacia, que lo ve preocupado, le pregunta:

—¿Qué le pasa, Erdosain? Hoy habla solo.

—¿Eh...? Ah... sí, tiene razón, estoy preocupado...

—¿Qué tenés, querido?

—Estoy estudiando los gases de guerra, ¿sabe? Los gases de guerra. No hay nada más terrible que los gases de guerra, ¿sabe, señora?, que los gases de guerra. Permiso, querida.

Erdosain camina de un punto a otro de la cocina hedionda. En el muro se refleja su perfil cabelludo. Doña Ignacia y la Bizca lo escuchan asombradas.

—Son terribles. Parece que los hubiera inventado el diablo; pero un diablo que se hubiera especializado en odiarla a esta pobre humanidad. Fíjense: hay gases lacrimógenos que corroen la conjuntiva, queman la pupila, horadan la córnea, provocando úlceras incurables. Y sin embargo, tienen la preciosa fragancia del geranio. Otros, en cambio, esparcen el perfume del clavel, de la madera o del pasto.

—¡Qué horror!

Remo va y viene impasible entre las cacerolas de fondo negruzco y oxidado. Aparentemente, habla para doña Ignacia y la Bizca; en realidad, habla para sí mismo, dando salida al conocimiento horrible que acumuló día tras día para ponerlo al servicio del Astrólogo:

—Están los lacrimógenos simples, los lacrimógenos tóxicos; después viene la serie de los vesicatorios o cáusticos, aquellos que estrían y requeman el epitelio, levantan ampollas, desprenden en lonjas la epidermis. Después los sofocantes y nauseabundos, irritantes, estornutatorios, asfixiantes y tóxicos, de todos los colores, verdes, ladrillo, azulado, amarillo, lilas, blancuzcos como la leche, verdulencos como secreciones de animales marinos. Algunos atraviesan las máscaras más compactas, atacan simultáneamente los ojos, las vías respiratorias, la piel, la sangre. Los atacados vomitan trozos de pulmón, enceguecen, se cubren de úlceras como leprosos, pierden a pedazos los órganos genitales...

—Callate, por amor de Dios, querido.

—Sí, pierden a pedazos los órganos genitales. Esos son los efectos del gas mostaza —y continúa soliloquiando impasible, con los ojos dilatados, fijos en el vacío—: "Fórmular Mayer... fórmula Haber, líquidos, sólidos, gaseosos, fugaces, semifugaces, permanentes, semipermanentes, penetrantes... fórmula Haber, fórmula Mayer..." El Demonio de la Química ha salido del infierno, anda suelto entre los hombres, les susurra tentador su secreto a los oídos, y ellos gozosos, a la noche, mientras la mujer, desvistiéndose, muestra el trasero en el espejo del ropero, dicen:

"Estamos contentos: hay que ver cómo progresa la arquitectura de ese gas."

—Dígame, señora, si no dan ganas de hacer saltar el planeta. ¿Sabe lo que escribió un químico? Parece mentira. Sólo Satán podía escribir algo semejante. Oiga bien, señora. Escribió ese señor, que es un sabio: "Desde el punto de vista químico y fisiológico el mecanismo de la acción del cloro es digno del mayor elogio, pues le substrae a los tejidos de las substancias orgánicas, el hidrógeno, generando compuestos nocivos." ¿Se da cuenta, señora? Dígame si ese hombre no merecía que lo ahorcaran; pues no, está al servicio de la Bayer...

De pronto Erdosain mira en redor y se siente aplastado por lo ridículo de la comedia humana. Está disertando de gases con una menestrala y su hija. Siente deseos de lanzar una carcajada, y acercándose bruscamente a la Bizca le toma el labio inferior entre los dedos, lo entreabre, como haría con el belfo de una yegua, y examinándole la boca, rezonga malhumorado:

—Tenés que lavarte los dientes.

La bisoja protesta:

—No me gusta... se me lastiman las encías.

—Usted debe obedecerlo a su novio —ordena seca doña Ignacia.

Pasa el mate de una mano a otra. Doña Ignacia, apoltronada en su sillita, se arranca las pringosas hilachas de las zapatillas con los mismos dedos con que forzaba a los terrones de azúcar a entrar en el mate.

Remo se restrega la frente, donde hay un amago de neuralgia. Dice:

—Vestite que saldremos. Tengo la cabeza como un cencerro.

Doña Ignacia repuso:

—Me parece muy bien, porque como usted siga así se va a enfermar.

Erdosain mira sorprendido a la mujer. Ha descubierto una inflexión de cariño en su voz, y su corazón late durante un minuto más apresurado.

—Vayan a tomar fresco. ¿Qué es eso de pasarse el día encerrado como un preso? No tiene que estudiar tanto, ¿para qué? El mundo seguirá siempre lo mismo, hijo. Movete, hija... acompañalo a tu novio.

—¿Estás apurado, querido?... porque si no, me lavo la cara.

—Es lo mismo... ponete un poco de polvo. Ya está oscureciendo.

EL PASEO

Caminan ahora.

La Bizca, tan ajustada la blusa y el corpiño que sus pezones se marcan en la seda roja de su bata. Erdosain marcha a su lado, con una mano apoyada flojamente en su brazo.

Atraviesan calles, van a la ventura, sin rumbo. Silenciosos. Piensa despacio, mientras que la Bizca hace observaciones pueriles respecto al tráfico, que Erdosain no escucha ni ve. Camina ensordecido por la baraúnda de sus pensamientos. Se dice:

—¿Por qué, viviendo, realizamos tantos actos inútiles, cobardes, o monstruosos?

Las fachadas de las casas pasan ante sus ojos, borrosas

como estampas de un filme. Se oye en la distancia un silbido ronco de sirena. Es algún barco que entra al puerto. Erdosain cierra los ojos. Una voz interior le dice:

—En estos instantes más de una barca se separa de un puerto de tablas, en la orilla de un río. La barca cubierta de oscuridad lleva su cocina encendida y hombres silenciosos que, en círculo, escuchan a otro que toca un acordeón.

Erdosain camina, automáticamente, tomado del brazo de la Bizca. Soliloquea:

—No es posible seguir así, no es posible.

La muchacha, tomada de su codo, observa curiosa parejas de novios conversando en otros balcones. Y se dice a sí misma:

—¿Por qué Remo no será amable como los otros novios? Mamá tendrá razón, pero yo preferiría otro hombre.

Erdosain marcha cavilosamente.

Tiene la sensación de que "hay algo en él" que se aproxima insensiblemente al drama final. Erdosain sabe que contiene la "necesidad del drama". Un drama definido, terco, preciso, material. Sabe que aflojando su fuerza de voluntad en una mínima cantidad (como la que equivaliera al esfuerzo tenue de respirar) toda su vida se volcaría en el drama. Desvía el pensamiento:

—Hay ríos en todas las zonas del mundo. Y barcas con hombres silenciosos. —Quiere fijar su atención en el río. Un río cuya ancha lámina de planta puede lamer confines con cabañas, malecones, depósitos de automóviles.

Se aleja cautelosamente de su drama, pronunciando nuevamente estas palabras mentales:

—Hay ríos con barcas silenciosas.

Consigue así postergar la explosión que tiene que advenir en él.

—Ríos a cuyas orillas corren ratas grandes como perros.

El alma le duele como una torcedura de pie. Ahora se ha movido la piel de su frente; aprieta los párpados y enreja su semblante entre los diez dedos de sus manos.

—¿Qué tenés, querido? —murmura la muchacha.

—Me duele la cabeza. Es la neuralgia.

Duda o no en acercarse al recuerdo de Elsa. En cuanto pronunció mentalmente la palabra "recuerdo de Elsa" el contenido cúbico de su drama se acerca, como si una zorra aproximara por un desvío de rieles la carga de un cajón monstruoso. Erdosain sabe perfectamente lo que hay dentro del cajón. Por cualquier rendija de éste puede espiar. Retrocede y se niega a mirar. Mueve con precaución los pies. Cierra los ojos y llama piadosamente hasta él el circular horizonte del mundo. El circular horizonte del mundo se acerca, y entonces lo rechaza. No, tampoco es eso.

Se restriega despacio, con precaución, las manos.

—Hay ríos y barcas con hombres silenciosos.

Y durante un instante piensa en fugar. Si se fuera muy lejos, a vivir ignorado, cerca de un río a cuya orilla hubiera un aserradero donde corrieran ratas grandes como perros. Se tendería junto a la Bizca, purificada por el olor de la madera, apoyaría la cabeza en la puntuda altura de sus senos redondos. Ella le haría dormir su fatiga. Desfilarían de tarde en tarde barcas silenciosas con hombres dormidos entre las estibas de tablas.

—Entonces ella tendría que estar siempre despierta —piensa Erdosain.

Erdosain aprieta estremecido de emoción el brazo de la Bizca y le pregunta:

—¿No te gustaría vivir conmigo, en un aserradero a la orilla de un río? Yo llevaría la contabilidad y vos colgarías la ropa de las ramas de los árboles...

—Querido mío... vos sabés que con vos todo me gusta. ¿Por qué?... ¿te han ofrecido algún empleo?

—No, pensaba...

—¿Por qué no buscás un trabajo así? A mí me gustaría.

Erdosain se sumerge de nuevo en sí mismo.

—¿Dónde estoy? ¿Dónde quisiera estar? ¿Soy yo que estoy así, o es el mundo, el dolor del mundo que por un prodigio maravilloso me ha sido dado escuchar a toda hora? ¿Y si existiera el dolor del mundo? ¿Si realmente el mundo estuviera quejándose y sufriendo a toda hora? ¿Si fuera verdad la posibilidad de escuchar el dolor del mundo? Ríos con cargas de hombres silenciosos. Puestas de sol. Cuerpos cansados. Hombres que desnudan sus órganos genitales en cuartos oscuros y llaman a la mujer que pasa hacia la cocina con una sartén. ¿Por qué eso...

eso?... (la palabra "eso" resuena en los oídos de Erdosain como el logaritmo de una cifra terrible, incalculable). El órgano genital se congestiona e inflama, y crece; la mujer deja su sartén en el suelo y se tiende en la cama, con una sonrisa desgarrada, mientras entreabre las crines que le ennegrecen el sexo. El hombre derrama su semen en la oscuridad ceñida y ardiente. Luego cae, desvanecido, y la mujer entra tranquilamente a la cocina para freír en su sartén unas lonjas de hígado.

Esa es la vida. ¿Pero es posible que ésa sea la vida? Y sin embargo, ésa es la vida. La vida. La vviiddaaa...

¿De qué modo dar el gran salto?

De un pechazo, Erdosain ha mandado a un transeúnte contra la fachada de una casa. El otro lo mira, consternado, y la chiquilla se ríe a carcajadas:

—Querido, vos estás ciego. Mirá lo que hacés. Abrí los ojos, querido.

El fulano se marcha, mascullando malas palabras, y Erdosain menea la cabeza, diciéndose:

—Rige en la existencia de los hombres un poder misterioso, sobrehumano, aplastante e indigno.

Repara en un mequetrefe que lo viene siguiendo, y continúa: —¿Será necesario humillarse, hacer una comedia hipócrita para engañarlo a ese poder inhumano y arrancarle de esa manera el secreto?

De pronto Erdosain observa que el mequetrefe continúa siguiéndolo. Su mirada se ha encontrado en tres bocacalles con él, durante el paseo nocturno, bajo los focos eléctricos. Erdosain suelta bruscamente el brazo de la Bizca, se enfrenta con el tipo, y le lanza el exabrupto:

—Si no deja de seguirme, le rompo el alma.

El desconocido lo mira asombrado a Erdosain; farfulla un "disculpe" y desaparece en la primera esquina que encuentra. Remo rezonga:

—Siempre vas por la calle excitando a los hombres.

La Bizca lo mira extrañado. Ella no le había dado mayor importancia al hecho de ser seguida. En substancia, no era ni más ni menos bruta que las muchachas de familia, a las que Erdosain podía aspirar para desgraciarse por completo.

Ahora marchaba malhumorada junto a Erdosain. No le

quería. Apenas si lo estimaba, pero los largos considerandos de su madre, que no pensaba en absoluto en ella, la persuadieron de tal manera que si Erdosain la hubiera abandonado la muchacha habría sufrido lo indecible. Erdosain constituía para ella lo inmediato, es decir, el eterno marido.

A su vez, él, que tenía la sensación de esta composición de lugar de la muchacha, la trataba con rencor sordo, como a una bruta que sólo puntapiés mereciera. Además, Remo iba indignado secretamente. Ella inflamaba de lujuria, con el descaro de sus senos puntiagudos y la pollera que, a la menor presión del viento, dejaba ver las puntilladas ligas a los tenderos. Estos, parados en las puertas entreabiertas de sus comercios a oscuras, miraban ávidamente a la muchacha que, sin pudor ninguno, les clavaba la vista hasta que había pasado.

Erdosain sumerge las manos en los bolsillos al tiempo que le dice a la Bizca:

—Mirá, vos caminás correctamente a mi lado o esta noche terminamos mal.

—Querido... ¿pero qué hago yo? ¿Tengo la culpa de que me miren?

—Realmente —se dice Erdosain— ella no tiene la culpa de que la miren—. Y contesta: —Vos los incitás a que te miren... pero, mirá... es mejor que no discutamos.

Caminan en silencio, como un matrimonio antiguo, y Erdosain sonríe malignamente:

Se imagina casado con la Bizca. La revé en una casa de inquilinato, desventrada y gorda, leyendo entre flato y flato alguna novela que le ha prestado la carbonera de la esquina. Holgazana como siempre, si antes era abandonada ahora descuida por completo su higiene personal, emporcando con sus menstruaciones sábanas que nunca se resuelve a lavar. Tendrían algún hijo, eso era lo más probable, y a la mesa, mientras que la criatura, con el traserito enmerdado, berreaba tremendamente, ella le contaría alguna pelea con una vecina, reproduciendo todas sus frases atroces e injurias imposibles. Y el pueril motivo de la pelea habría sido el robo de un puñadito de sal o la utilización indebida de una cuerda de colgar ropa.

Erdosain se ríe solo en la oscuridad, mientras la Bizca marcha enfurruñada a su lado.

Y es que la revé erizada como un puerco espín con las mejillas arreboladas y los senos danzando dentro del corpiño, historiándole el suceso del puñadito de sal o de la soga de colgar la ropa.

Y pensar —continúa él— que éste es el plato de todos los días, el amargo postre de los empleados de la ciudad, de los cobradores de las compañías de gas, de las sociedades de ayuda mutua, de los vendedores de tiendas. Un panorama lividecido por los flujos blancos de todas esas hijas de obreros, anémicas y tuberculosas, cuya juventud se desploma como un afeite bajo la lluvia a los tres meses de casadas. Un panorama de preñeces que espantan al damnificado; la visita después de cenar al farmacéutico de la esquina pidiéndole confidencialmente un abortivo, la esterilidad de los baños de mostaza y agua caliente, y luego la inevitable visita a la partera, a esa partera "diplomada en la Universidad de Buenos Aires", y que entre sonrisas agridulces se resuelve a "colocar la sonda", "pero como un favor", hablando entre paréntesis de la partera de la otra cuadra, "que dejó morir por falta de escrúpulos a una muchacha que estaba lo más bien".

Anonadado, Erdosain amontona ante sus ojos, con el espanto de un condenado a muerte, la inmundicia cotidiana que extenúa a los empleados de la ciudad, imaginándosela a la marrana de la Bizca chismorreando con la vecina de enfrente, creándole espantosas pejigueras con mujercitas que temblando de cólera irían a injuriarlo para pedirle explicación de los chismes de su mujer, y la intervención de los otros maridos, esas grescas de tumultos conyugales que a la puerta del conventillo incitan a "intervenir a la autoridad".

Erdosain lanza una carcajada, y zamarreándola cariñosamente a la muchacha, le dice:

—¿Estás enojada todavía?

—Dejame. Hasta que no me hacés enojar no estás contento.

Remo se sumerge en la escena del aborto, en una noche terrible, que transcurriría en compañía de la Bizca. Ella revuelve sus piernas de jamón de Westfalia, y los dolores cruentos desfiguran el semblante de la muchacha que, en cuclillas sobre una "chata", espera expulsar el maldito feto. La partera, trasijada como una prostituta de bajo fondo, expone preocupaciones técnicas:

"¿Saldrá o no entera la placenta?" Erdosain se achucha, afiebrado ante la perspectiva de un raspaje a la matriz, alternado todo ello con los alaridos de la muchacha y el ruido de un irrigador que se prepara y cuyas cánulas ahora no aparecen.

Le pregunta por tercera vez a la partera:

—¿Saldrá entera la placenta? —pues entre sudores mortales piensa que si hay que efectuar un raspaje tendrá que endeudarse con un usurero que le cobrará el veinte por ciento mensual.

Más vivos que los relieves de un pirograbado saltaban los espantables detalles ante sus ojos.

Luego el "ya está" de la partera, el golpe de lástima al contemplar un cuerpo color pizarra y sangre, el afán de cuervo de la comadrona revisando la placenta, introduciendo el brazo hasta el codo en la vagina de la paciente, desjarretada como una res, y la medianoche, esa terrible noche en que suenan los pitos de todos los vigilantes mientras la partera examina pedacitos de tejido parecido al hígado podrido y deja correr el agua del irrigador, que arrastra hasta la palangana un lodo de sangre negruzca, de filamentos de tejidos y telarañas de glóbulos rojos.

Sudaba como si una fuerza misteriosa lo hubiera centralizado en el trópico.

Pasada la borrasca, Erdosain se imaginaba las relaciones sexuales con la Bizca después del aborto, la malevolencia de la mujer de entregarse, temerosa de que suceda "eso" otra vez, las fornicaciones incompletas, como de las que hablan las Escrituras refiriéndose a Onán, la impaciencia casi frenética a fin de mes en saber si ha "venido" o no la menstruación, y toda la realidad inmunda de los millares de empleados de la ciudad, de los hombres que viven de un sueldo y que tienen un jefe.

Cuando amontona el desastre cotidiano de un millón ochocientos mil habitantes que tiene la ciudad Erdosain se dice, como el hombre que sale de una clínica y acaba de constatar el éxito de una innovación quirúrgica:

—Tiene razón el Astrólogo. Esto hay que barrerlo con cortinas de gas, aunque sea inútil, aunque nos despedacen a "gomazos" en el Departamento.

Su corazón se dilata como un coco en el corazón de la selva. Piensa que los profetas tenían razón cuando hacían caer sobre las ciudades agotadas por la inmundicia sus hipotéticas lluvias de fuego entre hedores de ácido sulfúrico.

Ahora están próximos a la casa de pensión. Erdosain, de buen humor casi, la toma de un brazo a la Bizca, y lanza por tercera vez la pregunta:

—¿Todavía no se te pasó el enojito?

La muchacha, molesta internamente, insiste:

—Decime, ¿por qué te enojás conmigo si los otros me miran?

—¿Y vos todavía venís pensando en eso?

—Claro, ¿qué culpa tengo yo de que me miren?

—Bueno, querida, mirá y dejá que te miren todos los que te gusten y gusten de vos. ¡Qué vamos a hacerle!

Y tomados de los dedos como dos escolares entran al abovedado corredor de la casa de departamentos.

DONDE SE COMPRUEBA QUE EL HOMBRE QUE VIO A LA PARTERA NO ERA TRIGO LIMPIO

De espaldas a la estrecha ventana protegida por el nudoso enrejado, esa noche, en Temperley, conversan Hipólita, el Astrólogo y Barsut. La luz de la lámpara bisela con simétricas ondulaciones el ocre enchapado del armario antiguo. El Astrólogo, embutido en su sillón forrado de raído terciopelo verde, diserta cruzado de piernas, mientras que Barsut, en traje de calle, se obstina en tratar de conservar sin que se fragmente el largo cilindro de ceniza en que se convierte su cigarrillo. Hipólita, sin sombrero, permanece recostada en la silla hamaca. Su mirada verdosa está fija en la oreja arrepollada del Astrólogo y su mongólico semblante... Barsut, a momentos, detiene los ojos en el peinado rojo de la joven, que en dos lindos bandós le cubre la punta de las orejas.

El Astrólogo baraja pensamientos:

—Yo me pregunté muchas veces de qué forma se podía alcanzar la felicidad. Con esto quiero decirles que hubiera aceptado cualquier situación, por absurda que fuera, siempre que hubiera tenido la certidumbre de que, aceptándola, encontraba la felicidad. ¿Pero ustedes pueden decirme qué es lo que hicieron para obtener la felicidad?... Nada. Esa es la verdad.

El Astrólogo inclina la cabeza un momento y ahueca la voz como si hablara proféticamente desde la distancia.

—He descubierto un secreto. Erdosain también, sin saber que lo ha descubierto, lo ha encontrado instintivamente. (Mirándola a Hipólita.) ¿Se acuerda que le dije que Erdosain era un gran instintivo? El secreto consiste en humillarse fervorosamente. Incluso lo sospecharon los antiguos. No hay santo casi que no haya besado las llagas de un leproso. Claro está que la finalidad hoy es otra. Pero para ellos también era otra. No se han investigado aún los interiores de muchas almas interesantes. A veces se me ocurre que algunos santos eran tremendamente ateos. Tanto no creían en Dios, que cuanto más furioso era su descreimiento, más furiosamente se flagelaban. Después decían que habían sido tentados por el demonio. ¡Je!... ¡je!...

El Astrólogo se ríe por pedacitos, restregándose las manos como si se prometiera un espectáculo divertidísimo y prosigue:

—¿Cuál es la finalidad de lo que les decía? ¡Ah!, yo quería llegar a esto. Primero, que ustedes eran unos cobardes; segundo, que para ser felices es necesario humillarse... Y claro... después... Yo me pregunto quién en este siglo tendrá el coraje de convertirse en un santo ostensible, de salir a la calle vestido conscientemente con harapos. Ponga, por ejemplo, a Barsut. Usted es de Flores. Allí lo conoce todo el mundo. Bueno, pongamos por caso que usted en Flores, donde lo conoce todo el mundo, sale a la calle vestido de harapos, descalzo, con una latita en la mano. ¿Usted tiene novia? Pongamos que la tuviera. Bueno, que pasara por delante de la casa de su novia, descalzo, pidiendo limosna. Y que fuera al café... ¿En qué café de Flores se reúnen sus amigos?

—A veces, en el Paulista; a veces, en La Brasileña...

—Y que usted, descalzo y con su latita en la mano, entrara al Paulista o a La Brasileña y les dijera a sus amigos: "Yo no vengo a discutir con ustedes, pero sí a decirles que el que quiera ser humillado y encontrar la paz que los santos encontraron debe imitarme y vestir esta arpillera y comer esta bazofia que yo he sacado de los cajones de la basura".

Barsut se ríe alegremente:

—No me he vuelto loco todavía...

Sobrador, lo reojea el Astrólogo:

—Querido adolescente, ¿se cree usted acaso más sensato que San Francisco de Asís? ¿Disfruta usted de la posición económica de que él gozaba en la ciudad florentina? Hijo de un opulento mercader de paños, Francisco, amigo Barsut, constituía la evidia hasta de los jóvenes nobles de la ciudad, por su elegancia y boato. Y, sin embargo, un día se vistió de arpillera y salió a la calle a predicar pobreza. No tenía mucha más edad que usted, entonces.

Y como ellos lo miraran asombrados, el Astrólogo levantó las cejas, observándolos burlón. Al mismo tiempo, con las manos en las caderas, se contoneaba, como si fuera él quien no terminara de entender algo que le arrancaba risitas compasivas hacia sus interlocutores, y tomándole a Barsut de la barbilla, dijo mirándolo profundamente en el fondo de los ojos:

—Queridito, para triunfar en la vida es necesario a veces resignarse a vestir el traje de arpillera.

"¿No he renunciado a mis bienes, acaso?", pensó Barsut.

Hipólita, inmóviles los ojos verdes, apoyadas las manos en una rodilla de sus piernas cruzadas, observaba la escena, perfectamente dueña de sí misma. Una idea cruzaba por ella, persistente:

"Ese hombre conversa y conversa. ¿Qué es lo que se propone? ¿No pretenderá ganar tiempo? ¿Pero para qué quiere ganar tiempo?"

Bruscamente, se vuelve a ella el Astrólogo.

—¿Qué está usted pensando en silencio? Sabe que no me gustan nada las personas silenciosas.

Hipólita sonríe amabilísimamente:

—¿Por qué no le gustan las personas silenciosas?

—Usted, que es inteligente, sabe muy bien por qué no me gustan.

Hipólita ahora se aferra a su idea primaria:

"Trata de ganar tiempo. Pero ¿para qué? ¡Qué tipo éste!"

El Astrólogo continúa:

—Es necesario que venga el santo maravilloso. Será tan grande que tendrá siempre los ojos para llorar... Mas... ¿para qué decirles estas cosas a ustedes?

Hipólita golpea nerviosamente con los dedos el pasamano de la hamaca.

"Este hombre no hace nada más que charlar y charlar. Parece un moscardón bajo una campana de vidrio." Levanta seria la cabeza, y mirándolo aviesamente al Astrólogo, le dice:

—Usted se está burlando de todos nosotros. ¿Por qué no se pone usted el traje de arpillera y sale a la calle a pedir limosna con la latita?

El Astrólogo no pudo evitar unas carcajadas alegres. Ya más sereno, objetó:

—No estaría bien que lo hiciera, porque yo soy un incrédulo que me burlaría de ese procedimiento, útil para otros temperamentos. Quiero decir que de arpillera o de frac mi personalidad permanece inalterable. Posiblemente, yo sea el hombre de la transición, el que no está perfectamente en el ayer ni en el mañana. ¿Cómo se me pueden pedir entonces impulsos absurdos, si no entran en mi mecanismo psicológico? Yo únicamente entreveo caminos. Caminos... Soy distinto de los jóvenes.

Y el Astrólogo, de pronto, se tomó la frente, como si hubiera recibido un golpe. Con las palmas de las manos se apretaba las sienes. La luz chocaba en el movedizo perfil de su pupila, como si él, desde allí, estuviera bloqueando la forma de una imagen distante, y con alegría exclamó:

—La verdad es ésta: yo no llevo en mí la extrañeza

de vivir. Todos nosotros, los hombres viejos, hemos andado en la vida sin la extrañeza de vivir, es decir, como si estuviéramos acostumbrados desde hace muchos siglos a las presentes maneras de vida planetaria.

Los jóvenes, en cambio: usted y Erdosain; Hipólita no se cuenta, porque es un alma vieja; usted, Erdosain y otros no se habitúan a las cosas y al modo en que están dispuestas. Quieren romper los moldes de vida, viven angustiados, como si fuera ayer el día en que los echaron del Paraíso. ¡Ejem!... ¿qué me dicen ustedes del Paraíso? No importa que ellos piensen barbaridades. Hay una verdad, la verdad de ellos, y su verdad es un sufrimiento que reclama una tierra nueva, una ley nueva, una felicidad nueva. Sin una tierra nueva, que no hayan infestado los viejos, esta humanidad joven que se está formando no podrá vivir.

Hipólita y Barsut estaban suspendidos de lo que decía el Astrólogo, porque éste no los miraba y sí hablaba con lentitud, como si escuchara el dictado de un fantasma detenido junto a su oreja derecha. Incluso seguía un ritmo, y con una atención determinada. A veces se le iluminaba el semblante, como si en el fondo de su espíritu estallaran luces de bengala.

Así, cuando dijo: "¡Oh, oh, los jóvenes!", sus ojos se inflamaron de sincero entusiasmo, luego, con una mueca dura, desvió su entusiasmo, y deteniéndose frente a ellos cortó secamente la conversación.

—Importa poco que me crean o no. Eso tendrá que venir. Lo impondrán millones de jóvenes.

Con aspecto de hombre fatigado se dejó caer en el sillón forrado de terciopelo. Calló, reposando, con expresión abstraída, de su excitación anterior. Parecía un boxeador en un intervalo del combate. Las manos abandonadas sobre las piernas, las mandíbulas ligeramente colgantes, los ojos enneblinados. Permaneció así algunos minutos. Una voz sin sonido murmuraba en sus oídos: "No se puede negar que sos un hábil comediante". Mas como el Astrólogo sabía que sus manifestaciones eran sinceras, desechó las palabras de la voz y dijo:

—Aunque todo en nosotros estuviera contra la sociedad secreta, debemos organizarla. Yo no insisto en que debe ser de esta o aquella forma, pero a toda costa hay que infiltrarla en la humanidad. ¿Se dan cuenta qué hipócrita es uno? Digo infiltrarla cuando debería decir: "Debemos hacer que resplandezca nuevamente una sociedad o un orden cuyo único y rabioso fin sea la busca de la felicidad".

Hipólita levanta la cabeza, deja de mover con los dedos una borla de su vestido, y lanza una pregunta extemporánea:

—Dígame... ¿Se puede saber de dónde lo sacó a ese hombre?...

—¿Qué hombre?...

—El cabelludo ese de ojos como huevos...

El Astrólogo sonríe:

—¿Por qué me pregunta eso? ¿Qué tiene que ver con lo que conversamos?

—Me interesa ese tipo.

—¿Bromberg?... La historia de Bromberg es interesante. Un tipo de delincuente simulador, un poco loco, nada más.

—Cuéntela... ¿Por qué le llaman ustedes "El Hombre que vio a la Partera"?

El Astrólogo consulta su reloj.

—Miro, no sea que pierda el último tren... Pero hay tiempo todavía... Bromberg, desde pequeño, tuvo una extraordinaria aversión a las parteras. ¿Por qué? Él mismo no podría justificar esa repulsión. Posiblemente algún detalle olvidado, la función misteriosa que esas mujeres desempeñan para la imaginación del niño, la atmósfera de brutalidad que las rodea invisiblemente, el caso es que bastaba pronunciar en su presencia la palabra "partera" para provocar en la criatura un estremecimiento de miedo y repugnancia.

La mala suerte que persiguió a este hombre desde pequeño hizo que su familia se mudara al lado de la casa donde vivía una partera; allí ocurrió lo grave. Una noche el chico estaba sentado en el umbral de la puerta de su casa. De pronto, un fantasma blanco se desprende de la puerta de la casa de la partera y corre a su encuentro abriendo los brazos. El niño arrojó un grito tremendo. Era la sirvienta de la partera, una mulatita que quiso divertirse con su espanto. Bromberg se desmayó: durante mucho tiempo estuvo enfermo. Aún ahora, si usted lo observa, duerme con la lámpara encendida, y eso que han pasado veinte años casi de haber ocurrido el suceso. Al llegar a los dieciséis, años en compañía de otros muchachos de su edad, más románticos que malvados, y más estúpidos que inteligentes, influenciados por el espectáculo de cintas policiales se dedicaron a robar, organizando una pequeña banda de malhechores de barrio. Bromberg era el organizador de la pandilla. No trabajaba ni quería trabajar. Era un perezoso agotado por la masturbación, mentalmente incapaz del más pequeño esfuerzo. Más tarde me confesó que se masturbaba hasta siete veces por día. En esto estamos cuando es detenido en la ejecución de un robo... y si se quiere, por culpa de la partera. Es notable. Vá a ver. Una noche la pandilla asaltó la casa de una familia que estaba veraneando. La propiedad estaba al cuidado de un matrimonio español que solía ir al cine. Bromberg, en compañía de sus amigos, estudia las costumbres del matrimonio, y una noche saltan la tapia de la casa por un terreno baldío. Ya en el interior comenzaron a violentar los muebles, pero sin precauciones, a puntapiés y martillazos. Lo único que faltaba era que llevaran banda de música para festejar el escalo y la fractura. En el vaivén del robo Bromberg no se fijó que uno de sus compañeros, posiblemente por hacer un chiste, se había recostado en una cama de la casa donde habían ido a robar. De más está decir que estos actos insólitos son frecuentes en los delincuentes principiantes: acostarse en la cama del dueño de casa, hacer ruidos, comerse los restos de comida que han quedado en una fuente, todas ellas constituyen actitudes nerviosas que los novicios asumen instintivamente. Hay un afán de demostrar sangre fría, desprecio al peligro y necesidad de satisfacer un misterioso anhelo mórbido.

El ladrón, aun el más curtido en la profesión, hablará siempre con entusiasmo de esos momentos terribles en que con los nervios de punta provoca malsanamente un peligro que le interesa esquivar. Recuerdo de uno que me decía pensativamente, deslizándose casi pegado a las fachadas oscuras:

"Vea, cuando yo tenía dieciocho años y no salía a robar,

ese día estaba enfermo, inquieto." Bueno, volviendo a Bromberg, ¡vaya a saber lo que pensaba en aquellas circunstancias! En busca de un lienzo en que envolver objetos robados entró al dormitorio. Momentos antes se le había ocurrido que la funda de la almohada era una excelente bolsa para cargar su botín. Se inclinó sobre la cama, y, de pronto, el otro compañero que estaba recostado lo cogió silenciosamente por los brazos.

El golpe de espanto que sacudió a Bromberg fue semejante al producido por el fantasma desprendido de la casa de la partera. Instantáneamente se reprodujo la crisis infantil. Gritos agudísimos y convulsiones epilépticas. Vecinos que pasaban por allí escucharon los alaridos del muchacho, e inmediatamente llamaron al agente de la esquina.

Ustedes se darán cuenta del toletole que se armó adentro. Los rateritos no se atrevían a abandonar a Bromberg. Sabían perfectamente que éste se vería obligado a denunciarlos. Por fin, el vigilante, acompañado de varios transeúntes heroicos, entró en la casa saltando también la tapia, pues ellos no se atrevían a forzar la puerta de entrada. ¡Imagínense qué pesca! Cinco muchachos desesperados, tratando de volver en sí a un energúmeno que se revuelve como una fiera encima de grandes bultos de ropa: la mercadería que ellos habían preparado para llevarse. De más está decirle: muchachos, objetos empaquetados y herramientas empleadas en la fractura, todo fue a parar a la comisaría. Como se trataba de hijos de familias modestísimas el comisario procedió sin contemplaciones, y de la comisaría seccional pasaron al Departamento de Policía. Asustados, declararon los robos que anteriormente habían cometido, e incluso fue detenido un honrado señor que tenía casa de compra y venta. Allí vendían los muchachos los artículos robados, y por disposición del Juez de Menores pasaron al Reformatorio de Menores Delincuentes.

Al año de estar en el Reformatorio, Bromberg, que había terminado de depravarse, huyó en compañía de dos ladrones más avezados. En el camino de Mercedes, intentaron asaltar a un vendedor ambulante. Aquí, como de costumbre, se pone en evidencia la desdichada suerte de Bromberg. El desconocido repelió a tiros la agresión, y el único que resultó herido fue "El Hombre que vio a la Partera". Una bala le atravesó el muslo y cayó, siendo como es natural, abandonado por sus camaradas. Decididamente, no tenía suerte. Nuevamente da Bromberg con sus huesos en el Departamento. Cuando sale de la enfermería del Reformatorio tiene una riña con un delincuente que lo hiere en un flanco de un puntazo, y helo aquí otra vez hospitalizado. La herida no era grave, pero Bromberg, dispuesto a vengarse, esperó algunos meses. Por fin, sorprendió a su enemigo en un water-closet y lo estranguló sobre sus propios excrementos. Nuevo proceso: Bromberg pasa del Reformatorio a la cárcel; el juez en primera instancia lo condena a reclusión perpetua.

En la cárcel, un preso, conociendo los antecedentes de Bromberg, le aconsejó que simulara los ataques de locura que provocaron su primera detención. Bromberg no puede simular la locura, sino reproducir nerviosamente tal estado de espanto. Nuestro desdichado dio comienzo a la comedia. Posiblemente, más peritos que los médicos en juzgar si la locura es o no simulada son los alcaides y guardianes de las cárceles, pero Bromberg reproducía sus crisis de espanto acompañadas de convulsiones nerviosas tan perfectamente, que terminó por convencerlos. Es un comediante perfecto; quiero decir, es un hombre que almacena intensamente el recuerdo que desata su miedo. Afloja el resorte y deja instantáneamente de ser el hombre para convertirse en la criatura espantada a la que el terror retuerce como un remolino precipitando el cuerpo contra las paredes, o escaleras abajo. Una noche la crisis de espanto fue tan violenta que el miedo de Bromberg se contagió a otros dos encarcelados epilépticos. Estos, a su vez, comenzaron a aullar. Como aquella sección de la cárcel amenazaba convertirse en un loquero el médico de la prisión dispuso el traslado de Bromberg al Hospicio de las Mercedes. En el Hospicio, aún la Suprema Corte no había dictaminado sobre la sentencia de primera instancia, continuó simulando la persecución del fantasma, hasta que una noche consiguió fugar. Las andanzas de Bromberg fugitivo son enormes. Trabajó en todos los oficios; incluso llegó a ser lavapisos en un centro espiritista, donde yo lo conocí. Su naturaleza, desequilibrada por tantos percances, pero conservando una primitiva ingenuidad, se volcó de lleno para secundar mis proyectos... pero caramba... amiga mía. Usted ha perdido el tren. ¿Quiere quedarse a dormir aquí??

Hipólita comprendió. Se dijo: "No me equivocaba. Este demonio quería ganar tiempo".

Envolvió al Astrólogo en una mirada de abanico, y sonriendo con dulzura solapada repuso:

—Yo preveía que iba a perder el tren. ¡Cómo no! Me quedaré a dormir.

Barsut se levantó, perezoso. Su frente estaba más arrugada que de costumbre. Dijo:

—Tengo sueño. Hasta mañana.

Y salió.

Silenciosamente, perdido entre los árboles del jardín, lo seguía descalzo el Hombre que vio a la Partera.

Cuando quedaron solos, el Astrólogo, repentinamente grave, masculló:

—¡Cuánto tiempo nos ha hecho perder ese imbécil! Venga amiga, nosotros tenemos que hablar.

Y se encaminó hacia el cuarto de los títeres.

Sonriendo displicentemente, lo siguió Hipólita.

....

Si al amanecer del día lunes hubiera estado colocado un espía en la puerta de la esquina, a las cinco y media de la madrugada, habría visto salir a una mujer, cubierto el rostro de un velillo bronceado, y arropada en un tapado color de madera. La acompañaba un hombre.

Ella se detuvo un instante frente a la portezuela de madera, iluminada por la claridad azul del amanecer. El Astrólogo la contemplaba con inmenso amor. Hipólita avanzó hacia él, y tomándolo por los brazos con sus manecitas enguantadas, le dijo:

—Hasta mañana, querido superhombre —y acercó la cabeza. Él la besó con dulzura, sobre el velo, en los labios, y la mujer echó a caminar rápidamente por la vereda de ladrillo, humedecida por el rocío nocturno.

TRABAJANDO EN EL PROYECTO

Erdosain ha vuelto de la calle con frío en el cuerpo y palpitaciones en las sienes. Se deja caer aniquilado en la cama, y cierra los ojos. Su alma tiene sueño. Casi siempre el que tiene sueño es el cuerpo, pero su alma también quisiera dormir ahora. Pierde la sensación del límite de sus miembros, y le parece que se disuelve en una neblina cuyo centro sensible es su cerebro. La neblina avanza oscura sobre el mundo como una nube de hollín, y Erdosain se acaricia la frente ardiente con una mano fría. Más piedad no podría sentir por una criatura extraña y desmantelada.

Se ha disuelto en el mundo. Atraviesa murallas, cubre extensiones de campo yermo, penetra en arrabales de casas de madera forradas de hojalata, salta sobre los rieles y los pasos a nivel, se disuelve lejos; a veces un farol de querosén ilumina un trozo de camino embaldosado de ladrillos, resbala como una nube, corta perpendiculares frialdades de arbolados, deja tras de sí los puentes pintados de minio y alquitrán, las fachadas iluminadas en las noches por reflectores bajos, los letreros de gases de aire líquido, y, cada vez que se detiene, una mano misteriosa le golpea la frente, un escalofrío le punza el corazón.

Retorna a su invisible martirio. ¿Qué importa que esté tendido en una cama y que sus párpados oculten sus ojos? Sin quererlo se ha disuelto en el mundo; cada partícula de ser viviente, cada techado, arroja en su sensibilidad la multiplicidad del misterio. Se dice que si el océano tuviera corazón no podría padecer más que él. También se dijo: "Si yo hubiera estado condenado a caminar día y noche entre ciudades oscuras, en calles desconocidas, escuchando injurias de gente que nunca había tratado, no podría sufrir más".

También se dijo:

"He vivido como si alguien me llamara a cada momento desde distintos ángulos. Día y noche; día y noche. ¡Oh! ¡Dios mío, qué importan el día y el sol oblicuo! Las mejillas me ardían como si tuviera una fiebre muy alta."

Erdosain se aprieta la cara con las manos. De manera

como si quisiera exprimir de su carne un grito que no puede articular su garganta.

La angustia se cierne sobre él semejante a las nubaredas de las grandes chimeneas en los cielos de los poblados industriales. Cuando piensa que su corazón puede estallar en fragmentos un sentimiento de consuelo alivia su martirio. La muerte no es terrible. Es un descanso amoroso, tierno, mullido. Ahora sabe lo que es la muerte. Descansará siempre y su carne se volatilizará en el silencio de la gusanera...

—¿Y el sol? —imploma su alma— ¿El sol de la noche?

Erdosain atisba en el misterio. Sabe perfectamente que existe una fiesta. La fiesta se desenvuelve silenciosamente en la superficie del sol de la noche. ¿Qué es el sol de la noche? No lo sabe, pero se encuentra en algún rincón de trayectoria helada, más allá de los planetas de color y de las vegetaciones retorcidas, de los árboles con deseo.

Crestas puntiagudas de ciudades modernas, cemento, hierro, cristal, enturbian un momento la quietud de Erdosain. Es el recuerdo terrestre. Pero él quiere escaparse de las prisiones de cemento, hierro y cristal, más cargadas que condensadores de cargas eléctricas. Las jazz-bands chillan y serruchan el aire de ozono de las grandes ciudades. Son conciertos de monos humanos que se queman el trasero. Erdosain piensa con terror en las "cocottes" que ganan cinco mil dólares semanales, y en los hombres que tienen atravesados los maxilares por dolores tetánicos. Erdosain quiere escaparse de la civilización; dormir en el sol de la noche, que gira siniestro y silencioso al final de un viaje, cuyos boletos vende la muerte.

Se imagina con avidez una frescura nocturna, quizá cargada de rocío. Él podría avanzar llorando su terrible dolor, pedir clemencia. Quizás alguien en el confín del mundo lo recibiría haciéndolo recostar en una alcoba oscura. Dormitaría hasta que se le hubiera evaporado de las venas el veneno de la locura. Sería una casa grande aquélla, una única casa en el confín del mundo. Frente a la puerta, una mujer alta y fina, sin decir palabra, con un gesto lo invitaría a entrar. Nadie le preguntaría nada. Él se tendería en la cama a llorar, sin vergüenza alguna.

Entonces podría llorar dos días con dos noches. Primero serían lágrimas lentas; se taparía la cabeza con la almohada y sollozaría fuertemente, y cuando tuviera en el pecho la sensación de que los pulmones se le habían vaciado de sollozos, nuevamente lloraría. La mujer alta y fina permanecería de pie junto a la cama, mas no le diría una palabra.

Una tiniebla altísima guillotina el sueño de Erdosain. Es inútil. Las casas son terrestres, las mujeres altas y finas son terrestres, lámparas de cincuenta bujías iluminan todos los semblantes, y aún no ha sido fabricado el lecho de la compasión.

Como un cerdo que hociquea la empalizada de su pocilga para escapar del matadero, Erdosain golpea mentalmente cada leño de la empalizada espantosa del mundo que, aunque tiene leguas de circunferencia, es más estrecha que el chiquero bestial.

No puede escaparse. De un costado está la cárcel. Del otro el manicomio.

Hay momentos que tiene ganas de emprenderla a martillazos con el muro de cemento de su habitación. A veces rechina los dientes, quisiera estar acurrucado junto al tope de una ametralladora. Barrería en abanico la ciudad. Caerían hombres, mujeres, niños. Él, en la culata de la ametralladora, sostendría suavemente la cinta de proyectiles.

Erdosain retrocede. Como un hombre que agotó su fortuna en una ruleta que gira. Girará siempre... pero él no podrá poner allí, en el cuadro verde, un solo centavo. Todos podrían jugar a ganar o perder...; él no podrá jugar nunca más. Se agotó.

Por otros hombres, las mujeres se desvestirán despacio en sus cuartos, avanzando una sonrisa enrojecida; por otros hombres... Erdosain rechaza el pensamiento. Repentinamente ha envejecido; tiene mil años. Incluso las prostitutas más hediondas le guiñarán burlonamente un ojo como diciéndole: "Se te puede enterrar, demonio."

Erdosain salta de la cama, enciende la luz, se acerca a la mesa, diciendo en voz alta:

—Es mejor que trabaje en los gases.

Rápidamente recorre con la vista apuntes tomados en bibliotecas, y escribe:

"Dice el mariscal Foch: La guerra química se caracteriza por producir los efectos más terribles en los espacios más extendidos."

Remo paladea el concepto:

"...los efectos más terribles en los espacios más extendidos..."

Ojea *L'énigme du Rhin*; luego va y viene en su cuarto. Repite lentamente: En ataque de contrabatería, 60 por ciento de Cruz Azul, 20 por ciento de Cruz Verde. Sonríe lentamente. Se ve situado en un paraje industrial. Junto a los montes de carbón y los tanques negros de petróleo, describen arcos los rieles. Locomotoras con herrajes de bronce y chimeneas cónicas maniobran en las entrevías, hombres desnudos, con los brazos lubricados de aceite mineral, empujan vagonetas reventadas de cargas de piedra. Los puentes rechinan férreamente bajo la velocidad de los expresos que pasan, y los esclavos entran y salen a los galpones ennegrecidos de hollín. El espacio está reticulado de cruces triples con tirabuzones y redes de cables que desde todos los ángulos arrancan hacia la distancia. Erdosain observa. Prepara su sorpresa. De pronto, en la plataforma de una torre, junto a él, se ilumina verdosamente, como una ampolla de Croockes, un torpedo de cristal. La atmósfera se carga de estáticos, y de pronto, rectilínea, una descarga cónica de luz verde hace estallar los tirabuzones de porcelana. Una locomotora se levanta sobre sus ruedas delanteras, vacila una milésima de segundo, y estalla en tres distintas alturas de metal licuado. Erdosain, en su cabina de cristal plomo, gira suavemente el torpedo de cristal. Los rayos chocan en las piedras, y los cimientos de las viviendas estallan. Hasta llega a observar el detalle siguiente: en la proximidad de los rayos los cabellos de una mujer se ponen verticales, mientras que el cuerpo se desmorona en cenizas.

—Más alto —murmura Erdosain—. Deje caer los rayos...

El torpedo de cristal hurga con sus rayos en los pulmones de la ciudad. Erdosain mira a lo lejos con un catalejo. Hacia el confín, verticales como murallas, onduladas como lienzos, avanzan nubes de gases. Silban los cilindros de acero puestos en hilera, y a cada tres minutos una cortina más espesa de gas verdoso se levanta en tromba hacia la altura, se repliega sobre sí misma, y como gateando en los obstáculos del suelo se acerca con densa lentitud.

Erdosain escribe:

"Mortandad en tropas no preparadas para el ataque del gas, 90 por ciento..."

Una frase estalla en su cerebro: Barrio Norte. La frase se completa: Ataque a Barrio Norte: Se alarga: Ataque de gas a Barrio Norte.

Mira a un ángulo de su cuarto. Repite: Barrio Norte. Se le hacen visibles los criados en las puertas de los garajes conversando de la grandeza de sus amos. Un viento verde, amarillo, aparece en la entrada de la calle. La cortina sobrepasa las cornisas de los edificios. El aire se impregna de olor a hierba podrida. Los fámulos de corbatín abren ansiosamente las bocas. Súbitamente, uno respinga en el aire, y cayendo se encoge más bruscamente que si hubiera recibido un golpe en el estómago. La nube de gas verdulenco está sobre los criados. Otro se toma el vientre con las manos crispadas en violeta. Ruedan los cuerpos por el mosaico de la acera. Con los rostros aplastados en las baldosas se desquijarran en aspiración de aire que ya no existe. Hilos de sangre resbalan hacia el cordón de granito de la calle. La nube de gas se expande en los jardines sembrados de granza roja y palmeras africanas. Erdosain se pone una mano en la oreja.

En sus oídos resuenan lentos silbidos de dínamos; son zumbidos de usinas proletarias, elaborando toneladas de gas. Hombres embutidos en trajes de goma, con cascos de caucho y cristal, vigilan el manómetro de los compresores y los pirómetros de los catalizadores. Las tuberías de las refrigeradoras se cubren lentamente de un algodonoso polvillo glacial.

La fábrica de fosgeno es visible en los ojos de Erdosain. Tiene que concentrarse fuertemente para apartarse de esta imagen y continuar redactando en un estilo, que se le antoja enfático:

"...la disciplina del gas tiende a considerar a todo gaseado como un herido grave..."

Escribe enérgicamente, acentuando con inconsciente cargazón de tinta las curvas perpendiculares de las letras:

"Tan importante es el empleo de gas que el sesenta por ciento de los proyectiles que se fabricaban al final de la guerra estaban cargados de tóxico..."

A momentos deja de redactar para tomarse con la palma de la mano el plano de la frente. Se siente afiebrado. Escrúpulos tardíos le remueven la conciencia. El secreto del gas. Los muertos. Caerán los hombres por la calle como moscas. ¿Quién puede detener el avance de la cortina de gas? Fosgeno. Nombres fulgurantes. Difenilcloroarsina. ¡Oh!, ¡los demonios, los demonios! Se aparta tambaleándose de la mesa, apaga la lámpara, y se tira con náuseas sobre el sofá. El mueble parece moverse lentamente como una mecedora.

Pasan las horas de la noche. La noche, su "castigo de Dios", no lo deja dormir. Erdosain permanece con los ojos desencajados en la oscuridad. Preguntas y respuestas se entrecruzan en él. Se deja estar como una esponja mecida por el vaivén de esa misteriosa agua oscura, que en la noche puede denominarse la vida centuplicada de los sentidos atentos.

Ha recorrido la gama de las posibilidades humanas y sabe, textualmente sabe, que no le queda nada que hacer. La vida es un bloque que tiene la consistencia del acero, a pesar de su movilidad. Él quiere horadar el cubo con una mechita de cerrajero. No es posible.

Erdosain se deja mecer con los párpados muy abiertos. A veces mete la cabeza bajo la manta, y se queda acurrucado como un feto en su bolsa placentaria. A esa misma hora, millones de hombres como él están con las rodillas que se tocan y las piernas encogidas, y las manos recogidas sobre el pecho, semejantes a fetos en sus bolsas placentarias. Cuando el sol, dejando sombras azules en las veredas, proyecte su resplandor dorado sobre las altas cornisas, esos fetos abandonarán sus bolsas placentarias, abrirán una canilla, con un pedazo de jabón se desgrasarán el rostro, beberán un vaso de leche, saldrán a la puerta, treparán a un tranvía amarillo o a un ómnibus verde... y así todos los días...

Erdosain se deja mecer en las tinieblas por el vaivén

de esa misteriosa agua oscura que en la noche puede denominarse vida centuplicada de los sentidos atentos. Erdosain continúa un soliloquio. En todas las ciudades ocurre este fenómeno. No importa que lleven nombres hermosos o ásperos. Que estén en las orillas de Australia, en el norte de África, en el sur de la India, en el oeste de California. En todas las ciudades del mundo los colchoneros, inclinados sobre sus máquinas de cardar lana, calculan ganancias con los ojos, mientras que los blancos vellones les cubren los pies. En todas las ciudades del mundo los fabricantes de camas miran con ojos de peces, por sobre sus anteojos, a los cargadores que cargan en los camiones camas portátiles.

Y de pronto, un grito estalla involuntariamente en Erdosain:

—Pero yo te amo, Vida. Te amo a pesar de todo lo que te afearon los hombres.

Sonríe en la oscuridad y se queda dormido.

DÍA VIERNES

LOS DOS BERGANTES

Son las diez de la mañana.

Los dos hombres, vistos a la distancia de veinte metros, parecen fugados de un hospital. Caminan casi hombro con hombro. Uno tantea con su palo los zócalos de las casas, porque le cubren la vista unas siniestras gafas enrejadas, con cristales que de frente parecen negros, y oblicuamente, violetas. Una gorra de chofer, con visera de hule, alarga aún más su cara flaca y escuálida, con puntos grises de barba. Además, parece enfermo, pues, aunque la temperatura es tibia, se cubre con un macferlán imposible, a cuadros marrones y rojizos, cuyas puntas casi le tocan los pies. Sobre el pecho lleva un cartón donde se puede leer:

> CIEGO POR EFECTO DE LOS VAPORES
> DEL ÁCIDO NÍTRICO. SOCORRED A UNA
> VÍCTIMA DE LA CIENCIA.

El lazarillo del ciego se engalana con un guardapolvo gris. Colgada a un costado, mediante una correa que le atraviesa oblicuamente el pecho, lleva una valija de viajero, entreabierta. Se distinguen en el interior, paquetes anaranjados, violetas y ocres.

Son Emilio y el sordo Eustaquio.

—¿Qué calle es ésta? —murmura el Sordo.

—Larrazábal...

—¿Está en el itinerario de hoy?

—Ufa, que zoz molezto... Claro que eztá en el itinerario de hoy. Claro... Ufa.[1]

1 *Nota del comentador:* El sordo Eustaquio preparaba todos los días un derrotero a seguir para evitar pedir limosna en las mismas calles, arguyendo que sin principios científicos las profesiones más productivas no daban resultado.

La avenida de veredas amarillas y calzada gris se extiende silenciosa bajo el cielo azul de loza de la tibia mañana. Acacias copudas reverdecen intensamente.

Emilio mira pensativamente las casas, de las cuales casi todas tienen un jardín al frente. El lazarillo adivina en ellas oasis de gente feliz. Tan feliz, que no persigue la prodigiosa vegetación de bichos canastos que tranquilamente se dejan caer de las ramas hacia las veredas por su plateado hilo de seda.

Un piano suena a poca distancia con el eterno "do, re, mi, fa" que unas manos sin experiencia arrancan del teclado. Sin embargo, los sonidos tardíos infiltran en la atmósfera azul de la mañana cierta dulzura meditativa.

Una chica de quince años, pollera rosa y sin medias, en chancletas, está en la puerta de su casa. Mira enfurruñada la distancia.

Los dos perdularios se acercan lentamente. Cuando ya están próximos, Emilio se quita el sombrero, y el Sordo se detiene, esquivo como un mulo, junto al pilar de la puerta. Las siniestras gafas del hombre alto sobrecogen un instante a la mocita, y Emilio dice:

—Zeñorita... ¿no quiere comprar un paquete de carameloz para auxiliar al pobre ziego?

La chica examina a los dos bergantes con atención de extrañeza. Lee el cartelito.

—¿Así que está ciego su papá? —dice la chica.

—No, señorita... ziego del todo no... pero cazi completamente ziego.

—¿Y cómo fue? —se interesa.

—Eztaba haziendo un reazión con ázido nítrico y ze rompió el tubo de enzayo, y con la explozión le zaltaron gotaz y vaporez en los ojoz.

—Pobrecito —murmura la chica—. ¿Y no tiene familia?

—Yo zoy zu único hijo. El zeguro no quizo pagarle porque dijo que nadie le mandaba tenerle amor a la zienzia. Loz pobrez zomoz laz víctimaz, zeñorita.

Hablando de esta manera, Emilio dibuja cara compungida, como quien está ausente de las malicias del mundo. El Sordo, esquivo como una mula, permanece tieso, oblicuo al pilar de mampostería donde se apoya la jovencita preguntona.

La chica mueve comprensivamente la cabeza. Esta última cláusula, patéticamente recitada por el bellaco, la ha convencido. Dice:

—Espere un momentito —y la pollera se arremolina en torno de sus piernas mientras va corriendo por la galería. Emilio la contempla ávidamente, y piensa:

"Qué ingenua parece." E internamente agradecido a las palabras de la chica rebusca en su valijón el paquete de caramelos menos manoseado para ofrecérselo. El Sordo permanece silencioso, esquivo como un mulo, la nariz contra el pilar.

Aparece la chica, ligeramente sonrosadas las mejillas. Los cabellos se abren a los costados de sus sienes. Trae un billete de un peso en la mano.

—Sírvase, y que Dios lo ayude.

Emilio le alcanza el paquete de caramelos.

—Que Dioz ze lo pague, zeñorita —y tomando el peso se lo echa al bolsillo.

—Guárdese los caramelos, gracias.

—Que Dioz y la Virgen ze lo paguen, zeñorita — y Emilio tomando al Ciego del brazo con el mismo gesto del que toma a un asno por el ronzal, lo aparta de la pilastra. Cuando se han alejado unos pasos, Eustaquio pregunta:

—¿Cuánto te dio?

—Veinte zentavoz.

Eustaquio menea la cabeza disconforme.

—Tantas preguntas por esa miseria.

Emilio se siente irritado:

—Zoz un mal nazido. No tenéz ni zinco de agradezimiento por laz perzonaz que te benefizian.

El Sordo, que no lo escucha porque Emilio vomita su mal humor para sí mismo, salta a otra pregunta:

—¿Qué hora es?

—Laz diez deben zer, máz o menoz.

—Parece que va a llover.

Emilio estalla indignado, y le vocifera en una oreja:

—¿Cómo querez que llueva, grandízimo bellaco, zi el zielo eztá máz limpio que tuz ojoz?

El Sordo protesta:

—Si se ve todo oscuro.

—¿Tenez mierda en la cabeza, voz? ¿Queréz ver todo

del color de la leche con ezaz antiparraz que te echaztez? ¡Qué zordo máz taimado ézte! Ufa, maldito el día que te acompañé. Nunca he vizto hombre más indizcreto que voz.

Se detienen frente a las puertas de las casas que presumen habitadas por gente sencilla.

En un conventillo les dan un paquete de comida. Se apartan y Emilio estalla:

—¿Qué ze habrán penzado ezaz porqueríaz? ¿Que uno eztá muerto de hambre o que tiene criadero de zerdoz?

Erguido y rígido, camina el Sordo como un ciego auténtico. La verdad es que casi lo es, pues sus gafas forradas internamente de papel violeta no dejan pasar la claridad de la mañana sino una espesa penumbra que tiene la densidad de la noche. E insiste, abombado por aquella negrura que se le mete en los sesos:

—Debe estar por llover. No se ve nada. Y hace una calor bárbara.

—¿Cómo no vaz a tener calor, bellaco, zi eztás zintiendo el calor de loz tizonez del infierno donde los diabloz te van a toztar por mal hombre?

—Tengo sudando los sesos.

—Jodete. ¿Por qué te pazaztez toda la vida haziendo cábalaz para ganar a laz carreraz? ¿Para qué te zirvió tu cálculo infinitezimal? Para atraillarme por eztaz callez como un pobrezito de Dioz.

—¿Cuánto habremos juntado hasta ahora?

—Zeiz pezoz, máz o menoz.

—Yo no sé qué pasa ahora. Antes, a mediodía, casi siempre teníamos como diez o quince pesos juntados; ahora a gatas si se saca la mitad. Y la gente da... yo siento que te da...

—Mirá... como me digaz otra vez lo mizmo te planto en medio de la calle, llamo a un vigilante, y le digo: "Vea... ezte zordo bellaco eztá eztafando a la gente". ¿Qué te penzazte voz? ¿Qué te eztoy robando? Me traez como a un pobrezito por eztaz callez de Dioz, y todavía me cueztionaz. ¿No tenez vergüenza? Todo lo que zacamoz te lo jugaz a laz carreraz. Y las chicas en caza, pazando mizeria. Zoz un mal hijo y peor hombre. Lo único que zabez ez imaginar bellaqueríaz. Zoz un taimado, ezo ez lo que zoz.

Ruge irónico el Sordo:
—*Tachi, tachi, svergoñato.*
—Y de yapa zoz un zínico. Lo imitaz al italiano enfermo. Pero a voz también ze te va a convertir en zacaroza la zangre. Reíte no máz... vaz a ver... al freír será el reír.
Rígido, el Sordo camina en silencio, con empaque de mulo. Agobiado, triste, Emilio.
—¿Seguís por la calle del itinerario?
—Bendito zea Dioz... Parezéz un general de brigada. Eztoy zeco con tu plan. Claro que vamoz...
—Es que en el itinerario hay una plaza. Todavía no hemos llegado.
—¿Qué culpa tengo yo? ¿Querez que te inztale la plaza aquí, en medio de la calle?
Una señora viene de la feria con un cestón entre cuyas tapas cuelga la cabeza de un pato degollado. Los detiene encuriosada:
—Tan joven, y ciego. ¿Piden limosna, ustedes?
—No, zeñora. Vendemoz carameloz a laz perzonaz de buena voluntad que quieran ayudarnoz...
—¿Y cómo le pasó eso?
—Eztaba haziendo una reazión con ázido nítrico, y ze rompió el tubo de enzayo y con la explozión le zaltaron gotaz y vaporez en loz ojoz.
—¿Y no habla? —continúa la mujer examinando a Eustaquio que permanece detenido, esquivo como un mulo cuya venta tramita un gitano.
—Ez que ez zordo ademáz, zeñora, zordo como una tapia.
—¡Qué desgracia!... ¿y qué venden ustedes?
—Carameloz, zeñora... paquetez de diez y veinte zentavoz.
—¿No tiene paquetitos de cinco?
—No, zeñora...
—Entonces, será otra vez.
Y la vieja parlera, esporteando su cestón de vituallas, se retiró compadecida.
Emilio se quedó mascullando infamias.
—¿Vez, zordo perverzo? La tenez con eztos barrioz.
El otro, que no oye, que no oye si no se le habla muy

fuertemente en la caja del oído, marcha imperturbable y atiesado.

Eustaquio se inclina sobre él y le vocifera, pegándole casi los labios a la oreja:

—¿Cuánto te dio?

—No me dio ni zinco.

Eustaquio repone:

—No importa. Por cada pobre vivo que no da, hay diez imbéciles que dan. No te dirijas a las señoras de edad. Las señoras de edad son tacañas y duras de corazón. La estupidez humana es infinita. Dirigite a las mujeres humildes, no a las burguesas. ¡Las burguesas! Las burguesas son avaras. Pedile a las pobres mujeres. Las pobres mujeres tienen un corazón asequible a los sentimientos tiernos. Las mujeres que van a la feria y compran patos descabezados no creen en Dios ni en el Diablo. Pedile a las chicas. Las chicas se enternecen. No tienen experiencia todavía. No hablés mucho. Un lazarillo que habla mucho convence poco. ¿Me oís?

—Zí que te oigo, bellaco.

—¿Le dijiste que estaba ciego por mi amor a la ciencia?

—No —aúlla Emilio.

—Decí siempre por amor a la ciencia. Es una frase que convence. Empezá así: Ciego por su ferviente amor a la ciencia. Agregá lo de ferviente. Después colocá la cláusula del ácido nítrico. Ahora sí que me parece que el cielo está nublado.

—Laz nubez laz tenez voz en la cabeza, truhán.

En la vereda frontera aparece un frutero vociferando su mercadería.

El Sordo lo oye, podría decirse, por intuición. Le grita a Emilio:

—Che, llamalo al frutero.

—Ahí eztáz, glotón. No penzás otra coza que darte la vida de un arziprezte.

El frutero se acerca derrengado por dos cestones que le enyugan el cogote con una lonja de cuero. Tiene cara de picardía, y examina a los dos perdularios con gestos de quien descubre el secreto de la trampa. Los tres proletarios de la calle disputan unos minutos, y por fin el

Sordo embaúla en los bolsillos del macferlán dos docenas de bananas.

Ahora los dos hermanos llegan a la plaza del itinerario. Buscan un banco a la sombra de un árbol y se echan allí. Emilio tiene los pies doloridos. El Sordo bufa, aturdido por su ceguera artificial. Murmura:

—Che, ¿me puedo sacar los anteojos?

—No, hay gente por ahí.

El Sordo esguinza el rostro, y comienza a comer bananas. Arranca las cáscaras en tres tiras y las arroja sobre sus espaldas al cantero verde, a cuya orilla está el banco. Come ávidamente, llenándose la boca de modo que la saliva corre entre los puntos grises de la barba que le sombrea los labios.

Emilio lo observa disgustado, y come púdicamente, dando más rápidos y profundos bocados que el otro.

El Sordo comienza a filosofar.

—Decí si no es linda una vida así, Emilio. Sé sincero. Uno no tiene preocupaciones, horario, jefes que lo griten. La libertad absoluta. Querés pedir, pedís; no querés pedir, no pedís. ¿Viste el otro día esos campos por donde andábamos? Mirá, me ha quedado la gana de hacerme una choza de lata por ahí y vivir como un abad, panza al sol. Me llevaría el Quijote y una caña de pescar. ¿Para qué trabajar y romperse la cabeza?

—Zoz un pelafuztán. ¿Y a laz chicaz quién laz ayuda? ¿El Papa? ¿Y mamá? Tiene razón Juan cuando dize que zoz un mal hijo y un mal hermano. Zi uno fuera como voz los piojoz le andarían al trote por enzima.

El Sordo calla, mascullando internamente su ideal de vagancia. Un chozo a la orilla de un río, campo verde, y esperar que la vida pase, como aguarda un enfermo en la antesala de un dentista que llegue su turno para que le extraigan el diente que le hace sufrir.

Esgrimiendo su garrote, enfático de autoridad, se acerca, buida la mirada sobre los dos hombres, el guardián de la plaza:

—¿Ustedes tiraron esas cáscaras de bananas ahí? —y señala el cantero.

No lo pueden negar, porque el Sordo está atracándose con la banana número diecinueve.

—A ver si juntan esas cáscaras y se mandan a mudar. ¿Qué se pensaron? ¿Que esto es un potrero?

El largo Emilio menea la cabeza con resignación de mártir. Sube al cantero y junta inclinado las cáscaras que el Sordo, despreocupadamente, ha tirado por encima de sus espaldas. Eustaquio adivina el rezongo de Emilio y sonríe sardónicamente, pelando la banana número veinte.

Emilio piensa:

—¡Y dezpuéz ze queja zi me guardo una parte de la limozna! Da máz trabajo él zolo que un regimiento de criaturaz.

ERGUETA EN TEMPERLEY

La ingenua alegría que disfrutaba Ergueta en el Hospicio de las Mercedes, divagando a su antojo entre dementes fáciles de entendederas, desapareció al ser retirado del hospicio por los trámites que efectuó Hipólita, secundada por el Astrólogo [1]. Este lo condujo a su quinta de Temperley.

Ocupaba Ergueta, en compañía de Barsut y Bromberg, una habitación sobre la cochera. Para dedicarse con mayor eficacia a sus especulaciones de carácter religioso dormía durante el día. Por la noche estudiaba la Biblia, fortaleciéndose en los salmos de los profetas contra las tentaciones del mundo y las cobardías de su carne. Sabía que en breve tendría que arrostrar trabajos de predicación, pues éstos entraban en su plan, después de la visita con que lo agraciara Jesucristo.

Al volcar su pensamiento a los tiempos que "había vivido pecando" tenía la sensación de que le habían ocurrido sucesos anormales, mas la sensación se debilitaba com-

1 *Nota del comentador:* Se comprobó que la rapidez de los trámites que permitieron a Hipólita retirar a Ergueta del Hospicio, siendo simultáneamente nombrada su curadora, fueron favorecidos por el doctor N..., facultativo de prestigio, de cuyo nombre posteriormente se hizo secreto en el sumario. El doctor N... ignoraba en absoluto cuáles serían las consecuencias de su complacencia para con su ex amiga Hipólita.

parada ahora con el desapego instantáneo que le sobrecogía cuando pensaba que estaba obligado a ponerse nuevamente en contacto con los hombres.

De más está decir: Ergueta no experimentaba ninguna necesidad de abandonar la soledad de la quinta, que con su tupido follaje le parecía formar parte de una costa latina, donde tantos trabajos había padecido el apóstol Pablo.

Contaba más tarde Barsut que el "iluminado" no demostró ningún interés por enterarse de qué manera, en tan breves tiempos, habían acontecido en su vida cambios tan bruscos. Su atención vital estaba colocada en otra parte: el peso que la Divinidad había descargado sobre sus hombros la noche de la revelación de Jesús y lo extraordinario de la obra que ahora tenía que emprender para llevar al conocimiento de los hombres la "verdad revelada".

Leía continuamente Los Hechos, deleitándose en los trabajos de Pablo, e indignándose contra las acechanzas de que le hacían víctima los judíos, sirios y macedonios, y la atención que le prestaban los ciudadanos griegos. Los naufragios en tierras bárbaras y la predicación del antiguo gentil eran como un espejo donde él veía reflejarse sus trabajos futuros.

En esta época no demostró deseo alguno de verla a Hipólita. Se refería a ella como una desconocida. Alternaba su tiempo estudiando la Biblia y meditando entre los salvajes canteros de la quinta. El jueves a la tarde le dijo al Hombre que vio a la Partera:

—Tengo que salir a predicar. Hace varias noches he tenido una visión singular por lo simbólica y profética. Yo me encontraba en la azotea de la casa de gobierno, en compañía de un ángel amarillo. Este detalle es importante, porque lo amarillo es manifestación de peste, guerra, desolación y hambre. Sin embargo, a pesar de encontrarme en la azotea de un edificio tan alto, los techos de las casas no eran visibles. La ciudad íntegra estaba cubierta de agua azul. El agua no se movía, sino que estaba quieta hasta el horizonte. De pronto, del río comenzaron a saltar grandes pedruscos en el aire, y el ángel, mirándome, me dijo:

—¿Ves?... Va a aparecer un nuevo continente.

Bromberg entreabrió los ojos como platos, y dijo:

—Es posible que usted haya visto eso. Yo he estudiado las Escrituras y tengo una interpretación nueva de la Nueva Iglesia de Jesús.

El farmacéutico giró torvamente su perfil de gavilán, y respondió casi envidioso:

—Todas ésas son pamplinas. ¿Qué sabe usted de la Nueva Iglesia?

El otro se alejó.

A Ergueta le irritaba ceder a los impulsos de su vanidad, confiando a extraños sus verdades tan caras. ¿Por qué comunicaba a los otros sus secretos? ¿No era aquélla una vanidad de falso profeta que buscaba admiradores de su sabiduría? Además, a medida que estudiaba la vida de Pablo descubría curiosas singularidades entre su existencia y la del otro. Reproducía las peripecias que el apóstol había pasado en el mar al dirigirse a Creta en compañía del centurión Julio, su vigilante, como lo era de él, el judío Bromberg. Y se decía:

—¿Qué es lo que me falta para parecerme a Pablo? Él fue iluminado en el camino a Damasco, yo en el Hospicio de las Mercedes. Él estuvo prisionero en Cesárea, yo lo estoy aquí, en Temperley. A él lo interrogó Agripa, rodeado de sutiles rabinos, y a mí el director de un manicomio, rodeado de médicos iletrados y soberbios que no conocen una palabra de las Sagradas Escrituras.

No podía menos que sentirse edificado y agradecido a la Providencia, que de tal manera lo singularizaba entre sus semejantes.

La lectura de los naufragios del apóstol, en costas ásperas y duras pobladas de hombres barbudos e idólatras, encendía su recogimiento. Después de meditar los capítulos de Los Hechos, las noches silenciosas e inmensas de la antigüedad romana entraban a sus ojos. Comprendía la sequedad de los desiertos judaicos donde otros profetas sucios como porqueros realizaban trabajos de profecía, y nada se asemejaba al goce que experimentaba cuando se contemplaba en un arenal, predicando a hombres y a mujeres vestidos con traje de calle, en la proximidad de un cataclismo que oscurecía el confín del mundo y del advenimiento del día del juicio postrero.

Incluso gozaba en andar en alpargatas, pues pensaba que era más lícito a un predestinado a la profecía el usar alpargatas que calzar botines. Le constaba que los hombres del Viejo y Nuevo Testamento se alimentaban de langostas resecas y andaban descalzos, de manera que su sacrificio actual era nimio. Pequeño placer que se sumaba a la indulgencia y felicidad que le proporcionaba el secreto de su actividad.

Dormía poco. De noche bajaba al jardín y arrastrando sus zapatillas en los caminos húmedos de rocío pensaba largamente. Los canteros y la hojarasca animaban con manchas de betún la oscuridad menos densa, semejantes al ganado dormido. A Ergueta le parecía abrirse espacio entre cortinas de silencio; más atrás, dormían los hombres sacudidos por pasiones terrestres, y él, al pensar en su fortaleza y en las palabras que Jesús le había comunicado, levantaba lentamente los ojos a las estrellas, impregnado de agradecimiento.

A veces despertaba de un ensueño, rodeado de un círculo de sapos. Los astros en la altura cavernosa movían sus párpados de plata. El vertiginoso petardeo de un automóvil cruzaba el camino; luego el silencio tornábase más profundo, y él retornaba a evocar la figura de Pablo predicando en Efeso, rodeado de ancianos, de amarillo cráneo y larga barba. Los sapos se alejaban con pesados saltos en torno de él; y Ergueta, cayendo de rodillas, juntaba sus manos sobre el pecho y rezaba silenciosamente.

Otras veces pensaba que su misión debía comenzar comentando la palabra divina en los parajes de perdición. Entraría a cualquier cabaret de la calle Corrientes, y como aquélla era gente poco familiarizada con el lenguaje de las Escrituras, les diría así:

¿Saben a qué vino Jesús a la tierra? A salvar a los turros, a las grelas, a los chorros, a los fiocas. Él vino porque tuvo lástima de toda esa "merza" que perdía su alma entre copetín y copetín. ¿Saben ustedes quién era el profeta Pablo? Un tira, un perro, como son los de Orden Social. Si yo les hablo a ustedes en este idioma ranero es porque me gusta... Me gusta cómo chamuyan los pobres, los humildes, los que yugan. A Jesús también le daban lástima las reas. ¿Quién era Magdalena? Una yiranta. Nada más. ¿Qué importan las palabras? Lo que interesa es el contenido. El alma triste de las palabras; eso es lo que interesa, reos.

El Hombre que vio a la Partera buscaba tenazmente la compañía de Ergueta. Se burlaba de él, porque envidiaba su sabiduría de los textos sagrados. Pero, de pronto, la admiración sucedía a la envidia, y la atmósfera agria que subsistía entre los dos hombres se evaporaba por un instante.

El viernes a la noche se entabló entre ellos el siguiente diálogo. Lo escuchó Barsut, que, sentado en el tronco de un árbol, cavilaba sus problemas.

Dijo Ergueta:

—Iré a la montaña a meditar treinta días como Jesús. Es seguro que vendrá el Demonio a tentarme como fue a tentarlo al Hijo del Hombre, pero yo resistiré... Sí, resistiré, porque he renunciado a todo. Luego predicaré treinta días, y después moriré apedreado.

—Mas... ¿cómo se va a tratar en la montaña esa vieja blenorragia que tiene?

—¡Que me cure Dios!... Mi enfermedad es tan vieja ya, que sólo Dios puede curarme. Y en él confío. Y si no me cura, será prueba de que debo continuar sufriendo para purgar todos mis pecados.

Bromberg miró azoradamente en redor; luego, tragando saliva, repuso débilmente, casi con ansiedad:

—En ese caso, podría acompañarlo yo también a la montaña. Tendríamos cabras y gallinas; yo cuidaría la huerta mientras usted estudiaba la Biblia.

Dijo, y quedóse mirando el azul negro del cielo, suavizado repentinamente en azul de agua. La cúpula de un eucalipto se teñía de acerada fosforescencia violeta. Ergueta objetó:

—La Biblia no se estudia. Se interpreta por gracia divina. ¿Y usted entiende de criar gallinas?

—Sí.

—¿Y cuántas necesitaríamos para vivir nosotros?

—Más o menos doscientas gallinas. Además, llevaríamos dos cerdos y una vaca; así tendríamos carne y leche y huevos. Si nos instaláramos cerca de un río, podríamos pescar.

Ergueta guiñó un párpado y objetó:

—Sí, pero de esa manera no se va a la montaña ni al desierto a hacer penitencia. Los profetas vivían en la soledad de hierbas, langostas y raíces, y no en la opulencia.

Bromberg pasó ávidamente la lengua por sus labios resecos; luego, ansiosamente, repuso:

—Eso sucedía en los tiempos de Carlomagno. Hoy, un profeta puede alimentarse bien hasta que llegue el momento en que debe predicar. Además, Jesús no le ha dicho a usted que no se alimente decentemente.

—Sí, pero tampoco me ha mandado que me trate a cuerpo de rey. Por otra parte, este asunto carece de importancia. Eran los fariseos los que se detenían en tales detalles de práctica, que Jesús despreciaba. Nosotros meditaremos las Escrituras. Yo haré penitencia en alguna caverna.

Croaban dulcemente las ranas de un charco próximo, pero Ergueta no las escuchó, moviendo los brazos en lo oscuro.

Bromberg se apartó dos pasos de él: luego, como si comunicara un secreto, reflexionó:

—De paso podríamos llevar una escopeta, un galgo y un aparato de radio. La música distrae mucho en la soledad de las montañas.

Ergueta se volvió, indignado:

—Perro asqueroso... ¿de quién te estás burlando? Yo iré a las montañas, pero no a convivir con un farsante. No llevaremos nada más que gallinas, y el único cerdo que hociqueará allí serás vos.

Bromberg respiró aliviado. Después de observar una nuez de plata flotando en la horqueta de un árbol, se humedeció los labios con la punta de la lengua:

—Cierto... Me estoy burlando de su conducta santa. ¿Y sabe por qué lo hago? Porque tengo un corazón vil y quiero constatar si no es usted un vulgar embaucador.

—Mi conducta no es santa ni nada que se parezca. ¿Quién te dijo que soy un santo? He pecado abundantemente, nada más. Luego, Dios me llamó a su camino, y creyeron que estaba loco. Cierto es que mis procederes semejaban los de un demente... mas ¿cómo no asombrarse frente a los prodigios de que fui testigo? ¿Te creés que estoy loco porque he regalado mis bienes a mi esposa, que puede estar a diez pasos de aquí durmiendo con otro hombre? No, imbécil. Ella es la Ramera bíblica, la Coja que aparece en los tiempos de tribulación. Le regalé mi fortuna para que se hundiera o para que se salvara. ¿Qué me importa a mí? Soy un discípulo de Cristo crucificado. Saldré mañana o pasado a pedir limosna por los caminos, como salió el Buda, que era hijo de reyes, y Jesús, que fue hijo de menestrales. ¿Te das cuenta? Me pondré un blusón y alpargatas, e iré por los caminos a predicar la vecindad de los días de sangre. Porque vienen tiempos terribles, judío cínico. Podés pasar ávidamente la lengua por tus labios para saborear el veneno que la envidia de Satanás engendra en tu estómago. ¡Los bienes, el oro, la plata! ¿Qué me importan a mí los bienes?, grotesco remedo del centurión Julio. Mi corazón rebosa de piedad por los hombres. Me queda, es cierto, este perfil de fiera; pero Jesús, que hurga dentro de las almas, sabe que las almas no consisten en un perfil. Han llegado los tiempos cruentos. Escuchá estas palabras terribles de Jeremías, profecía de hoy y para hoy: "Veo una olla que hierve y su asa está de la parte del aquilón. Del aquilón se soltará el mal sobre todos los moradores de la tierra. Porque he aquí que yo convoco todas las familias del reino del aquilón..." ¿Qué reponés, centurión Julio? El aquilón se desató ya sobre la tierra. Escuchá lo que dice Ezequiel: "Destrucción viene, y buscarán la paz y no la habrá." Y esto otro: "El tiempo es venido, acércase el día, el que compra no se huelgue y el que venda no llore, porque la ira va a descargar sobre toda la multitud." También esto es del profeta Ezequiel. Podés burlarte, pero la hora de tu fin está próxima; me lo dice el corazón. —Lo negro entre los árboles crepitaba de crujidos nocturnos. Resbalando en curva vertiginosa se sumergió tras un macizo de sombras de alquitrán un punto anaranjado.

—Yo no me burlo...

—Me importa un carajo que te burles o no. Yo hablo de Jesús, que limpiaba toda alma impura. Cuando Él miraba a los hombres ellos se daban cuenta de que Él estaba detenido con sus ojos en el fondo plano de sus espíritus. Y como el albañil que raspa una pared y desgrana el cemento entre sus dedos para saber qué proporción de cal y arena hay en la mezcla, él desgranaba entre sus dedos el secreto de los hombres y les decía en qué proporción estaban mezcladas en sus almas las arenas del deseo con la cal del pecado. Jesús era así. No dejó dicho todo lo que pensaba, porque los hombres no estaban preparados para ello. Vos sabés que poco o nada se sabe de su vida. Anduvo errante por los caminos. Allí conoció a ladrones de cabras y a mujeres que se acostaban con esclavos fugitivos. En esa época había esclavos. ¿Vos pensaste en la pena que sufriría su pobre corazón al verse tan solo entre gente que a cada momento esperaba el suplicio, la horca, la cruz, el látigo, el hierro candente? Decime francamente, ¿pensaste alguna vez en Jesús, en el Jesús ambulante, el Jesús linyera?

—No.

—¿Ves?... A todos ustedes les pasa lo mismo. Los curas hablan de un Jesús que está lejos del corazón humano, e insensiblemente la gente se aleja de Jesús. Pero Jesús era un hombre... Hablaba como hablo yo con vos. Iba por las calles de las aldeas, y de las puertas entreabiertas le llegaba el olor de los guisos y veía a las mujeres que con brazos desnudos ordeñaban sus cabras. Él estaba simultáneamente dentro de todas las cosas del mundo. Y nadie se daba cuenta de la inmensa misericordia que le hacía pararse al anochecer en los campos, junto a las fogatas de los pastores y bandidos. Porque vos sos también un bandido.

Bromberg se relamió ávidamente:

—No tengo ningún inconveniente en aceptar que soy un bandido, pero el problema no se resuelve faltándome el respeto a mí, sino diciéndose: ¿Y si Dios no existe?

Y Bromberg fijó nuevamente la mirada en una altura que observara antes.

El violáceo que teñía la cúpula del eucalipto fue degradando en esmalte de plata azulada. La altura semejaba a una cúpula de aluminio. Rápidamente, repuso Ergueta:

—Yo también lo pensé en otra época. Me decía: si Dios no existe, hay que guardar el secreto. ¿Qué sería de la tierra si los hombres supieran que Dios no existe? Nosotros no tenemos derecho a pensarlo. Cuántas veces Jesús debe haberse dicho, mientras comía un pedazo de pan a la orilla de una fogata, entre pastores silenciosos: ¿Y si Dios no existe? Él habrá pensado lo mismo que nosotros; pero oyendo las conversaciones de la gente, contemplando la infinitud del dolor humano, como quien se tira a un pozo sin fondo, Jesús se arrojó de cabeza a la idea de Dios.

—¿Y usted va a hablar así por las calles?

—No, no es en las calles donde están las fuerzas del mundo; es en los campos.

—¿Pero usted cree en Él?

—Desde el momento en que se piensa en Él con deleite, Él existe.

—¿De qué manera percibe usted su existencia?

—Mis fuerzas crecen, mi vida adquiere un sentido amplio, la muerte me resulta pueril; el dolor, irrisorio; la pobreza, regalo...

—Bromberg —grito una voz en lo oscuro.

Muequeó desdeñosamente Ergueta:

—¿Es el Astrólogo? ¿No?...

Y el Hombre que vio a la Partera contestó, al tiempo que se alejaba:

—Sí, es él.

Ergueta quedó solo bajo la cúpula de una higuera. Entonces se le acercó Barsut, que había estado oyendo todo el diálogo, y dijo:

—Lo que ustedes hablaban es interesante.

Se encogió de hombros el otro y repuso:

—Bromberg es un endemoniado. Tras él anda un diablo pequeño y hediondo sugiriéndole ironías. El diablo pequeño menea su cola, y el alma de Bromberg se llena de escozor doloroso, tan doloroso que tiene que relamerse los labios como un perro para no quemarse en su veneno.

—Es posible...

Y echaron a caminar juntos, por el sendero de la quinta...

UN ALMA AL DESNUDO

Ahora iban y venían indiferentes a la oscuridad de abajo y a las estrellas altas. Una fragancia grasienta brotaba de la vegetación humedecida por el rocío de la noche y parecía ascender hasta arriba para velar el cenit de una tenue vaporización de ceniza. Barsut dijo:

—Volviendo a la conversación de ayer, como le decía, me creo extraordinariamente hermoso.

Apartando por décima vez la rama de un sauce que le cruzaba el pecho al llegar al recodo del camino, insistió:

—Cuando menos, fotogénico. Esto, en boca de otro sería una estupidez; en cambio, yo tengo derecho a pensarlo. Además, dicha creencia ha modificado profundamente mi vida. Sé que con usted puedo hablar, porque lo creen loco...

Ergueat encendió pensativamente un cigarrillo; la lumbrarada de fósforo descubrió su hosco perfil amarillento; la sombra de Barsut saltó hasta el tronco de un álamo; se apagó la cerilla y relumbró el ascua del pitillo. Sin intentar defenderse, arguyó:

—Cuando conozcan mi obra, no creerán que estoy loco.

Barsut se encogió de hombros.

—A mí no me interesa que usted sea loco o no. El Astrólogo en estos momentos posiblemente estudia el proyecto de Erdosain para fabricar gases. ¿Es menos loco que usted el Astrólogo? No, ¿y entonces?... Sin embargo...; pero volviendo a lo mío, la creencia de que soy extraordinariamente hermoso ha modificado mi vida substancialmente.

Apartó la rama del sauce con un golpe de brazo, y continuó:

—Ha modificado mi vida, porque ha hecho que yo me coloque frente a los demás en la actitud de un comediante. Muchas veces he fingido estar borracho entre mis amigos y no lo estaba; exageraba los efectos del vino para observar el efecto de mi presunta embriaguez sobre ellos. ¿No le parece que puedo ser actor de cine?

Ergueta no respondió.

Barsut se tomó las manos por la espalda y continuó:

—Siempre estoy en comediante. Indiferentemente de

los sucesos que me ocurren. Como le decía ayer: a Erdosain lo castigué en frío para ver si yo podía hacer la parte de amante burlado. Luego me arrodillé ante él, pensando: "¡Qué efecto magnífico en cine hincarse frente al hombre que hemos golpeado!". Incluso le hice creer que me desesperaba la angustia. ¿Qué me importa a mí la verdad? ¿Para qué sirve la verdad? A mí la verdad me importa un pepino. Me he analizado lo suficiente para comprender que soy una naturaleza grosera y cínica. Lo único que me interesa son las comedias. Soy capaz de representar el papel del hombre más desesperado. Se me llenan los ojos de lágrimas, las mejillas se me enrojecen, los ojos me centellean, y por dentro me estoy burlando del que me contempla emocionado. A Erdosain lo visitaba, y mientras estaba frente a él representaba de hombre taciturno, acosado por un destino siniestro. ¡Y el infeliz se lo creía! Cierto es que experimentaba cierta voluptuosidad... Hay en mí algo que no me explico con claridad, y es la malignidad que se apodera de mis sentidos cuando hago una comedia.

El alma me parece entonces que anda por la cresta de una nube. Los nervios se me ponen tirantes. Me encuentro en la misma situación de un individuo que cruza un abismo por un puente de alambre. La misma sensación la he observado, porque un artista tiene que observarse... cuando estoy divirtiéndome a costa de alguien. Le juro, Ergueta, que he representado las comedias más absurdas. Hay momentos en que me resulta imposible discernir en mi vida la parte de comedia de la que no lo es. Todo esto no sería nada si mis sentimientos fueran buenos, honestos... pero no... lo grave es que junto al farsante se encuentra la personalidad del hombre maligno. Vea: tenía dos amigos que se detestaban mutuamente. Pues a uno le hablaba bien del otro y viceversa. Si escucho que dos discuten atizo la discusión. No me importa quién tenga la razón, lo que me interesa es movilizar pasiones. Cuanto más bajas, mejor. Muchos padecen porque dicen que buscan la verdad. Frente a estos cretinos me coloco en su mismo lugar. ¿Usted cree que es cierto lo de la hija de la espiritista? No. ¿Y lo del fantasma de la escoba? No; son todas historias que les cuento a los demás para representar el papel de hombre al margen de la locura ¡No se imagina lo que me divertí con ciertas personas que me recomendaban procedimientos higiénicos para evitar la neurosis! ¿Qué opina usted de todo esto?

Entre la ríspida horqueta de un duraznero tiemblan las cinco agujas azules de una estrella.

Ergueta se acuerda involuntariamente de un caballo ciego que en una chacra hacía girar una noria entre soledades de orégano y lechuga, y contesta a la pregunta de Barsut:

—Hay un versículo en el Deuteronomio, capítulo 13, que dice: "No darás oído a las palabras de tal soñador de sueños." Y más adelante, el profeta ha escrito: "Y el tal soñador de sueños ha de ser muerto." [1]

Barsut repone:

—Son frases. En mí se encuentra también el alma del soñador capaz de vestirse con el traje de arpillera y pasearse con una latita en la mano para pedir limosna por Flores, como me recomendaba el Astrólogo. ¿No me cree usted capaz?

—Sí.

—¿Y eso no constituye originalidad?

—No.

—¿Por qué?

—Hay en San Lucas una parábola de Jesús dirigida a escribas y fariseos, que dice: "Nadie mete remiendo de paño nuevo en vestido viejo." Y también: "Nadie echa vino nuevo en cueros viejos". ¿Qué haría un alma empedernida en la abominación, metida en un burdo sayal? Ironizar la gracia que Dios concede a los santos y a los inocentes.

—Es posible... Sin embargo, vea, a usted puedo contarle todo. Usted es uno de esos tipos con quien uno destapa su cloaca. Es cierto. Se les puede decir todo. Creo que me voy a confesar. Soy envidioso. No se asombre. Me gusta mentir. Cuando tengo un amigo, le ayudo a ser vicioso. Todos mis pocos amigos son viciosos. Me gusta

[1] *Nota del comentador:* **Ergueta modifica maliciosamente los versículos al platicarlos a Barsut, porque ambos versículos se refieren a un poeta y soñador, y no sólo al soñador.**

perseguir a la vida y martirizarla. He encontrado hombres a quienes una palabra afectuosa mía los hubiera ayudado extraordinariamente. Pues, alevosamente, me guardé la palabra afectuosa. Una palabra afectuosa no cuesta nada, ¿no? Pues no la dije. Tenía un amigo que de buena fe se creía un genio. Despacio le he destruido la fe que tenía en sí mismo. He tropezado, raramente, con individuos de mirada penetrante que localizaban en mí los vicios que escondía, y no sé por qué, animados de una estúpida piedad, trataban de aconsejarme. ¡No se imagina usted lo que me he divertido subterráneamente escuchándolos, haciéndolos hablar horas y horas, hasta fingir que me emocionaba con sus observaciones! Ellos disertaban al estilo de pedantes de la moral, y yo inclinaba el rostro, y los ojos se me llenaban de lágrimas. ¿Quiere creer que uno de esos imbéciles llegó a besarme las manos? Su orgullo necesitaba esa expansión frente a mi remordimiento. Interiormente, yo me burlaba de él. Mi conducta era dejar llegar las cosas hasta cierto punto; luego un día, bruscamente, cortaba todo consejo con una grosería irónica, inesperada y ofensiva.

Se inclinó para arrancar del suelo un manojo de tallos verdes con los que se golpeó las pantorrillas; luego, apretando con los dedos el codo del brazo derecho de Ergueta, que adivinaba, volvía el rostro hacia él en la oscuridad. Insistió casi agresivo:

—¡Hay que ver cómo se ponían los burlados! Y no crea que es de ayer o anteayer esto. Hace muchos años que llevo una vida igual. Ahora tengo veinticinco... pues, desde los diecisiete años que represento comedias. A veces en mi casa hacía cosas como ésta: me subía a la mesa, y me quedaba sentado como un Buda, en cuclillas, dos o tres horas. Un día la patrona de la pensión se asustó. Me dijo que tendría que pedirme la pieza si se me ocurría seguir sustituyendo la mesa por el sofá. ¿Podía hacer otra cosa que reírme? Más que comediante, soy un canalla; es cierto, un canalla y un bufón; pero, ¿los otros son mejores que yo? ¡Dios mío! No es que me compadezca de mí, no... pero vea: un día tuve la ocurrencia de enamorarme. Por cínico que sea, aquí está el error de la gente en creer que un cínico no puede enamorarse; yo me enamoré. Me enamoré en serio de una chiquilla. Ella tenía catorce años... no se ría...

—Yo no me río...

Barsut apartó nuevamente la rama de sauce que le cortaba el pecho al llegar al recodo del camino.

Un segmento de aluminio bronceado despuntaba sobre la cúpula de los eucaliptos. Barsut contempló pensativo las alturas. Entre la Vía Láctea mediaban callejones tan profundos como los que se desploman ante los escalonamientos perpendiculares de los rascacielos vistos a vuelo de aeroplano.

Continuó grave, confidencial:

—Pensaba casarme con ella. Le di lo mejor de mí mismo, si algo bueno llevaba en mí mismo. Es difícil dar lo mejor de sí mismo. Y con generosidad. Bueno, yo lo di. Pureza, ensueño, pasión. No crea que le hablo en personaje cinematográfico. No. Si hubiera luz y usted me pudiera ver la cara, efectuaría la comedia. En la oscuridad no hay objeto. A la luz, sí, porque no podría resistir al impulso de creerme frente a la máquina fotográfica. Así, no. Estamos en la oscuridad, y apenas nos vemos el brillo de los ojos. Bueno, ¿usted sabe qué salió diciéndome la chiquilla de catorce años, al cabo de tener relaciones conmigo durante dos años? ¿A que no se imagina? —Se detuvo, tomándolo del brazo a Ergueta, e insistió:— ¿Puede imaginarse lo que me dijo la chiquilla de catorce años?... Pues me dijo que se había entregado a otro. ¿No es horrible esto? Yo creí que me volvía loco. Así como lo oye. Durante un mes la bilis se me volcó en la sangre. Quedé amarillo como si me hubiera bañado en azafrán. Pues bien, ahora yo quiero triunfar, ¿sabe? La he visto una vez del brazo de otro. Quiero humillarla profundamente. No descansaré hasta alcanzar el máximum de altura. Es necesario que esa perra se encuentre con mi nombre en la ochava de todas las esquinas. Que la acose como un remordimiento. Pasaré, acuérdese, algún día frente a su casa levantando tierra con mi Rolls-Royce: impasible como un Dios. La gente me señalará con la mano diciendo: ¡Ese es Barsut, el artista Barsut; viene de Hollywood, es el amante de Greta Garbo!

Irónico, repone Ergueta:.

—Cuando una mujer quiere hacer una señal con la mano no falta un hombre que le ofrece su Rolls-Royce. Es muy duro, amigo mío, dar coces contra el aguijón. Usted es un empedernido pecador. Y está escrito: "Por su propio furor son consumidos." Para ellos, de los cuales uno es usted, el profeta escribió: "De día se topan con las tinieblas, y en mitad del día andan a tientas como de noche".

—*Je m'en fiche*. Además, si hay una tiniebla que ya lo ha ensuciado todo en mí, es ella.

Ergueta guiña el párpado y se echa a reír:

—¡Qué lindas mentiras inventa usted! Nadie ensucia a nadie. Además, ¿para qué quería casarse usted con una criatura de catorce años? ¿Para limpiarla de todo pecado o para terminar de ensuciarla? Ojo, compañero. Yo leo la Biblia, pero no soy ningún gil. ¿Era casto usted cuando la pretendía a ella?

—No...

—Y entonces, ¿a qué hace tanto aspaviento?

Llega de la distancia el apagado graznido de un claxon. El ladrar de los perros se amortigua. La luna filtra a través de los árboles cenicientas barras de plata.

Barsut da un paso atrás, y vacilante repone:

—¿Sabe que tiene razón?... Posiblemente... Déjeme pensar... ¿A ver? Posiblemente yo la odiara por el poder que ella ejercía sobre mí. Vea, ¿quiere que le sea sincero, pero sincero de verdad? Cuando ella me confesó que se había entregado a otro yo la escuché sonriendo. Sentí en mi interior que no se me importaba nada lo sucedido. Pero cuando analicé lo que significaba esa indiferencia respecto a su pecado... recién entonces empecé a odiarla. Si hubiera podido quemarla viva la hubiera quemado.

Ergueta se ríe silenciosamente:

—Usted no la hubiera quemado, no, viva a ella, ni aun a su retrato. Lo que pasa es que le gustan las palabras de efecto. Usted ha hecho lo que hacen todas las almas vulgares. Queriéndola mucho, empezó a odiarla.

—Y un alma superior, ¿qué hubiera hecho?

—La hubiera borrado inmediatamente de su interior. El alma superior tiene esa característica. Además... ¿para qué quería casarse? El Buda ha dicho una palabra muy sabia: "Todo hogar es un rincón de basura". Y el Príncipe no se refería a la casa de un pobrecito como usted o yo, no, el Príncipe se refería a hogares de altos encumbrados como él.

—Ergueta, déjeme del Buda. Yo soy un hombre que come, vive y duerme. El Buda podía decir lo que quería. Nadie se lo prohibía. Yo soy un hombre de carne y hueso. Tengo corazón, tengo riñones, pulmones. Todo mi cuerpo pide felicidad. Los sucesos humanos no se pueden arreglar con frases. No son como las películas, que un técnico revisa y deja de ellas lo que está estrictamente bien. Yo soy un hombre de carne y hueso. Con necesidades y principios. Mi drama, le estoy hablando de mi drama. ¿Qué importa que yo sea un cínico o un malvado? El Astrólogo insiste en que debo transformar mi vida. Pongamos por caso que escuche los consejos del Astrólogo. Que con mis propias manos me confeccione un traje de arpillera y que con una latita vaya por la plaza de Flores y pida limosna y junte mi comida en los cajones de basura. Y que me arrodille en la esquina del café Paulista y me golpee el pecho con las manos.

—¿El Astrólogo dijo eso?

—Sí.

Caviló un instante Ergueta:

—Me alegro que el Astrólogo le haya dicho eso. El Astrólogo tiene una intuición de la Verdad. No está todavía bien encaminado, pero atisba. Han llegado los tiempos, pero el Astrólogo debe haber sacado del libro de Jeremías lo del traje de arpillera. Claro. En el libro de Jeremías está escrito: "Por esto vestís de saco, endechad y aullad, porque la ira de Jehová no se ha apartado de vosotros." ¿Así que el Astrólogo le dijo eso?

—Sí, él cree que con esa conducta puedo transformar mi vida. Lo cual es absurdo.

Mi sufrimiento proviene de ser como son los otros. ¿O usted cree que soy el único simulador que da vueltas por allí? No, hombre. Bufones, comediantes envidiosos como yo los hay a millares en esta ciudad. No sé si las ciudades del mundo se parecerán a Buenos Aires. Hablo de lo que conozco. Supóngase que me arrodillara en la esquina del café Paulista. ¿Qué pasaría? Me meterían preso.

—O lo llevarían al manicomio, como a mí —rezongó Ergueta.

Barsut prosiguió:

—¡Si yo supiera que las mujeres se impresionarían con mi conducta!... ¡Pero qué las mujeres! Apariencias, apariencias. Vestidos que se mueven. ¿Qué hago yo entonces? Entregarse a las mujeres no se puede. Por ese lado el problema no se resuelve. ¿Qué camino seguir? ¿Qué me queda de hacer? Irme a Norteamérica. Enrolarme en el cine. Estoy seguro que en el cine parlante tendría éxito; porque mi voz está bien timbrada. En realidad, cuando mis ilusiones se las comunico a otros es para hacerlos sufrir. Hay gente que sufre cuando descubre posibilidades de éxito en sus prójimos. Hay otros tan envidiosos que a uno no le perdonan ni que sueñe disparates. Yo he visto amigos míos que se ponían pálidos cuando les hablaba del cine. Les decía que un drama parlante sería de perlas para mí. Se titularía "El barquero de Venecia". Yo iría en una góndola, remando por un canal, descubiertos los brazos y coronado de flores. Una luna de plata cubriría de lentejuelas anaranjadas el agua negra de los canales. Bajo un balcón del Puente de los Suspiros cantaría una barcarola. Claro está que para eso estudiaría canto. Al cantar bajo el puente se abriría una ventana, saltaría a mi góndola una marquesita, y arrancándome las rosas que me cubrían el pecho, me clavaría un estilete en el corazón. Hubo uno que perdió las ganas de dormir el día que le conté ese sueño. ¿Se da cuenta usted, Ergueta, qué profunda es la perversidad humana? Aborrece hasta las quimeras que lo distraen a un desdichado. ¿Qué pasaría si esos sueños se realizaran? No sé. Posiblemente, de poder matarlo a uno, lo matarían.

¿Puede vivirse así? Dígame sinceramente: ¿se puede vivir de esa manera? No es posible. Vea, Ergueta: usted no sé qué vida ha hecho. Usted es bueno y malo, pero en el fondo es un macho. Y un macho está bien plantado en cualquier parte. Pero no conoce a la gente que conozco yo. Los perversos y endemoniados de café. Mire:

cuando el Astrólogo me despojó de mi dinero, sentí una gran alegría. ¿Sabe por qué? Pues porque me dije:

—Ahora he quedado en la miseria. Ahora tendré que trabajar para triunfar. Lucharé como una fiera, pero saldré con la mía. Todos antes del triunfo tienen características de locos, como todas las mujeres antes de parir son deformes de vientre. Ahora lo que pasa es que mi sueño de grandeza no me produce alegría. Soy un genio triste. A veces observo mi aburrimiento con tanta meticulosidad como podría verse el interior del vientre un hombre que tuviera la piel de cristal.

Ergueta contempla una estrella, gruesa, en la altura, como un nardo de oro.

—Es que está escrito: "El camino de los impíos es como la oscuridad; no saben en qué tropiezan". Está escrito: "También me reiré en vuestra calamidad, y me burlaré cuando os viniere lo que teméis". Hay que buscar a Dios, amigo Barsut. Se lo dice un hombre que...

Barsut, sordo para lo que no fuera su pensamiento, continúa:

—¿Si los otros fueran mejores que uno? Entonces el problema se resolvería fácilmente. Alguien me dijo que me casara. Sí, pienso casarme, pero será con Greta Garbo. Me gusta esa mujer. Para eso tengo que ir a Estados Unidos, triunfar allí... Vea, hasta tengo hecho el cálculo. Un año para triunfar, otro año para conquistarla... Dentro de dos años, estimado Ergueta, usted profetizará por las esquinas vestido de arpillera, con una latita en la mano. La gente, en redor suyo, abrirá la boca frente a los textos que cite de las Escrituras; de pronto, yo me detengo en un Rolls-Royce, el lacayo abre la puerta, y baja Greta Garbo tomada de mi brazo. Y yo le digo: —"¿Ves?... Ese es mi amigo Ergueta, con quien conversé una noche cuando estaba secuestrado." Y lo llevamos a usted a Estados Unidos...

Llamó una voz ronca:

—Barsut.

Por el camino avanzó una sombra. De la tierra se desprendió un acolchado sonido de pasos. Barsut distinguió al Astrólogo, y tomándolo del brazo a Ergueta le dijo, temeroso:

—Por favor, ni una palabra con él.

En el fondo de una cantera vegetal, agrisada por la luna, se recortó inmensa la estatura del Astrólogo. Adivinándolo a Ergueta, saludó en la oscuridad:

—Buenas noches, Ergueta. Disculpe que lo interrumpa. ¿Me permite un momento al amigo Barsut?

—¿Me necesita usted?

—Sí, Barsut, venga. Tengo que darle una buena noticia.

Ergueta quedó nuevamente solo bajo la higuera. Observó a los dos hombres que se fundían entre los árboles, y murmuró:

—Señor, ¡cuánta verdad hay en tus palabras: "El camino del hombre perverso es torcido y extraño"!... ¡Torcido y extraño! ¡Parece que hubieras previsto todos los movimientos del alma en la noche de los siglos, Señor!

Y Ergueta se hincó sobre el pasto. Juntó las manos sobre el pecho y comenzó a orar.

La luna caía en barras de plata sobre su espalda encorvada.

"LA BUENA NOTICIA"

La lámpara del escritorio estaba encendida cuando entraron. El Astrólogo le señaló a Barsut el sillón forrado de terciopelo verde, y éste, sentándose, aguardó en actitud de expectativa mientras que el otro se dirigía al armario. De allí, el Astrólogo sacó un paquete cuya envoltura de diario arrojó al suelo. Barsut observó que eran fajos de dinero. Simultáneamente, el Astrólogo echó mano al bolsillo trasero del pantalón, extrajo una gruesa pistola de calibre 45, y paquete y pistola los colocó sobre el escritorio, frente a Barsut, que lo miraba asombrado, y dijo:

—Sírvase. Aquí están sus dieciocho mil pesos. Usted queda libre de ayudarme o de irse por su propia voluntad. Tiene cinco minutos para pensarlo. El revólver es para que usted vea que no le he tendido ninguna celada. Voy arriba. Dentro de cinco minutos bajaré a recibir su contestación. Si antes de los cinco minutos ha resuelto irse, puede salir.

Y sin mirarlo a Barsut le dio la espalda, salió al pasillo y Barsut escuchó sus pesados pasos en los tramos de la escalera que conducía al desván de los fantoches.

Quedó solo Barsut. Diez mil voces interiores gritaban en él:

—¿Pero será posible esto? ¿Será posible?... ¡Norteamérica!...

Se inclinó ávidamente sobre el paquete. Dejó el dinero, y tomando la pistola hizo correr el cierre en la culata del mango. Extrajo a medias el cargador. Por los agujeros de la vaina distinguió la redondez de bronce de las cápsulas. Cerró la culata, y depositando el arma sobre la mesa cogió con las dos manos los extremos del paquete. Dos pequeños fajos estaban compuestos de billetes de diez pesos; otro, con cincuenta papeles de cincuenta, y el resto de la suma completado por billetes de cien pesos. Sin mirar en derredor comenzó a contar las puntas de los papeles de cien pesos. Una idea cruzó vertiginosa por su mente: "¿No será el 'paco mocho' éste?". Rompió los fajos. Desparramó el dinero. ¡No!... ¡Qué equivocado estaba! Aquello no era "paco mocho". La luz centelleaba frente a sus ojos como un Niágara incandescente. La voz interior repetía:

—¡Hollywood!... ¡Hollywood!...

Rápidamente, dedujo:

—Ese bandido ha vendido la farmacia de Ergueta, seguro que lo amenazó con denunciarlo... Ahora me explico las venidas de Hipólita. La postergación de la reunión del miércoles. Veintitrés, veinticuatro, veinticinco. ¡Hollywood!... veintiséis... ¡Hipólita ha desvalijado al marido!... veintisiete...

Súbitamente, Barsut se estremece. Una corriente de frío nervioso le eriza el vello de la espalda, descargándose como un chorro de agua fría por la piel de su cabeza. Inexplicablemente lo ataca el miedo. Lentísimamente levanta los párpados. En la hendidura negra que deja la puerta que da al recibimiento por donde salió el Astrólogo, distingue una nariz amarilla y el abrillantado vértice de un ojo.

La puerta se abre insensiblemente, descubriendo cada vez más en la franja perpendicular de fondo negro el relieve amarillo de una frente abultada. Los ojos demarcados por la línea negra de las cejas miran fijamente, mientras que los labios contraídos como los de un perro que amenaza mordisco dejan ver la hilera de los dientes brillantes.

Es el Hombre que vio a la Partera. Su cabeza se agazapa entre la defensa de los hombros levantados. El puño derecho de Bromberg esgrime en ángulo recto un cuchillo de hoja ancha, horizontal a su mano.

El Hombre que vio a la Partera lo está acechando. Pero si el Astrólogo le ha tendido una emboscada, ¿por qué le dejó la pistola? Barsut observa semihipnotizado.

Bromberg no mira el dinero. Sus pupilas brillantes se clavan oblicuamente en un punto del muro. Sin embargo, a la altura de su ingle, la cuchilla se pone cada vez más horizontal.

Barsut mira.

Del cuerpo que resbala insensiblemente hacia él, sólo le son visibles unas cejas abultadas sobre dos ojos incoherentes. A medida que el rostro chato se aproxima más en el vacío una debilidad terrible se apodera de sus brazos. Sabe que va a morir. No puede moverse. Se ha olvidado totalmente de la fuerza que almacena la estatura de su cuerpo... Su voluntad sólo subsiste para mirar el rostro amarillo y chato, empotrado en la gruesa garganta venosa. El asesino, en mangas de camiseta y descalzo, empuja lentísimamente la puerta. Sus pies están aún en el pasillo, mientras que su busto parece alargarse elásticamente al interior del cuarto.

—Pasaron tres minutos —grita estentóreo el Astrólogo.

La llamada del Astrólogo resbala sobre la impasibilidad de Bromberg. Este avanza sin separar la planta de los pies del piso. Bajo la piel de Barsut los músculos se contraen tan bruscamente que un dolor candente, como un latigazo de fuego, relampaguea a través de sus brazos. Vertiginosamente estira una mano, sin levantarse del asiento, esgrime temblando frente a su pecho la pistola y apretando fuertemente los párpados, ciego, aprieta el gatillo, una, dos, tres, cuatro, cinco, seis veces... Las explosiones se suceden con monorritmo mecánico. Aprieta nuevamente el gatillo y el percutor golpea en el vacío.

Entre cada estampido Barsut esperaba sentir entrar en su vientre la fría hoja de la cuchilla. Un olor nauseabundo lo envuelve en una neblina blanca; alguien grita en sus orejas "¡oh! ¡oh!", y él se desploma sobre un brazo del sillón forrado de terciopelo verde. Nuevamente alguien grita en sus oídos palabras distantes, lo sacuden por los brazos; no comprende nada ni quiere abrir los ojos. Al fin, venciendo su pesadez de plomo, despega los párpados. De espaldas, tieso, el Astrólogo con la punta del zapato empuja la cintura de Bromberg sobre los riñones. Este, desplomado sobre un charco de sangre, se estremece con las piernas encogidas y la cabeza derrumbada sobre una sien, en el suelo.

Barsut respira dificultosamente. La atmósfera del cuarto está caliente como la de un horno, e impregnada por la deflagración de la pólvora de un intenso olor a pedo seco.

El Astrólogo vuelve la cabeza, y mirándolo a Barsut le dice:

—De buena nos libramos. Me ha salvado la vida, amigo Barsut.

Barsut se levanta pesadamente, turbios los ojos verdes. Se restriega los brazos y mirando la parte alta del rostro del Astrólogo dice con tono de semidormido:

—Parece que está herido —al mismo tiempo evita mirar al caído.

El Astrólogo, enviserándose la frente con los dedos para mirar mejor a Bromberg, suelta una carcajada.

—¿Parece?... ¡Si las ha recibido todas en el cuerpo!... ¿No ve que está muriéndose?

—Salgamos afuera... Me ahogo...

—Vamos... No le hará mal un poco de fresco.

El Astrólogo gira la llave de la lámpara y el cuarto queda a oscuras. Barsut, tambaleándose, llega hasta el rellano de la gradinata rodeada de palmeras, y se sienta en el primer escalón. La frente apoyada en una mano y el codo del brazo en la rodilla.

Alegremente locuaz comenta el Astrólogo:

—Esta vez Dios ha tenido en cuenta mi buena fe. Yo le dejé el revólver para que usted se sintiera más fuerte. Quería que tomara la resolución que más conviniera a sus intereses.

Se sienta en el escalón junto a Barsut y continúa:

—Desde esta mañana resolví dejarlo a usted en libertad de seguir el camino que sus sentimientos le inspiraran. El demonio, sólo el demonio, puede sugerirle a uno semejantes ideas. Durante un minuto me tentó con este proyecto: sacarle la pólvora de las balas. ¿Por qué se me ocurrió esa idea? No sé. Pero tuve que hacer un gran esfuerzo para resistir semejante tentación. Debe haber sido el amor propio... ¡qué sé yo!... Lo cierto es que si le he salvado la vida al gritarle: "Han pasado tres minutos", usted ha salvado la mía y la suya.

Barsut suda copiosamente, imperturbable:

—Mala cosa es pelear con un hombre armado de revólver, pero mucho peor que esa mala cosa es tener que hacerle frente a una fiera armada de cuchillo. Supongamos que yo bajara cuando usted gritaba al ser herido. ¿Qué podía hacer yo, que estaba desarmado? Realmente, usted ha evitado la carnicería.

—Tiré sin mirar.

—Mejor que mejor. Es la única forma de hacer blanco, para el que no maneja armas de fuego. Lo que no falla nunca es el instinto.

—¿Y ahora qué hacemos?

—¿Cómo qué hacemos? ¡Enterrarlo! Supongo que usted no pensará embalsamar a ese perro.

Ascendiendo por el espacio la luna enfocaba ahora la gradinata donde conversaban los dos hombres. Desde allí el crestado horizonte de árboles era un barroco relieve de negro humo sobre la loza azul del firmamento.

Barsut dijo:

—Bueno... creo que con lo que ha pasado tiene usted suficiente, ¿no? Quiero irme.

—¿En qué piensa invertir ese dinero?

—No sé... Me iré a Estados Unidos.

—La idea no es mala. ¿Me guarda odio usted?

—Deseo irme cuanto antes de aquí.

—Perfectamente. Vaya a buscarse su dinero.

Entró Barsut, y el Astrólogo quedó solo en el rellano de la escalinata. Una expresión enigmática se pintaba en su rostro, grisáceo a la claridad lunar como una mongólica mascarilla de plomo.

Barsut salió. El dinero en una mano y la pistola en otra.
—Mis papeles de identidad están en la cochera.
El Astrólogo sonrió:
—Usted me habla, Barsut, como si temiera que yo me opusiera a su marcha. No, váyase tranquilo. Tengo mucho dinero a estas horas. Más del que se imagina.
Barsut no contestó palabra. Descendió de un salto la escalinata y se internó entre los árboles. No había avanzado muchos pasos, cuando tuvo que detenerse y apoyar el brazo en un tronco. Un sudor frío brotaba de su cuerpo. Se contrajo sobre sí mismo y vomitó. Ya más aliviado, se dirigió a la cochera. No había nadie allí. Entró al cuarto donde había vivido días tan singulares, encendió la vela, se inclinó sobre su baúl, y de entre los pliegues de una camisa sucia retiró sus documentos de identidad. Luego salió.
Caminaba despacio entre los árboles, cuyas ramas apartaba con el canto de las manos. Al pasar oblicuamente por el sendero que se curvaba junto a una higuera, distinguió arrodillado sobre una alfombra de hojas secas al farmacéutico Ergueta.
Este, inclinada la cabeza, las manos recogidas sobre el pecho, oraba en silencio, con la espalda plateada por la luz de la luna.
Un desaliento infinito pasó por su vida. Durante un instante envidió la locura del iluminado; apuró el paso, y cuando llegó frente a la casa, el Astrólogo no estaba ya en la gradinata.
Vaciló si iría a saludarlo o no; luego se encogió de hombros y continuó caminando. La portezuela de la quinta estaba abierta. Respiró profundamente y salió a la calle. La vida le pareció una gracia nueva.

LA FÁBRICA DE FOSGENO

Barsut, dos cuadras antes de llegar a la estación de Temperley, vio a Erdosain que cruzaba la franja blanca que la vidriera de un café lanzaba a la calzada.
Se detuvo un instante. Erdosain caminaba con las ma-

nos en los bolsillos, por la orilla de la vereda, bastante agobiado.

Tuvo tentaciones de chistarlo. Se dijo que no había objeto de hablar, y observando cómo el otro se alejaba, entrando sucesivamente en planos de luz y de sombra al pasar los focos, se encogió de hombros pensando:

"Que le ayude al Astrólogo a enterrar al muerto."

Miró por la vidriera del café el reloj de pared. Eran las nueve y media. Algunos hombres jugaban a los naipes en un largo salón de piso cubierto de aserrín. Iba a entrar a tomar un café, recordó que no necesitaba cambiar billetes de cien pesos porque tenía algunos de diez, y se dirigió resueltamente a la estación, diciéndose:

—Me afeitaré y luego iré al cabaret.

En cambio, Erdosain, al llegar a la quinta, fue recibido por el Astrólogo en la puerta de la casa. Remo experimentó cierta extrañeza al ver que aquél no lo hacía pasar al escritorio, como de costumbre, sino a la habitación contigua, un cuarto siniestro, largo como un pasadizo y débilmente iluminado por una lámpara de pocas bujías. Era increíble la cantidad de polvo que había allí acumulado en todos los rincones. El moblaje de la habitación pasadizo consistía en un perchero de caoba y dos sillas de madera, de aquellas que se usan en las cocinas, también excesivamente cubiertas de tierra. En un vértice estaba la escalera que permitía subir al cuarto de los títeres.

Remo, fatigado se dejó caer pesadamente en el incómodo asiento. El Astrólogo lo miraba con cierta expresión de hombre interrumpido en sus quehaceres por una visita inoportuna.

—Recibí hoy su telegrama —dijo Erdosain—. Aquí le traigo el proyecto de la fábrica de gases.

—¡Ah, sí! ¿A ver?...

Remo le entregó el cuadernillo que había confeccionado, y el Astrólogo se puso a leer a media voz.

Erdosain se cruzó de brazos y cerró los ojos. Tenía sueño. Además, no le interesaba en modo alguno ver la cara del otro mientras murmuraba como un rezo lo que sigue:

"He escogido el gas fosgeno, no arbitrariamente, sino

después de estudiar las ventajas industriales, facilidad de fabricación, economía y toxicidad que ofrece sobre otros gases de guerra.

Las experiencias que esta nueva arma dejó a los directores de combate de la última guerra pueden concretarse en estas palabras de Foch: 'La guerra química se caracteriza por producir los efectos más terribles en los espacios más extendidos.'

En el año 1915 entra en acción el fosgeno; en el otoño del año 1917 recrudece la guerra química, pues a fines del año 1916 el Estado Mayor alemán lleva a la práctica el plan de Hindenburg. La guerra de gases se intensifica de tal manera que Schwarte da el dato de que en un solo bombardeo de Verdún se utilizaron cien mil obuses cargados de Cruz Verde, o sea fosgeno y formiato de etilo.

En las instrucciones de batería para los ataques que se llevaron a cabo en el Aisne encontramos este boletín de gas:

En bombardeo de contrabatería, piezas de 77, piezas de 100 y obuses de 150.

Cruz Azul, 70 por ciento; Cruz Verde, 10 por ciento; obuses explosivos, 20 por ciento.

En bombardeo de posición de infantería, piezas de campaña de 77, obuses de 105 a 150.

Cruz Azul, 60 por ciento; Cruz Verde, 10 por ciento; obuses explosivos, 50 por ciento.

En ataque de atrincheramiento: Piezas de campaña de 77; obuses de 100 a 105.

Cruz Azul, 60 por ciento; Cruz Verde, 110 por ciento; obuses explosivos, 30 por ciento.

En general, el porcentaje de proyectiles de gases a usar en casi todas las tablas de los beligerantes ocupa el elevado porcentaje del 70 por ciento sobre los proyectiles explosivos.

Efectos del gas

Ordinariamente produce un edema pulmonar cuya secreción de líquido determina la asfixia del gaseado. Además, sus efectos son retardados y singulares en atmósferas donde se encuentra sumamente diluido. Se interrogó a soldados que se encontraban sin ninguna lesión de gas, y que veinticuatro horas después del ataque con fosgeno murieron instantáneamente. En general, la Disciplina del gas tiende a considerar a todo lesionado leve como un herido grave, pues los efectos retardados del tóxico son sorprendentes.

Composición

Su composición es simple: un volumen de óxido de carbono y tres de cloro. La combinación de ambos gases forma un producto líquido que se denomina fosgeno. El fosgeno hierve o, mejor dicho, se evapora en contacto con el aire, cuando la temperatura ambiente es superior a ocho grados centígrados. Su densidad es 1,452.

Se conserva envasado en ampollas de cristal o depósitos de plomo o de hierro galvanoplásticamente emplomado. Es preferible damajuanas de vidrio.

Sumamente económico. Sus efectos tóxicos son instantáneos cuando se encuentra disuelto en el aire en un porcentaje de 1 por 800; es decir, que cada 800 metros cúbicos de aire requieren 1 metro cúbico de fosgeno.

Fabricación

La fabricación del fosgeno es sencilla. Los dos gases, cloro y óxido de carbono, se combinan en la base de una torre de diez metros de altura, cargada de carbón vegetal constantemente humedecido por una lluvia de agua. Un detalle importante consiste en que el carbón debe estar granulado en trozos perfectamente homogéneos, de un diámetro de seis a diez milímetros por trozo. El carbón de este catalizador, antes de ser enviado a la torre, es cuidadosamente lavado con ácido clorhídrico, luego con agua, y finalmente secado en el vacío, para despojarlo de cenizas y todo resto orgánico.

Al combinarse, los dos gases producen por reacción una temperatura de cuatrocientos cincuenta grados. A medida que el gas por presión se eleva en la torre de carbón, que estará dividida por rejas horizontales de plomo, la temperatura disminuye, de manera que al terminar su

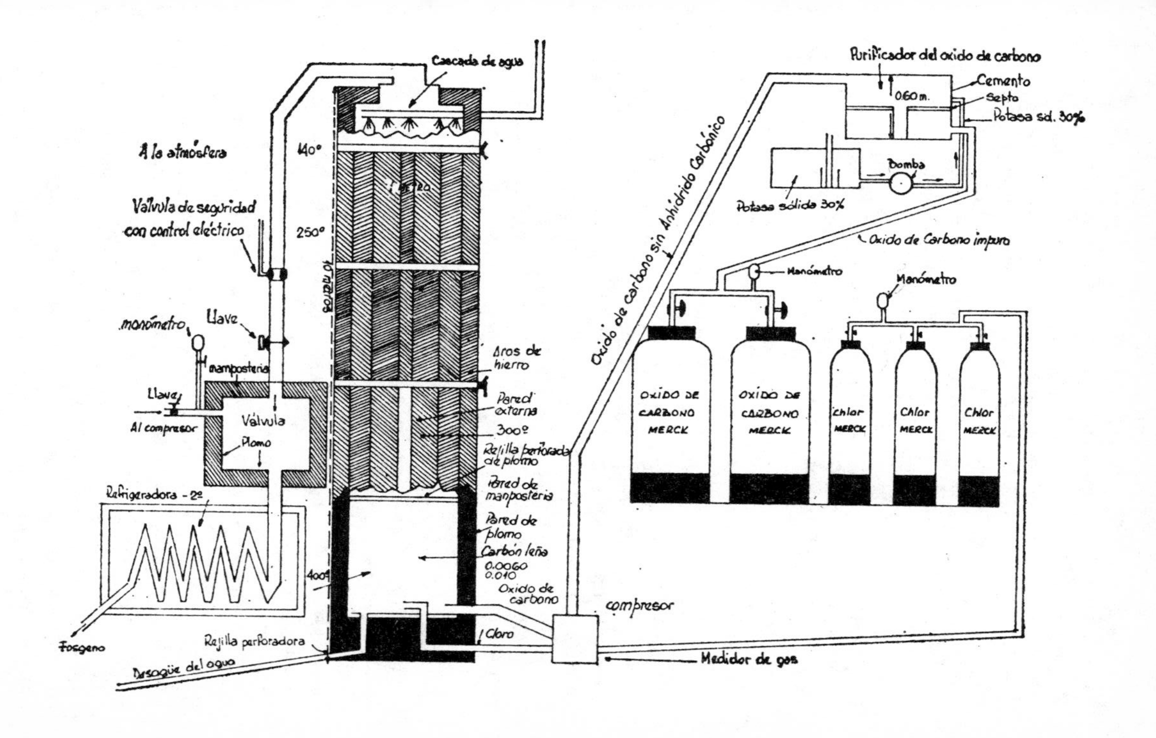

Cascada de agua
A la atmósfera
140°
250°
10 metros
Válvula de seguridad
con control eléctrico
manómetro
Llave
mamposteria
Llave
Al compresor
Válvula
Plomo
Refrigeradora - 2º
Fosgeno
400°
Rejilla perforadora
Desagüe del agua
Aros de
hierro
Pared
externa
300º
Rejilla perforada
de plomo
Pared de
manposteria
Pared de
plomo
Carbón leña
0.0060
0.010
Oxido de
carbono
Cloro
compresor
Medidor de gas
Oxido de carbono sin Anhidrido Carbónico
Purificador del oxido de carbono
0.60 m.
Cemento
Septo
Potasa sol. 30%
Bomba
Potasa sólida 30%
Oxido de Carbono impuro
Manómetro
Manómetro
OXIDO DE
CARBONO
MERCK
OXIDO DE
CARBONO
MERCK
Chlor
MERCK
Chlor
MERCK
Chlor
MERCK

recorrido de diez metros a través del carbón, el fosgeno tiene una temperatura de ciento cincuenta grados. Se hace pasar a un robinete sumergido el hielo, y el gas se licúa. Su densidad es de 1,455. El carbón de esta torre debe ser renovado siempre que el porcentaje de combinación de los dos gases disminuya del noventa por ciento.

Este sistema de fabricación es angloamericano.

El aparato

Una usina de fabricación de mil kilogramos de gas fosgeno cuesta, aproximadamente, seis mil pesos.

Consta:

De un lavador de potasa donde se deshidrata el óxido de carbono.

De dos compresores de siete caballos y medio de potencia.

Contadores de gas que controlan en metros cúbicos el paso de gas, de manera que la combinación se efectúe siempre en las mismas proporciones. Para evitarse un operario en este control se utiliza un dispositivo eléctrico para los dos contadores. La operación se simplifica.

El cloro y el carbono son enviados a presión a la torre donde se combinan.

La torre

Para usina estable conviene una torre de cemento armado, o también una torre de ladrillo de diez metros de altura. Interiormente esta torre está forrada de una camisa de plomo. Es conveniente advertir que todos los objetos metálicos que intervienen en la operación, como ser robinetes, válvulas, llaves, que generalmente son de bronce, deben ser recubiertos de un baño galvanoplástico de plomo.

La parte superior de la torre consiste en una cúpula de plomo. Bajo esta cúpula se encuentra una tubería que deja caer una llovizna de agua a presión. El agua, al llegar al pie de la torre, que es el punto de entrada de los gases, sale al exterior por un sifón. El sifón permite el paso del agua, mas no el de los gases que pudieran infiltrarse por allí.

La torre puede ser cuadrada o redonda. Su . indiferente. El espesor de la muralla de cemento llo será el indispensable al equilibrio y estabilid conjunto. El diámetro interior de la cámara de p vertical es de sesenta centímetros. Su espesor, un ce metro. Espesor de las rejas transversales, dos centímetros. Diámetro de los agujeros de las rejas, cinco milímetros.

Cuando el gas fosgeno llega a la parte alta de la torre, tiene la temperatura de ciento cincuenta grados. Se le hace pasar por serpentines congelados, hasta que se licúa.

Presión del gas

El óxido de carbono y el cloro son introducidos por tubos en la torre de combinación a una presión exacta de seis atmósferas. Para ello, el depósito de cloro, como el de óxido de carbono, deben estar cada uno en conexión con un compresor. La potencia de los compresores será de siete caballos, y ambos estarán accionados por un motor eléctrico común a los dos ejes, de manera que la cantidad de volúmenes de gas introducidos a la torre sea siempre la marcada por proporción 3:1, a la misma presión.

Los tubos que conducen el gas a la torre catalizadora, así como los compresores de cloro y de óxido de carbono, tendrán el mismo diámetro. Además, las partes que entran en contacto con el gas no serán lubricadas, sino que los aparato trabajarán en seco, pues el cloro le quita las propiedades lubricantes al aceite.

Controles

Los controles serán eléctricos. Termómetros enchufados en distintas alturas de la torre proporcionan las temperaturas del gas en su recorrido ascensional, permitiendo así llevar con exactitud el control de la operación.

Precauciones

El aparato, antes de ser puesto en marcha, será probado con aire compromido. El personal trabajará munido de máscaras contra fosgeno. Los equipos berlineses que se encuentran a la venta para el público son los más perfectos y más baratos que se conocen.

La fábrica estará situada, a ser posible, en lugar montañoso, alto, recorrido continuamente por vientos de dirección distinta. Los pisos y muros estarán construidos de cemento, y los herrajes y todo objeto metálico, emplomados galvanoplásticamente para evitar el ataque del gas.

Tácticas del gas

Los gases tóxicos dan el máximum de su rendimiento en los días ligeramente húmedos y poco ventosos, con una temperatura superior a ocho grados. Para trabajar con el gas, se escogerán las primeras horas entre el anochecer y medianoche.

Se tratará de no lanzar el gas si hay una velocidad de viento superior a cinco metros por minuto. La velocidad más práctica de corriente de viento es aquella de tres y cuatro metros por minuto.

Para fijar velocidad y dirección del viento se usará un aparato meteorológico, denominado anemómetro.

Se evitará, cuidadosamente, lanzar una cortina de gas mientras la tierra permanece recalentada por el sol, pues se generan entonces corrientes de aire verticales y ascendentes que dispersan el gas. En cambio se tratará de trabajar con tierra enfriada, ya que se producen corrientes de aire descendentes que evitan la dispersión del gas.

Pueden utilizarse corrientes de aire que se aparten del punto del ataque hasta cuarenta grados. Los terrenos bajos, llanos, pastosos, con vegetación que alcance la altura de un hombre, son ideales para el ataque con cortina de gas. Se evitarán en cambio los lugares montañosos, donde las diferencias de altura y velocidades del viento anulan la cortina casi por completo.

Línea de ataque de fosgeno

Teóricamente, en local cerrado necesitamos medio gramo de fosgeno para convertir en mortífero un metro cúbico de aire.

Se emplearán 40 litros de fosgeno líquido por metro

líneal (táctica alemana). Cuando se trate de frentes estrechos de ataque, de escasa profundidad, puede reducirse a 20 litros.

En puntos de ataque que estén a 400 ó 500 metros del lugar de emisión del gas, la cortina de fosgeno y cloro (9 volúmenes por 1 de fosgeno) llega en 3 ó 4 minutos. Casi siempre, la nube de gas, con un viento de 3 metros de velocidad por segundo, recorre 200 metros en el mismo espacio de tiempo.

El intervalo entre la primera y segunda emisión debe ser igual al espacio de tiempo que la nube de gas ha tardado en llegar al punto de ataque. Se forma una cortina tóxica de cinco metros de altura que se dilata en ancho a medida que se aleja del punto de emisión. Los efectos son fulmíneos.

El coronel Block ha calculado que 500 kilogramos de fosgeno producen un volumen teórico de 100.000 metros cúbicos, originando una nube que tiene 35 metros de altura, 30 metros de ancho y 100 de profundidad. Esta nube de gas produciría efectos tóxicos peligrosos aun arrastrada por el viento a la distancia de un kilómetro del lugar de emisión.

En general, los atacados perecen casi instantáneamente por efectos de la asfixia cuando el gas fosgeno está diluido en la proporción de 1 volumen por cada 800 de aire.

Transporte de fosgeno

En un ataque revolucionario, que es de sorpresa y minoría, el mejor sistema para transportar fosgeno es el camión tanque. Cada camión tanque puede transportar dos mil kilogramos de fosgeno líquido. Un dispositivo sencillo permitirá regar el frente de combate en la proporción de 20 a 40 litros por metro lineal.

Como el fosgeno se dilata a medida que la temperatura aumenta, los tanques de fosgeno estarán calculados para soportar presiones de 80 libras por pulgada cuadrada.

La garita del conductor del camión tanque estará absolutamente aislada de la atmósfera externa. El aire para su respiración penetrará a través de respiraderos químicos que neutralizan el fosgeno, y cuya substancia es idéntica a la que se utiliza en las máscaras contra los gases.

Así, diez camiones con capacidad para tres mil litros de fosgeno cada uno pueden atender un frente de combate que se dilataría por los colazos de la nube a 5 kilómetros de extensión.

Táctica de ataque

Visto que la aviación de guerra, por reducido que sea el número de aparatos de combate, puede destruir un ejército excelentemente equipado, todo ataque revolucionario con gas debe ser dirigido simultáneamente a los arsenales, aeródromos militares, etc.

En general, la mortandad para tropa o población no preparada para el combate de gases se eleva al 90 por ciento.

La desorganización que sucede a un ataque con gas es tan extraordinariamente intensa que prácticamente es imposible toda tentativa de resistencia.

Puédese asegurar que cien técnicos en gas destruirían en ataques de sorpresa el grueso de cualquier ejército sudamericano."

Mientras el Astrólogo leía, Erdosain aspiraba ansiosamente el aire. Al volver la cabeza un reflejo rojo hirió oblicuamente su pupila. Bajo la puerta cerrada, que separaba el escritorio del recibimiento, por el piso de madera, avanzaba como plana culebra una alargada mancha de sangre.

El pensamiento de Erdosain voló instantáneamente hacia la Bizca. Sumamente pálido, tocó un brazo del Astrólogo. Este levantó la cabeza, y Erdosain dijo:

—¿Hay un muerto allí al lado?

—Sí, hay un muerto... pero está muy bien su memoria. Lástima que no le haya agregado los planos e instrucciones para instalar simultáneamente junto a ella una fábrica de cloro y otra de óxido de carbono.

—¿Quién es el muerto?

—Bromberg... ¡Pero es notable! Yo ignoraba que los gases se utilizaron en la guerra en tan alto porcentaje.

Setenta por ciento de Cruz Azul en un ataque de contrabatería. Es una enormidad. El explosivo queda reducido a nada.

—¿Y usted qué va a hacer?

—Irme.

—¿A dónde?

—¿Usted me acompañaría?

—No; pienso quedarme.

—Yo me voy muy lejos. Resuélvase.

—Está resuelto. Me quedo.

El Astrólogo lo envolvió en una mirada serena:

—¿Tiene pensada alguna barbaridad?

—No sé...

—Bueno — y el castrado se puso de pie—, Erdosain, váyase. Ahora necesito estar solo... Otra vez: ¿quiere acompañarme?

El pensamiento de Erdosain voló hacia la Bizca.

—Me quedo... Adiós.

Se miraron a los ojos, estrechándose fuertemente las manos. El Astrólogo comprendió que Erdosain había ya trazado su destino, y no insistió. En Remo, en cambio, sobrevino en aquel instante una curiosidad inesperada. Dijo:

—¿Verá usted al Buscador de Oro?

—Hasta dentro de algunos, meses, no.

—Bueno, cuando lo encuentre, dígale que siempre lo recordé con cariño.

—Muy bien.

Se miraron otra vez a los ojos, como si tuvieran que decirse algo; los labios de Erdosain se entreabrieron ligeramente, sonrió con vaguedad, giró sobre sí mismo y salió.

"PERECE LA CASA DE LA INIQUIDAD"

Cuando el Astrólogo escuchó el broncíneo tintineo del cencerro en la puerta, lo cual indicaba que Erdosain había salido a la calle, abrió la puerta del escritorio y encendió la lámpara.

Se detuvo allí apoyando pesadamente una mano en la

jamba, con el ceño abultado de preocupación. Un mechón de cabellos se pegaba a su frente sudorosa. El cadáver de Bromberg, con los pies descalzos en el centro de la balsa de sangre, era un bulto repugnante.

Inconscientemente el Astrólogo arrugó el cuadernillo de los gases que mantenía en un puño y lo echó al bolsillo. Con el reverso de la mano se enjugó el sudor de la frente. Su sombra, proyectada por la lámpara del cuarto, partía en dos el mapa de los Estados Unidos con banderitas negras clavadas en los territorios donde dominaba el Ku-Klux-Klan.

El hombre pensó algo, y dio un gran salto por encima del cadáver estancado en el charco rojo. Evidentemente estaba preocupado. Se movía con urgencia. Abrió el armario antiguo que estaba ocupado por hileras de libros, y de un rincón extrajo una cajita de hierro con cerradura de combinación. Hizo girar el disco de la clave y levantando la tapa colocó la caja sobre la mesa. Luego encendió un fósforo y lo arrojó en su interior. Humeó una llamita azul, y las llamas anaranjadas que devoraban los papeles se reflejaban en el fondo de sus pupilas inmóviles...

Debía estar fatigado. A pesar de que el tiempo urgía, se dejó caer pesadamente en el sillón forrado de terciopelo verde, frente al enchapado armario antiguo. El viento que entraba por la puerta entreabierta hacía oscilar las telarañas suspendidas entre el cielo raso y la estrecha ventana protegida por el nudoso enrejado.

Permaneció así algunos minutos sumergido en las meditaciones que preceden a la fuga.

—Buenas noches.

Levantó la cabeza, y encontró la figura de Hipólita, detenida en el centro del otro cuarto, empinada en la punto de sus pies y envuelta en su tapado color de piel de becerro. Ella permanecía inmóvil, fina, delicada, mientras que bajo la visera verde de su sombrero la mirada desteñida y recelosa iba sucesivamente del cadáver al Astrólogo.

—Buenas noches, he dicho. ¿Tenemos carnicería? Bonita manera de recibirla a una.

El Astrólogo, ceñudo, no contestó. Con media cara

apoyada en la palma de la mano la miraba sin mover los párpados. Hipólita continuó:

—Siempre has de ser el mismo mal educado. Todavía no me ofreciste asiento.

Hablaba así, sonriendo, pero su mirada desteñida y recelosa iba del cadáver al Astrólogo.

Bajo la lámpara incandescente, el muerto, descalzo y encogido, era un bulto sucio. El Astrólogo susurró:

—No lo maté yo.

Hipólita, que se había ido acercando a la puerta, sosteniendo con ambas manos su cartera a la altura de la cintura, cimbreó el talle al tiempo que sonreía:

—¡Te creo! ¡Te creo! Sos lo suficiente inteligente para hacer que sean otros los que te saquen las castañas del fuego. Además, que no vamos a discutir ahora semejantes bagatelas.

El Astrólogo la contempló entre regocijado y sorprendido.

—¿Me acompañarías?

Hipólita lo soslayó también sorprendida por la pregunta:

—¿Y dudás todavía?

—Tendremos que irnos muy lejos.

—Cuanto más lejos, mejor.

El Astrólogo se puso de pie. Los separaba la balsa roja, con el cabelludo cadáver recogido. El Astrólogo se inclinó, tomó impulso, y de un salto sobre el cadáver pasó junto a Hipólita. Tomándola de la cintura, él era demasiado alto junto a ella, encorvó la espalda y murmuró a su oído:

—¿Estás dispuesta a todo?

—A todo. Tengo dinero además, para ayudarte. Vendí la farmacia.

El Astrólogo, apartando el brazo de su cintura, dijo:

—Querida... sos una mujer extraordinaria..., pero yo también tengo dinero.

—¿El de Barsut?

—Querida... Yo siempre pago mis deudas. Barsut se ha ido de aquí con dieciocho mil pesos en el bolsillo.

—¿Se los devolviste?

—Sí..., pero en billetes falsos.

—¡Sos un hombre magnífico, Alberto! El día que te

fusilen iré a la capilla a despedirte con un gran beso. Y te diré: Tené valor, mi hombre.

—Y lo tendré, querida..., lo tendré... pero no perdamos tiempo... vamos.

—¿No llevás equipaje?

—¿Qué mejor equipaje que el dinero?... Esperame un momento afuera.

Salió Hipólita al rellano, y de tres pasos el Astrólogo subió la escalera que conducía al cuarto de los títeres. Permaneció allí escasamente un minuto, bajó restregándose las manos, cerró con dos vueltas de llave la puerta de entrada al recibimiento y dijo:

—Querida, salgamos.

Más tarde, un vecino que lo vio alejarse con Hipólita del brazo, dijo que lo había confundido con el pastor metodista de la localidad. Efectivamente, el Astrólogo, visto de espaldas, con su sombrero plano, parecía un profeso del rito protestante.

El iluminado quedó solo en la cochera de la quinta. No había escuchado los tiros, porque numerosas inspiraciones ocupaban su imaginación.

Sentado a la orilla del camastro, abierta la Biblia sobre sus rodillas, leía el Libro de Daniel. El viento oscilaba la flecha amarilla de una vela encastrada en un cabo de botella, sobre un cajón de querosén, pero Ergueta, sin reparar en tales minucias, inclinada la cabeza sobre las páginas, leía atentamente. De vez en cuando la sombra de su cabeza se movía en el muro blanco, como la de un rinoceronte que buchea agua sumergido en un charco.

El iluminado leyó, por décima vez, los versículos 44 y 45 del capítulo 11:

"Mas nuevas de oriente y del norte lo espantarán y saldrá con grande ira para destruir y matar a muchos.
Y plantará las tiendas de su palacio entre los mares y en el monte deseable del santuario, y vendrá hasta su fin y no tendrá quién le ayude".

El farmacéutico entrecierra el libro y dice en voz alta, terminantemente convencido:

—Bendito sea Dios. Esta es profecía para el aniquilamiento del imperio británico. No queda ninguna duda. Tendré que entrevistarme con el embajador inglés. —Se soba el mentón con la yema de los dedos y remurmura: *"Y plantará las tiendas de su palacio en los mares y en el monte deseable del santuario..."*

—¡Pues claro! Inglaterra tiene el protectorado de Palestina... es decir, "las tiendas en el monte deseable del Santuario". "Mas nuevas de oriente y del norte lo espantarán." ¿A quién pueden espantarlo, si no al Rey? ¿Y las "nuevas de oriente y del norte", qué pueden ser, si no la India, rebelándose con Gandhi? El norte... el norte es Rusia... la amenaza del comunismo. "Vendrá hasta su fin y no tendrá quién le ayude."

No se puede pedir nada más claro. Realmente, resulta absurdo pensar que todavía existen incrédulos que dudan de las profecías. "Y plantará las tiendas de sus palacios en los mares"...

Recuadrado por el ventanillo de la buhardilla, un rectángulo rojo se reflejó en el muro. Ergueta se asomó al agujero, y la boca se le entreabrió en gesto de asombro. De la planta alta de la casa que ocupaba el Astrólogo, por los tragaluces de las buhardillas, escapaban largas lenguas de fuego color naranja. Las ramas de los árboles movían sus sombras en los muros, iluminados en el fondo de tinieblas por un resplandor rosado.

Ergueta colocó sus manos en la cintura, guiñó largamente un párpado, y movió la cabeza al tiempo que decía:

—¡Perece la casa de la iniquidad!

Su sobretodo colgaba de un clavo. Fue y se lo echó a la espalda, cogió la Biblia, y bajando la escalera epilogó:

—Es inútil. Donde yace la Ramera nada bueno puede ocurrir. Es mejor que abandone este lugar de iniquidad. Dios, que provee de alimentos a los pájaros y a los peces, no me los negará a mí.

Y sin sombrero y en alpargatas se largó a las calles de Temperley. La Biblia bajo el brazo testimoniaba lo ardiente de su fe.

EL HOMICIDIO

A la una de la madrugada Erdosain entró a su cuarto. Encendió la lámpara que estaba a la cabecera de su cama, y la luz azul que filtraba la caperuza del velador descubrió dormida, dándole las espaldas, a la Bizca. El embozo de la sábana se encajaba en su sobaco, y el brazo de la muchacha se encogía sobre el pecho. Su cabello, prensado, por la mejilla, castigaba la funda con pincelazos negros.

Erdosain extrajo la pistola del bolsillo y la colocó delicadamente bajo la almohada. No pensaba en nada. Barsut, el Astrólogo, la mancha de sangre filtrándose bajo la puerta, todos estos detalles simultáneamente se borraron de su memoria. Quizás el exceso de acontecimientos vaciaba de tal manera su vida interior. O una idea subterránea más densa, que no tardaría en despertarse.

Se desvistió lentamente, aunque a instantes se detenía en ese trabajo para mirar al pie de la cama los vestidos de la muchacha desparramados en completo desorden. La puntilla de una combinación negra cortaba con bisectriz dentada la seda roja de su pollera. Una media colgaba de la orilla del lecho en caída hacia el suelo.

Murmuró, displicentemente:

—Siempre será la misma descuidada.

Se metió despacio bajo las sábanas, evitando rozar con los pies el cuerpo de la jovencita. Apagó la luz, y durante algunos minutos permaneció mirando la oscuridad incoherentemente. Luego, dándole las espaldas a la Bizca, apoyó la mejilla en la almohada, encogió las piernas, y quedó súbitamente dormido, con las manos engarfiadas junto al pecho. Durmió dos horas. Es probable que no se hubiera despertado en toda la noche, pero una mano quemante bifurcaba los dedos en su bajo vientre. Volvióse al tiempo que la Bizca lo atraía hacia sus senos, y como su brazo estaba debajo de la almohada al hacer el movimiento de retirarlo para abrazarla involuntariamente tocó la pistola. Un antiguo pensamiento se renovó en él.

—Así debió de estar el fraudulento aquel que mató a

la muchachita —instantáneamente su atención se desdobló para atender dos trabajos distintos [1].

La boca de la Bizca se había agrandado y era una hendidura convulsa que se apegaba como una ventosa a su boca resignada. Erdosain involuntariamente tanteaba debajo de la almohada el cabo del revólver. Y la frialdad del arma le devolvía una conciencia helada que hacía independiente su sensualidad de aquel otro horrible propósito paralelo.

Retuvo un homicida rechinar de dientes, y de los maxilares la vibración ósea descendió por los tendones de los brazos hasta la raíz de las uñas. Rebotó la vibración, agolpándose en las articulaciones de los dedos, a semejanza del agua que no teniendo salida en una alberca refluye sobre sí misma.

En las tinieblas, la boca de ella prensó furiosamente sus labios. Erdosain permanecía inerte. La Bizca, como si estuviera encaramada en un banquillo, efectuaba un trabajo extraño de pasión, utilizando únicamente los labios. Erdosain la dejaba hacer. Una tristeza inmensa despertaba en él. Ante sus ojos se había clavado cierto antiguo crepúsculo de mostaza: la ventana de un comedor estaba abierta y él, con ojos distraídos, miraba avanzar una raya amarilla de sol que doraba las manos sumamente pálidas de Elsa.

Nuevamente apretó el cabo de la pistola. Sentíase como un muerto entre los brazos de la jovencita. Ella ahondaba con la lezna de su lengua en los repliegues de sus axilas, y Erdosain sentía la cálida vaharada de su aliento cuando apartaba la boca para besarle un distinto trozo de piel.

¡Todo aquello era inútil!

Pero la jovencita no parecía comprender el singular estado de Erdosain. Su cuerpo pesado y caliente trajinaba en la oscuridad, y Remo tenía la sensación de estar enquistado en la pulpa ardiente de un monstruo gigantesco.

Ella le mordía los brazos semejante a un cachorro en sus juegos. Erdosain sabía dónde estaba su rostro por los

1 *Nota del comentador:* Véase "El suicida" (capítulo III de *Los siete locos*).

soplos de viento que escapaban de aquellas fosas nasales.

Tristemente, la dejaba hacer. Comprendióse más huérfano que nunca en la terrible soledad de la casa de todos, y cerró los ojos con piedad por sí mismo. La vida se le escapaba por los dedos, como la electricidad por las puntas. En este desangramiento, Remo renunció a todo. En él apareció la aceptación de una muerte construida ya con la vida más espantosa que el verídico morir físico.

La mocita, horizontal, apegada a él, suspiró mimosa:

—¿Qué tenés, amor?

Ferozmente, Erdosain atrajo la cabeza de ella hacia él y la besó largamente. Estaba emocionado. Dos o tres veces miró hacia un rincón de tinieblas, como si temiera que allí hubiera alguien espiándole. Su corazón latía a grandes golpes. Del fondo de sus entrañas brotaba un viento tan impetuoso que al salir por la boca le arrastraba el alma.

Otra vez soslayó en la oscuridad el rincón invisible. Fue un minuto.

Se encaramó suavemente sobre ella, que con las dos manos le abarcó la cintura, creyendo que la iba a poseer. La jovencita le besaba el pecho y Erdosain apretó reciamente la cabeza de la criatura sobre la almohada. Sus movimientos eran excesivamente torpes. La muchacha iba a gritar; él le taponó la boca con un beso que le sacudió los dientes, mientras que su mano acercaba el revólver por debajo de la almohada. Ella quiso escapar a esa presión extraña:

—¿Qué hacés, mi chiquito? —gimió.

Fue tarde, Erdosain, precipitándose en el movimiento, hundió el cañón de la pistola en el blando cuévano de la oreja, al tiempo que apretaba el gatillo. El estampido lo hizo desfallecer. El cuerpo de la jovencita se dilató bajo sus miembros con la violencia de un arco de acero. Durante varios minutos, Erdosain permaneció inmóvil estirado oblicuamente sobre ella, la carga del cuerpo soportada por un brazo.

Cuando el silencio externo reveló que el crimen no había sido descubierto, descendió de la cama, diciéndose extrañado: "¡Qué poco ruido ha hecho la explosión!".

Encendió la lámpara y quedóse sorprendido ante el espectáculo extraño que se ofrecía a sus ojos.

En la almohada roja, la jovencita apoyaba la cabeza con la misma serenidad que si estuviera dormida. Incluso, en un momento dado, con la mano derecha se arañó ligeramente una fosa nasal, como si sintiera allí alguna comezón. Después dejó caer el brazo a lo largo del cuerpo y volvió la cara hacia la luz.

Una paz extraordinaria aquietaba las líneas de su semblante. Erdosain, para que no se enfriara, le cubrió la espaldas con una colcha.

La moribunda respiraba con dificultad. De un vértice de los labios se le despegaba un hilo de sangre. En el suelo sentíase el sordo aplastamiento del gotear de una canilla.

Erdosain, semidesnudo, se puso precipitadamente el pantalón; luego movió la cabeza desolado.

—¡Qué cosa rara! Hace un momento estaba viva y ahora no está. —Terminaba de ponerse las medias, cuando de pronto ocurrió algo terrible. La muchachita con brusco movimiento encogió las piernas, sacándolas de abajo de las sábanas, y con el busto muy erguido se sentó a la orilla de la cama. Erdosain retrocedió espantado. Un seno de la jovencita estaba totalmente teñido de rojo, mientras que el otro azuleaba de marmóreo.

Creyó por un instante que ella se iba a caer; pero no, la moribunda se mantenía en equilibrio, y extraordinariamente tiesa. Sus ojos abiertos contemplaban el casquete azul del velador. Hilos de sangre se desprendían de su cabellera roja, corriéndole por las espaldas.

Erdosain se apoyó en el muro para no caer, y ella giró desconsoladamente la cabeza de derecha a izquierda, como si dijera:

—No, no, no.

Temblando, se acercó Erdosain, y creyendo que María podía escucharlo, le habló:

—Acostate, chiquita, acostate.

La había tomado suavísimamente por los hombros, pero ella, obstinadamente, giraba la cabeza de derecha a izquierda con pena inenarrable.

El asesino sintió en esé momento en su interior que la muchachita le preguntaba:

—¿Por qué hiciste eso? ¿Qué mal te hice yo?

En silencio, la jovencita, con los labios entreabiertos, corriéndole sanguinolentas lágrimas por las mejillas, decía un "no" tan infinitamente triste con su movimiento terco, que Erdosain cayó de rodillas y le besó los pies. De pronto ella se dobló, y arrastrando el cable de la lámpara se desmoronó a un costado. Su cabeza chocó sordamente contra la alfombra, la lámpara se apagó, y ya no respiró más. Erdosain, a gatas, se arrastró hasta un rincón.

El asesino permaneció un tiempo incontrolable acurrucado en su ángulo. Si algo pensó, jamás pudo recordarlo. De pronto, un detalle irrisorio se hizo visible en su memoria, y poniéndose de pie exclamó irritado:

—¿Viste?... ¿Viste lo que te pasó por andar con la mano en la bragueta de los hombres? Estas son las consecuencias de la mala conducta. Perdiste la virginidad para siempre. ¿Te das cuenta? ¡Perdiste la virginidad! ¿No te da vergüenza? Y ahora Dios te castigó. Sí, Dios, por no hacer caso de los consejos que te daban tus maestras.

Nuevamente Erdosain se acurruca en su rincón. Hay momentos en que le parece que va a echar el alma por la boca.

Una franja de sol y de mañana aclara un instante su oscuridad demencial y las tinieblas del cuarto.

Se acuerda de una vizcacha preñada cuya cueva inundada y vigilada por los perros estaba en su única salida custodiada de hombres armados de palos. En el fondo oscuro y rugoso percibe un trompón de foca con haces de bigotes, un vientre enorme de pelaje luciente, y luego la angustia humana de dos ojos aterrorizados, mientras los canes avizoran ardientes de jadeo y descubiertos los molares.

Un terror gritante le anuda los nervios, trombas de aire escapan de su laringe seca como el crisol de un horno, el cuerpo se le atornilla sobre sí mismo en dos direcciones contrarias, su cerebro deja escapar por las fosas nasales un hedor de agua con la que se ha lavado carne.

El silencio guillotina los muros, las mamposterías, y él, postrado, con las córneas volcadas hacia lo alto de los párpados, se siente morir en un agotamiento de cloroformo. La vizcacha preñada surge en la mañana de sol que de través se ha infiltrado en la noche de aquella casa de perdición. ¡Y el palo de los hombres, los pelos erguidos y los esmaltados molares de los canes con el belfo arrugado en un frenesí de apetencia!

Cuatro espaciados toques de bronce se dilatan en la noche concéntricamente desde la torre de la iglesia de la Piedad. Erdosain tiembla de frío. En puntillas se acerca a la cama y coge una sábana que arroja sobre el cadáver tendido en el suelo. Se viste a oscuras. Rápidamente. Con los botines en las manos cruza el pasillo, donde un soslayo de claridad lunar revela puertas cerradas y persianas entornadas. La frialdad del piso de mosaicos le atraviesa las medias.

Entra al cuarto de baño y enciende la luz. Frente al lavatorio hay un espejo. El asesino, cerrando los ojos, lo descuelga del clavo. No quiere verse en ningún espejo. Tiene horror de sí mismo. Se lava cuidadosamente las manos. La palangana enlozada enrojece. Se seca a medias, y rápidamente se pone el cuello y la corbata, a tientas. Termina de calzarse y, con infinitas precauciones, después de apagar la luz del cuarto de baño, se dirige al dormitorio. Enciende un fósforo, porque no recuerda dónde puso el sombrero; lo toma y sale, dejando semientornada la puerta. Son las cuatro y media de la mañana. Vacilando, se detiene en la esquina de Talcahuano y Corrientes. Las luces de las bocacalles resbalan por la superficie de sus ojos con imágenes de un filme acelerado.

Camina apresuradamente hacia el Oeste, por la calle Cangallo. A las seis y media de la mañana llegó a Flores. Entró a una lechería. Sentóse sobre una silla, sin hacer un movimiento hasta las ocho de la mañana.

Cuando la raya amarilla de sol, que se deslizaba por el piso, llegó hasta su pie calentándole el cuero del zapato, salió de la lechería, dirigiéndose a mi casa. Permaneció allí tres días y dos noches. En ese intermedio me confesó todo.

Recuerdo que nos reuníamos en una pieza enorme y vacía de muebles. Mi familia estaba en el campo y yo había quedado solo, al cuidado de la casa. Además, como aquel cuarto era sombrío, mi madre lo había clausurado. Llegaba allí muy poca luz. En realidad, aquello parecía un calabozo gigantesco.

Erdosain quedábase sentado en el borde de una silla, la espalda arqueada, los codos apoyados en las piernas, las mejillas enrejadas por los dedos, la mirada fija en el pavimento.

Hablaba sordamente, sin interrupciones, como si recitara una lección grabada al frío por infinitas atmósferas de presión en el plano de su conciencia oscura. El tono de su voz, cualesquiera fueran los acontecimientos, era parejo, isócrono, metódico, como el del engranaje de un reloj.

Si se le interrumpía no se irritaba, sino que recomenzaba el relato, agregando los detalles pedidos, siempre con la cabeza inclinada, los ojos fijos en el suelo, los codos apoyados en las rodillas. Narraba con lentitud derivada de un exceso de atención, para no originar confusiones.

Impasiblemente amontonaba iniquidad sobre iniquidad. Sabía que iba a morir, que la justicia de los hombres lo buscaba, encarnizadamente, pero él con su revólver en el bolsillo, los codos apoyados en las rodillas, el rostro enrejado en los dedos, la mirada fija en el polvo de la enorme habitación vacía, hablaba impasiblemente.

Había enflaquecido extraordinariamente en pocos días. La piel amarilla pegada a los huesos planos del rostro, le daba la apariencia de un tísico.

Detalle extraño en esa última etapa de su vida: Erdosain se negó rotundamente a leer los sensacionales titulares y noticias que profusamente ilustradas ocupaban las páginas segunda y tercera de casi todos los diarios de la mañana y de la tarde.

Barsut había sido detenido en un cabaret de la calle Corrientes al pretender pagar la consumición que había efectuado con un billete falso de cincuenta pesos. Simultáneamente con la detención de Barsut se había descubierto el cadáver carbonizado de Bromberg entre las ruinas de la quinta de Temperley. Barsut denunció inmediatamente al Astrólogo, Hipólita, Erdosain y Ergueta. La detención de Ergueta no ofreció dificultad ninguna. Fue encontrado sin sombrero, calzando alpargatas y arropado en su sobretodo, con la Biblia bajo el brazo, camino hacia Lanús. Al amanecer del día sábado el descubrimiento del cadáver de la Bizca convirtió los sucesos que narramos en el panorama más sangriento del final del año 1929. La policía buscaba encarnizadamente a Erdosain. Brigadas de pesquisas habían sido destacadas en todas las direcciones de la ciudad.

No quedaba duda alguna de que se estaba en presencia de una banda perfectamente organizada y con ramificaciones insospechadas. El asesinato de Haffner, que el cronista de esta historia cree independiente de los otros sucesos delictuosos, fue eslabonado a la tragedia de Temperley. Las declaraciones de Barsut ocupaban series de columnas. No cabía duda de su inocencia.

Los titulares de las noticias abarcaban una y dos páginas.

De la mañana a la noche los cronistas policiales trabajaban amarrados a la máquina de escribir. El día sábado, casi todos los diarios de la tarde se convirtieron en álbumes de fotografías macabras. Los reporteros cenaron viandas frías, escribiendo entre bocado y bocado nuevos pormenores de la tragedia. La fotografía de Erdosain campeaba en todas las páginas con las leyendas más retumbantes que pudiera inventar la imaginación humana.

Erdosain se negaba rotundamente, no sólo a leer, sino a mirar esas hojas de escándalo.

Si pudiera remarcarse en él una singularidad durante esos días, era su seriedad. Cuando se cansaba de conversar sentado, caminaba de un punto a otro del cuarto, hablaba como si dictara. Era en realidad un espectáculo extraño el del asesino yendo y viniendo por el cuarto, con pasos lentos, conversando sin volver la cabeza, como frente a un dictáfono.

Durante los tres días que permaneció en mi casa no probó bocado. Tenía mucha sed y bebía continuamente agua. Una vez, como suma gracia, me pidió que le diera un limón. Posiblemente estaba afiebrado.

Resultaba asombrosa su resistencia. Conversaba hasta dieciocho horas por días. Yo tomaba notas urgentemente. Mi trabajo era penoso, porque tenía que trabajar en la semioscuridad. Erdosain no podía tolerar la luz. Le era insoportable.

El lunes a la noche se vistió esmeradamente, y me pidió que lo acompañara hasta la estación de Flores. Aquello era peligrosísimo, pero no me negué. Recuerdo que antes de salir me dejó una carta para Elsa, a quien vi algún tiempo después.

A las nueve y media salimos a la calle. Caminábamos en silencio por veredas arboladas. Observé que encendía un cigarrillo tras otro; además, caminaba sumamente erguido. Pisaba fuertemente el suelo. En un tramo del camino, dijo:

—Siento la proximidad de la sepultura negra y húmeda, pero no tengo miedo.

Llegamos a la estación del ferrocarril por la calle Bolivia. Tomamos el camino de piedra que detrás del edificio se utiliza para el tránsito de coches. A través de los árboles del parque brillaban pedazos de vidrieras de dos cafés esquinados. El altoparlante de una radio graznaba agudo:

—La mejor cera perfumada para encerar pisos. Compre sus muebles en lo de Sánchez y Compañía. Gómez y Gómez son buenos sastres. Buenos sastres son Gómez y Gómez.

Nos detuvimos junto a la saliente que en aquella dirección del edificio forma una especie de torreón con techo de pizarra a dos aguas, y en el piso primero una balconada enjalbegada con cal. Bajo los triangulares soportes de la balconada, fulgían tristemente, en cada vértice del torreón, como en un establecimiento carcelario, dos lámparas eléctricas. De una puerta abierta de desteñidas hojas verdes escapaban tufos de creolina.

—Espéreme un momentito —dijo Erdosain. Observé recién entonces que desde su llegada a mi casa Remo había dejado de tutearme.

Entró a la boletería y salió inmediatamente. Dijo:

—Faltan tres minutos para la llegada del tren —y quedó nuevamente en silencio.

No se me ocurría decirle nada. Él miraba con suma fijeza en redor, pero ausente de todo. Abrió los labios como quien va a decir algo; luego los entrecerró, moviendo lentamente la cabeza. En esos momentos tenía la sensación de la inutilidad de toda palabra terrestre.

Estaba sumamente pálido. Adelgazaba por minutos. Para romper ese silencio angustioso le pregunté:

—¿Sacó boleto?

—Sí... hasta Moreno.

Callamos nuevamente. Las luces bailaban ante mis ojos. De pronto Erdosain dijo:

—Váyase, por favor. Su compañía me es insoportable. Necesito andar solo. Discúlpeme. Cuando la vea a Elsa, dígale que la quise mucho. Muchas gracias por todas sus bondades.

Le apreté fuertemente la mano y me fui.

Él se quedó inmóvil en la orilla de granito del camino de piedra.

UNA HORA Y MEDIA DESPUÉS

Simultáneamente, en los subsuelos de casi todos los diarios de la ciudad:

Los crisoles de plomo desplazan en la atmósfera nublada, que se aclara junto a las lámparas del techo, curvas de aire recalentado a cincuenta grados. Silban las mechas verticales de las fresadoras mordiendo páginas de plomo. Una lluvia de asteriscos de plata golpea las gafas de los operarios. Hombres sudorosos voltean semicirculares planchas, las colocan sobre burros metálicos y rebajan con buriles las rebabas. Altas como máquinas de transatlánticos, las rotativas ponen en el taller el sordo ruido del mar chocando en un rompeolas. Vertiginosos deslizamientos de sábanas de papel entre rodillos negros. Olor de tinta y grasa. Pasan hombres con hedor de ácido sulfúrico. Ha quedado abierta la puerta del taller de fotograbado. De allí escapan ramalazos de luz violácea.

Se está cerrando la edición de medianoche. El Secretario, en mangas de camisa y un cigarrillo apagado colgando del vértice de los labios, de pie junto a una mesa de hierro, señala a un operario de blusa azul en qué punto de la rama debe colocar la composición. Silban velados en nubes de vapor blanco los equipos de prensas al estampar los cartones de las matrices. El Secretario va y viene por el pasadizo que dejan las meses cargadas de plateadas columnas de plomo.

En un rincón repiquetea débilmente la campanilla del teléfono.

—Para usted, Secretario —grita un hombre.

Rápidamente, el Secretario se acerca. Se pega al teléfono.

—Sí, con el Secretario. Oigo... Hable... Más fuerte, que no se oye nada... ¿Eh?... ¿Eh?... ¿Se mató Erdosain?... Diga... Oigo... Sí... Sí... Sí... Oigo... Un momento... ¿Antes de Moreno?... Tren... Tren número... Un momento —el Secretario anota en la pared el número 119.— Siga... Oigo... Un momento... Diga... Pare la máquina... Diga... Sí... Sí... Va en seguida.

El Capataz le hace una señal al Jefe de Máquinas. Este aprieta un botón marrón. El ruido del oleaje merma en el taller. Resbala despacio la sábana de papel. La rotativa se detiene. Silencio mecánico.

El Secretario se acerca rápidamente al escritorio del taller y escribe en un trozo de papel cualquiera:

En el tren de las nueve y cuarenta y cinco
se suicidó el feroz asesino Erdosain

Le alcanza el título a un chico, diciendo:

—En primera página, a todo lo ancho.

Escribe rápidamente en otro trozo de papel sucio:

"En momentos de cerrarse esta edición nuestro corresponsal en Moreno nos informa telefónicamente —el Secretario se detiene, enciende la colilla y continúa— que el feroz asesino de la niña María Pintos y cómplice del agitador y falsificador Alberto Lezin, cuya detención se espera de un momento a otro, se suicidó de un balazo en el corazón en el tren eléctrico número 119, poco antes de llegar a Moreno. Se carece por completo de detalles. Al lugar del hecho se han trasladado los empleados superiores de investigaciones de la capital y provincia, así como el juez del crimen de La Plata. En nuestra edición de mañana daremos amplios detalles del fin de este trágico criminal, cuya detención no podía demorar..." El Secretario tacha las palabras "cuya detención no podía demorar" y punto y aparte agrega:

"Espérase con este hecho que la investigación para aclarar los entretelones de la terrible banda de Temperley entrará en un franco camino de éxito. En nuestra edición de mañana daremos amplios detalles."

Le entrega el papel al hombre vestido de azul, diciéndole:

—Negra, cuerpo doce, sangrado.

El Secretario toma el teléfono interno:

—¡Hola!... ¿Quién está ahí?... ¿Es usted?... Vea: tome inmediatamente un fotógrafo y váyase a Moreno. Erdosain se suicidó. Lleve a Walter. Háganle reportajes a los guardas y maquinista del tren, a los pasajeros que viajaban en ese coche. ¡Ah!... Oiga... Oiga... Saquen fotografías del vagón, del maquinista, del guarda. En seguida... Sí, tomen un auto si es necesario... Y muchas fotografías.

Cuelga el tubo y enciende la colilla que le cuelga del vértice de los labios.

El sombrero tumbado hacia las cejas y un pañuelo de nudo torcido sobre el nervudo cuello, se acerca indolente, arrastrando los pies y escupiendo por el colmillo, el Jefe de Revendedores. Con los tres únicos dedos de su mano izquierda se rasca la barba que le flanquea la cicatriz de una tremenda cuchillada en la mejilla derecha. Después tasca saliva, y al tiempo de apoyar los codos sobre una mesa metálica, del mismo modo que lo haría en el mostrador de una cantina, pregunta con voz enronquecida:

—¿Se mató Erdosain?

El Secretario lo envuelve en una rápida sonrisa.

—Sí.

El otro vapulea un instante larvas de ideas y termina su rumiar con estas palabras:

—Macanudo. Mañana tiramos cincuenta mil ejemplares más...

EPÍLOGO

Después de analizar las crónicas y relatos de testigos que viajaron en el mismo coche con Erdosain, así como los legajos sumariales, he podido reconstruir más o menos exactamente la escena del suicidio.

El asesino ocupó el asiento siete del primer coche del convoy, donde se encuentra la cabina del motorista. Apoyó la cabeza en el vidrio de la ventanilla, y permaneció en esa actitud hasta la estación de Villa Luro, donde lo despertó el inspector para pedirle el boleto.

De allí hasta el momento en que se mató permaneció despierto.

La frescura de la noche no fue obstáculo para que abriera la ventanilla y se quedara inmóvil, recibiendo en el rostro el viento a presión que entraba por la abertura. Una señora que viajaba con su esposo reparó en esta prolongada actitud de Erdosain, y le dijo a aquél:

—Mira, ese joven parece que está enfermo. ¡Qué palidez que tiene!

En Haedo dos señoritas se sentaron frente a él. Él no las miró. Ellas, mortificadas en su vanidad, recordaron más tarde por este detalle al indiferente pasajero. Erdosain mantenía los ojos inmóviles, en la oscuridad permanentemente oblicua a la velocidad del tren. Las dos viajeras bajaron en Merlo, y en el coche quedó sólo Erdosain con el matrimonio.

De pronto, el asesino, separando la espalda del asiento, sin apartar los ojos de las tinieblas, llevó la mano al bolsillo. En su rostro se diseñaba una contracción muscular de fiera voluntad. La señora, desde el otro asiento, lo miró espantada. Su esposo, con la cara cubierta por el diario que leía, no vio nada. La escena fue rapidísima.

Erdosain llevó el revólver al pecho y apretó el disparador, doblándose simultáneamente con el estampido hacia la izquierda. Su cabeza golpeó en el pasamano del asiento. La señora se desvaneció.

El hombre dejó caer el diario y se lanzó corriendo por el pasillo del vagón. Cuando lo encontró al revisador de boletos aún tiritaba de espanto. Dos pasajeros del otro coche se sumaron a los hombres pálidos, y en grupo se dirigieron hacia el vagón donde estaba el suicida.

Erdosain parece haber conservado intacto su discernimiento y voluntad, aun en el minuto postrero. De otro modo no se explica que haya encontrado en sí la fuerza prodigiosa para incorporarse sobre el asiento, como si quisiera morir en posición decorosa. Al entrar, el grupo de hombres pálidos lo encontró con la cabeza apoyada en el contrafuerte de la ventanilla, respirando profundamente, los párpados cerrados y un puño violentamente contraído. Antes que el convoy llegara a Moreno, Erdosain había expirado.

Se encontró en su bolsillo una tarjeta con su nombre y cierta insignificante cantidad de dinero.

La sorpresa de la policía, así como de los viajeros, al constatar que aquel joven delicado y pálido era "el feroz asesino Erdosain", no es para ser descripta. Fue fotografiado ciento cincuenta y tres veces en el espacio de seis horas.

El número de curiosos aumentaba constantemente. Todos se detenían frente al cadáver, y la primera palabra que pronunciaban era:

—¿Pero es posible que éste sea Erdosain? —involuntariamente, la gente tiene un concepto lombrosiano de un criminal.

Una serenidad infinita aquietaba definitivamente las líneas del rostro de ese hombre que se había debatido tan desesperadamente entre la locura y la angustia.

Se produjo, sin embargo, un incidente curioso. Cuando el cadáver fue introducido a la comisaría, un anciano respetable, correctamente vestido —más tarde me informaron que era padre del Jefe Político del distrito—, se acercó a la angarilla donde reposaba el muerto, y escupiéndole al semblante exclamó:

—Anarquista, hijo de puta. Tanto coraje mal empleado.

El espectáculo era indigno, y los curiosos de menor cuantía fueron alejados, al tiempo que el cadáver era conducido a un calabozo.

Elsa sobrevivió poco tiempo a Erdosain. Detenida para aclarar su posible intervención en la banda, fue puesta en libertad inmediatamente, pues su inocencia fue ampliamente comprobada. Yo la visité para entregarle el dinero y la carta que me había dejado Erdosain para ella. De esa mujer que yo un día conocí enérgica y segura de sí misma sólo restaba un espectro triste. Hablamos mucho, se consideraba responsable de la muerte de Erdosain, y algunos meses después falleció a consecuencia de un ataque cardíaco.

Barsut, cuyo nombre en pocos días había alcanzado el máximum de popularidad, fue contratado por una empresa cinematográfica que iba a filmar el drama de Temperley. La última vez que lo vi me habló maravillado y sumamente contento de su suerte:

—Ahora sí que verán mi nombre en todas las esquinas. Hollywood. Hollywood. Con esta película me consagraré. El camino está abierto.

Hipólita y el Astrólogo no han sido hallados por la policía. Numerosas veces se anticipó la noticia de que serían detenidos "de un momento a otro". Ha pasado ya más de un año y no se ha encontrado el más mínimo indicio que permita sospechar dónde puedan haberse refugiado.

De doña Ignacia, la dueña de la pensión donde vivió Erdosain, subsiste una pobre vieja, que mientras vigila las cacerolas sobre el fuego enjuga las candentes lágrimas que le corren por la nariz con la punta del delantal.

Nota: Dada la prisa con que fue terminada esta novela, pues cuatro mil líneas fueron escritas entre fines de setiembre y el 22 de octubre (y la novela consta de 10.300 líneas), el autor se olvidó de consignar en el prólogo que el título de esta segunda parte de "Los siete locos", que primitivamente era "Los monstruos", fue sustituido por el de "Los lanzallamas" por sugerencia del novelista Carlos Alberto Leumann, quien una noche, conversando con el autor, le insinuó como más sugestivo el título que el autor aceptó. Con tanta prisa se terminó esta obra que la editorial imprimía los primeros pliegos mientras el autor estaba redactando los últimos capítulos.

ÍNDICE

Se terminó de imprimir en el mes de
junio de 1999 en Imprenta de los
Buenos Ayres S.A.I.C., Carlos Berg 3449
Buenos Aires - Argentina